그가 내린 곳

박혜상 소설집
그가 내린 곳

펴낸날 2017년 2월 27일

지은이 박혜상
펴낸이 주일우
펴낸곳 ㈜문학과지성사
등록번호 제1993-000098호
주소 04034 서울 마포구 잔다리로7길 18 (서교동 377-20)
전화 02)338-7224
팩스 02)323-4180(편집) 02)338-7221(영업)
전자우편 moonji@moonji.com
홈페이지 www.moonji.com

ISBN 978-89-320-2983-2 03810

이 도서의 국립중앙도서관 출판예정도서목록(CIP)은 서지정보유통지원시스템 홈페이지(http://seoji.nl.go.kr)와 국가자료공동목록시스템(http://www.nl.go.kr/kolisnet)에서 이용하실 수 있습니다. (CIP제어번호: CIP2017002783)

그가 내린 곳

박혜상 소설집

문학과지성사

차례

Y의 바깥

Y의 집은 비탈나무 꼭대기에 있었다. Y는 트렁크를 끌고 비탈길을 내려갔다. 돌돌돌. 그런 바퀴 소리를 내면서 마을을 떠난 사람은 없었다.

비탈길은 하늘을 향해 활짝 열려 있다. 구름 한 점 없는 파란 하늘이 길 끝까지 내려와 있다. 영호는 마을을 비탈나무라고 불렀다. 마을 한가운데 있는 그 길은 한 그루의 커다란 나무처럼 파란 하늘을 이고 여러 갈래로 가지를 뻗었다. 이 가지들은 마을로 통하는 샛길들이다. 사람들은 산자락을 평평하게 골라 그곳에 벽돌과 시멘트로 집을 지었다. 그 옆에 텃밭을 가꾸고, 집들과 텃밭들 사이를 지나다녔다. 그것이 길이었다. 나란한 집도 높이가 같은 집도 없었다. 영호는 집들이 새 둥지 같다고 했다.

비탈길 끝자락에는 은행나무 한 그루가 서 있다. 그다지 보기 좋은 나무는 아니다. 나무의 몸에는 화상의 흔적이 뚜렷하다. 사내들은 죽은 쥐들을 나무에 걸어놓기도 했다. 이 마을에서 가장 오래 살고 있는 노인은, 은행나무가 우리 마을 최초의 거주자라고 말했다. 내가 여기 처음 왔을 때 말이지, 아무것도 없었어. 그냥 까뭇까뭇하고 밋밋한 산자락이었지. 은행나무 한 그루가 서 있었던 것 빼고는. 산불이 났던 곳이었는데, 저 나무는 말이지, 거의 말짱했어. 저렇게 몸통이 그을렸을 뿐이었지. 은행나무는 최후의 생존자였다.

은행나무를 중심으로 아랫길에는 영호네, 윗길에는 Y의 집이 있다. 내가 살고 있는 Y의 집은 오래전에 지어진 슬래브 집이지만 마루 전면의 창으로 보이는 전망이 꽤 훌륭하다. 폭이 좁은 마루는 나란히 붙은 방 두 칸 앞에 방턱 높이에 맞춰 길게 놓여 있다. 조금 춥긴 해도, 마루의 창이 없었다면 그 무허가 집은 진즉에 헐렸을 것이다.

시인에게 어울리는 집이지.

Y는 덕담이라도 건네듯 말하고 떠났다. 나는 창을 열고 멀리, 겹겹의 산들을 바라보았다. 원경은 늘 아름답다. 그러나 잠시 눈을 내리면, 깨진 장독들과 주저앉은 지붕, 그리고 고양이가 파헤쳐놓은 음식물 쓰레기들…… 나는 쓰레기를 치우고 있

는 영호 엄마를 내려다보며 말을 건넸다.

"고양이들이 너무 늘었어요."

"신경통에 좋다는데 죄다 잡아서 고아먹을까? 어쩌겠어, 그것들도 살려고 그러는 건데. 작가 선생은 잘 있대?"

이곳 주민들은 Y를 작가 선생이라고 불렀다. Y는 나를 시인이라 불렀지만 오래전부터 나는 Y의 여자로 통했다. Y가 떠나자 나는 그의 대리인이 되었다. 오늘 나는 Y의 거주 사실을 확인받기 위하여 외출을 해야 했다. 땅주인을 만나야 하고 한전에도 들러야 한다. 모두 일이 그렇게 빨리 진행되지는 않을 거라고 했다. 하지만 조합장이 선출되면서 일은 빠르게 진행되었다. 나는 사실 어찌해야 할지 알 수 없었다. Y가 돌아와, 이건 시인이 할 일이 아니야,라고 말해주기를 바랐다.

집 밖에 나오자마자 나는 스카프를 목에 둘둘 감았다. 맨살에 닿는 바람의 촉감이 다르다. 이미 공기 속에는 폐허의 전조들이 떠다니고 있다. 빈집들은 거주자들이 떠나자 여태껏 참아왔다는 듯이, 생활의 무게로 짓눌린 부위들을 떨어냈다. 으슥한 밤, 빈집 곁을 지나다 무언가 툭 떨어지는 소리가 들리면 모골이 송연하다. 그래도 나는 큰 비탈길보다 경사가 덜한 마을 샛길로 다닌다. 그곳에는 Y의 흔적이 있다.

미장공 아저씨네 벽과 늙은 화가가 살았던 집의 초록 대문 사이, 그 작은 길에 두 이웃은 계단을 만들었다. 완만하게 흰 녹두빛의 나지막한 계단을 나는 천천히 내려갔다. Y의 발자국은 아래서 네번째 계단에 찍혀 있다. 계단이 완성된 날, Y와 나는 그들과 함께 막걸리를 마셨다. Y는 실수로 덜 굳은 계단을 디뎠다. Y의 커다란 발자국이 깊이 새겨졌다. 가끔 나는 그것 안에 내 발을 넣어보곤 했다. Y의 흔적은 점점 마모되었다. 넉넉히 들어갔던 구두는 거의 그의 발자국을 채웠다. 내 발이 뚱뚱해진 탓도 있다. 나는 은밀한 짓을 하듯 주위를 살피고 한쪽 구두를 벗었다. 그리고 슬쩍 발을 그곳에 넣었다. Y의 흔적은 내 발을 가뿐히 품었다. 쿡, 웃음이 나왔다.

화가는 제일 먼저 마을을 떠났다. 누가 떼어갔는지 초록 대문은 사라졌다. 마당에는 웃자란 풀이 가득하고 지붕에 씌운 방수포는 처마 밑으로 축 내려와 있다. 폐가와 대조적으로 그 옆의 텃밭들은 속이 꽉 찬 배추들로 가득하다. 탱탱한 총각무들도 수확을 기다리고 있다. 영호 엄마가 붙잡았을 때 화가는 말했다. 이젠 싸우기 싫어. 항상 지니까 싫은 거지. 화가는 지금도 공원에 앉아 손님을 기다리고 있을 것이다. 비둘기들처럼 화가들도 무리를 지어야 먹고살기 쉽다. 혼자 앉아 있으면 관리사무소에서 오거든. 그는 무리에 속하기에는 너무 늙었다. 그래서 늙은 화가는 티셔츠와 청바지, 그리고 야구모자로 멋을 냈다. 나는 화가에게 쓰지 않는 컨실러를 선물로 주었다.

텃밭들을 지나면서 나는 시커먼 가위표들이 그려진 담벼락을 힐끗 보았다. 가위들이 다 가리지 못한 음란한 낙서. 나도 가끔 낙서를 했다. 물론 벽이 아니라, 백지에. 낙서는 대개 Y로 시작되었다. Y, 와이, y…… 그러다 보면 Y는 턱없이 뚱뚱해지거나 해체되거나 물방울에 갇히거나, 그랬다.

21세기가 시작되자, Y는 대학원 등록을 하는 대신 이곳에 세를 얻었다. 훌륭한 선택이었다. 다행히 Y는 곧 소설가가 되었고 나는 간신히 시인이 되었다. 아무것도 달라지지 않았다. 달라진 것은 시인이 소설가의 집으로 트렁크를 끌고 갔다는 것뿐이었다. 나는 더 이상 공부할 여력이 없었다. 일자리를 찾아야 했지만, Y의 알바에 손을 보태는 것으로 생활비 충당을 대신하며 나는 그와 함께 지냈다. 주변 환경도 그럴듯했고 소설가와 시인은 사이좋게 지냈다. 그러다 아르헨티나로 떠나기로 결정되자 Y는 휴우, 안도의 숨을 내쉬었고, 그날 밤 나도 자잘한 계획들을 세웠다. 일이 시작되면 시끄러워질 텐데 시인이 감당할 수 있을까. 처음에 Y는 남아 있겠다는 나를 말렸다. 일이 생기면 누구라도 있어야지. 그리고 네가 없는 서울이라니, 상상이나 해봤겠니? 얼마나 기대되는데. 배추를 기르든 소설을 쓰든 뭐든지 할 거니까, 너는 열심히 놀다 와라. 나는 고집을 부렸다.

마을버스 노선이 바뀌었다. 나는 그 사실을 깜빡했다. 나는 깜짝 놀라 회차하는 버스를 세웠다. 한동안 집안에 틀어박혀 있었기 때문이다. 사실 그동안 밖에 나가서 할 일이란 게 그다지 없었다. 친구들은 시인에게 연락하지 않았다. 그동안 내가 Y에게 몰두해 있었기 때문이다. 그러나 친구들이 사라졌기 때문에 Y가 유일한 '너'가 된 것 같기도 하다. 누굴 탓할 일은 아니다.

황급히 내리다가 발목을 삐끗했다. 버스는 새카만 숨을 잔뜩 토해놓고 고갯길을 되짚어 내려갔다. 시큰한 통증 때문에 나는 잠시 그대로 서 있었다. 〈세입자 이주대책 보장하라〉 노인정 벽에 붉은 페인트로 큼지막하게 적힌 구호를 보며 나는 땅주인의 두툼하고 검붉은 입술을 떠올렸다. 시유지가 개인에게 불하된 것은 오래전이었다. 그동안 땅주인들은 여러 차례 바뀌었지만 그들은 거의 거주를 하지 않았고 건물도 무허가가 많았다. Y도 무허가 건물 세입자였다. 땅주인은 그것 때문에 골치가 아픈 모양이었다. 세입자하고 무슨 관계냐니까. 동거인이라는 내 말에 그는 딴전을 부리며 중얼거렸다. 아무것도 아니구먼. 결국 그는 인감을 가져오지 않았다며 다음에 보자고 했다. 우리가 집을 비워야 돈을 받을 텐데요. 내가 한 말은 그것뿐이었다.

노인정에서 검정색 점퍼 사내가 나왔다. 지난여름부터 노인정에는 노인들 대신 사내들이 들락거렸다. 사내는 담뱃불을 붙이다 말고 나를 쳐다보았다. 눈이 마주쳐도 사내는 시선을 돌리지 않았다. 햇볕 아래 자글자글한 눈매는 마치 웃고 있는 것 같았다. 사내들에 대한 소문은 끊이지 않았다.

나는 풀어진 스카프를 홱 뒤로 넘기고 돌아섰다. 곧장 마을로 향하지 않고 벤치에 앉아 발목을 주물렀다. 내려가는 버스를 기다리는 양 버스 표지판을 올려다보았다. 사내에게 이곳 주민이라는 사실을 알려주고 싶지 않았다. 누군가의 시선이 느껴지면 절대 뒤돌아보지 말 것. 하지만 시선에 대한 오류는 흔히 있는 일이다. Y와 나도 그랬다. 강의실에서 나는 고개를 돌릴 때마다 Y의 시선과 마주쳤다. Y 역시 내가 자신을 힐끔거린다고 여겼다. 나는 그에게 당돌하게 묻고 싶었다. 나 알아요? 그러나 내가 Y에게 처음 건넨 말은, 어디서 뵌 것 같은데, 였다.

"누나!"

이 동네에서 나를 누나라고 부를 수 있는 사람은 영호뿐이다. 영호는 파란 헬멧을 가슴에 안고 있었다. 요즘 부쩍 자라 바지가 껑충했다. 버짐이 핀 까무잡잡한 피부에 분홍 입술의 토마스. '토마스'는 영호의 특기이자, 영호가 원하는 별명이었다. 하지만 난 아직 불러주지 않았다.

"학교는 다녀왔니?"

영호는 예, 라고 대답하며 생글 웃었다.

"언제부터 여기가 종점이 되었니?"

"일주일이 넘었어요. 하지만 전 이렇게 될 줄 알고 있었어요. 여기에 전망대라고 이름이 붙었을 때부터요."

처음에 나는 아이의 말투가 거슬렸다. 녀석 때문에 연탄재를 걷어찬 적도 있었다. 스스럼없이 어른들에게 말을 거는 아이. 영호는 책 속에서 튀어나온 아이들 중의 하나였다. 나는 그런 아이들을 별로 좋아하지 않았다. 하지만 나 역시 아이들을 만들어냈다. 그 아이들은 어디서 왔을까. 아마도 그 아이들은 기억의 파편들의 틈새를 뚫고 나온 괴물들일 것이다. 사람들은 그것을 또 다른 자아, 무의식이라고 부른다. 그러나 나의 의식은 무의식과 잘 알고 지내는 것 같다. 그것이 내 시가 외면당하는 이유일 것이다.

영호는 나의 쌀쌀맞은 태도에도 아랑곳하지 않았다. 나도 Y가 했던 대로 일주일에 한두 번씩 영호의 공부를 봐주었다. 영호 엄마는 아이에게 음식이 담긴 쟁반을 들려 보내곤 했다. 결국 아이와 시인은 이 마을에서 친구가 될 수밖에 없었다. 누나인 영희를 제외하면 내가 영호와 제일 가까운 나이였다.

"전망대면 제일 높은 곳이잖아요. 거기서 더 가면 좀 이상하지 않아요? 그게 세상 이친데."

나는 세상 이치라는 말에 웃었다. 영호네 가족들은 그 말을 자주 썼다. 영호의 말이 맞다. 전망대 너머의 지역은 대개 '관계자 외 출입금지' 구역이니까. 비탈나무 가지에 집을 짓고 사는 사람들은 관계자가 아니었다. 조합은 그들을 상대하려고 하지 않았다.

"그건 뭐야? 인라인 스케이트 타니?"

"아뇨, 그런 건 시시해요. 이건 물구나무서서 머리로 회전할 때 쓰는 거예요. 우리 누나가 사줬어요. 머리를 다치면 끝장이랬어요."

영호는 철봉에 매달려 다리를 까불댔다.

"전 비보이가 될 거거든요."

나는, 그런 얘기는 매일 하는 게 아니라고 친구에게 충고했다.

"매일 말하면 소원이 이뤄진다고 하던데요. 작가 형이."

제 말 끝에 영호는 형이 보고 싶다고 탄식을 하듯 말했다. Y는 봄에 돌아올 예정이었다.

"봄이요? 멀었는데. 아직 겨울도 아니잖아요."

영호는 시무룩하다가 금세 웃었다.

"서울에서 일직선으로 계속 땅을 파면 아르헨티나가 나오는데."

나는 또 웃었다. Y가 떠난 후, 웃을 때는 영호와 이야기할 때뿐이었다.

"그럼 영호랑 같이 삽질이나 하면서 살까? 그래, 여기가 폐허가 되면 너랑 나랑 슬쩍 숨어 들어와서 매일 조금씩 땅을 파는 거야."

"치이, 그게 말이 돼요? 농담한 건데. 참, 누나 겜블러 크루 알아요?"

"모르겠는데."

영호는 친구에게 무안을 주기도 했다.

"비보이를 알면서 겜블러 크루를 모를 리는 없는데. 세계 최곤데요. 그럼 티아이피는요? 비보이 삼인방도 모르겠네요?"

나는 그만 일어섰다. 대화가 길어지면 아이에 대한 생각은 처음으로 돌아갔다.

"참, 오늘 우리 형이 올 거예요!"

나는 뒤돌아보지 않았다. 제 형이 오는 거랑 나랑 무슨 상관이람. 은행나무지비 아들, 영민을 나도 알고 있다. 동네 사람들은 그가 다녀가고 나면 이렇게 말했다. 어제 은행나무지비 아들이 다녀갔어. 이번엔 노인정에 떡을 돌렸더라고. 그러나 나는 은행나무집 아들의 무표정한 얼굴 위로 드러난 다른…… 틀렸다. 그의 얼굴은 변하지 않았으니까.

영호가 비보이에 관심을 갖기 시작했을 무렵이었다. 그날 나는 기구에 올라 허리 운동을 하고 있었다. 영민은 담배 연기를 길게 내뿜으며 어딘가를 바라보고 서 있었다. 오랜만에 집에 돌아온 사람다워 보였다. 그 당시 영호는 물구나무조차 제대로 서지 못했다. 엉덩이를 쭉 빼고 다리를 올리지 못하는 영호의 꼴이 우스워 나는 웃음을 참고 있었다. 영호가 힘이 빠져 주저앉자 영민은 담배꽁초를 내던지고 동생을 향해 걸어왔다. 뭐하는 짓이냐. 영민의 얼굴은 무표정했지만 영호는 형의 허리에 매달려 어리광을 부렸다. 나이 차이가 많아 영민은 형이라기보다는 삼촌이나 아버지에 가까워 보였다.

나인틴을 하기 위한 준비야. 영호는 뻐기듯이 형에게 말했다. 네가 벌써 열아홉은 아니겠지? 형제의 대화를 옆에서 듣고 있던 나는 영민에게는 미안하지만, 나인틴을 알아듣는 그가 달리 보였다. 하하하. 그게 아니구, 물구나무서서 회전하는 거야. 쉬운 게 아니거든. 헤드스핀도 모르겠네. 영호는 내가 보기에도 밉살스러웠다.

형, 나는 비보이가 되기로 했어. 영호는 대단한 결심이라도 한 것처럼 영민에게 말했다.

길거리에서 떼거리로 대가리 박고 뱅뱅 도는 거 말이냐? 형의 말에 영호는 에이, 하며 침을 퉤퉤 뱉었다. 영민은 동생의 머리를 쥐어박았고 나는 맞을 만하다고 생각했다.

형, 요즘엔 비보이가 대세야. 이것만 잘하면 돈도 벌고 유명해지거든.

누가 너보고 돈 벌어오라고 그랬어? 네가 원숭이 새끼냐.

형들이 나보고 타고났다고 그랬어. 그 형들은 내년에 비보이 유닛 대회에 나갈 거야.

영호가 아랫동네 형들 자랑을 하며 떠들어대자 영민은 한숨을 내쉬며 일어섰다.

너, 그런 자식들 따라다니지 마라. 형 눈에 띄면 죽는다.

영호는 형의 뒷모습을 씩씩거리며 바라보았다. 나는 모른 척, 하던 운동을 계속했다.

영호는 주머니에서 새총을 꺼냈다. 돌멩이를 넣고 힘껏 당겼다. 총알은 형의 등에 살짝 닿았다 떨어졌다. 멈춰 선 영민은 영호에게 다가갔다. 찰싹, 소리에 나는 깜짝 놀랐다. 순식간에 일어난 일이었다. 영민의 손이 세번째 올라갔을 때 나는 영호에게 달려갔다. 그제야 영민은 손을 내렸다. 그는 얼굴을 붉히지도 표정을 흐트러뜨리지도 않았다. 그거 이리 내. 영호의 뺨은 빨갛게 부풀어 올랐다. 영호는 울음을 참느라 이를 악물고 있었다. 그것도 놀랄 일이지만 나를 정말 놀라게 한 것은 영민의 손이었다. 그 손은 멈춰질 것 같지 않았다. 폭력의 탄성이 붙어 있었다. 폭력이 일상이 아니고서는 있을 수 없는 일이었다. 영민은 동생에게서 뺏은 새총을 난간 너머로 집어 던졌다. 독한 새끼. 누굴 닮아서. 영민이 낮게 중얼거리며 돌아섰다. 내가 영호와 친구가 된 것은 그 이후인지도 모르겠다. 그는 적어도 동생에게는 폭력적인 형이었다. 그래도 영호는 형이 오는 날이면 신이 나 보였다.

> 시인이 알아서 해. 나는 전세금만 돌려받아도 상관없어. 아, 여긴 하카란다가 만개했어. 거리는 온통 보랏빛이야.

Y가 보낸 메일을 열어볼 때마다 나는 그가 닿을 수 없는 곳에 있음을 실감했다. 그는 점점 더 비탈나무로부터, 나로부터 멀어지고 있다. 어쩌면 돌아오지 않을지도 몰라. 문득 그런 생각이 들었다. 어쩌면, '어쩌면'은 사람들이 품고 있는 유일한 확신인지도 모른다. 말하는 순간 믿음이 깨질까 봐 사람들은 어쩌면 '어쩌면'이라는 수사를 하는 것인지도 모르지. 그렇다면 닥치고 있을 일이었다. 나는 Y에게 말했다. 어쩌면 너를 사랑하는지도 몰라. 며칠 뒤 Y는 작업실과 침실 용도로 분리한 두 방을 시, 소설 장르로 나누었다. 그리고 얼마 뒤에는 한 기관에 두툼한 우편물을 보냈다. 우리는 지원사업 기관을 농담조

로 정부라 부르곤 했다.

정부는 Y의 아르헨티나행 프러포즈를 받아들였다. 정부는 Y에게 여비와 숙소를 마련해주었다. 능력만 된다면 나도 Y의 정부가 되고 싶었다. 혹 나를 피해 떠나간 것이 아닐까. 그렇다면 이 집의 주거이전 보상비는 남은 동거인의 위자료로 생각해도 무방하겠지. 가난한 시인은 그렇게 생각하기도 했다.

지금 분위기는 좋지 않아. 용역들이 마을을 들락거리기 시작했어. 불안해. 오늘에야 간신히 만난 주인은 도장을 찍어주지 않았어. 보고 싶어.

그러나 나는 이 글을 삭제했다. 좋지 못한 상황은 Y를 더 멀리 떠나게 할 수도 있다. 불행하게도 나에게는 Y에 대한 믿음이 없었다. Y의 꽃 타령에 나는 이렇게 회신했다.

주인이 도장을 찍지 않았어. 하지만 걱정 마. 세입자가 나가야 주인도 보상을 받으니까 결국 해줄 거야. 서류가 갖춰지면 조합에 낼게. 그럼 돈만 나오면 끝이야. 영호네는 끝까지 간다고 하더라. 여기 사람들은 임대아파트 입주 자격이 안 된다는 소문이야. 혹시 너도 그걸 원하니?

어둠이 내리기 시작했다. 저녁 하늘을 보면 무엇인가 돌이킬 수 없는 일을 저지른 것 같은 생각이 든다. 나는 이곳에서 무엇을 하고 있는 것일까. 파일을 열었다. 깜빡이는 커서…… 생각은 디지털 신호처럼 두 가지 이항뿐이다. 시인과 생활. 시인의 생활, 생활의 시인. 시인은 생활을 사전에서 찾아보았다. 그토록 일상적인 단어에 무려 네 가지 뜻이 있다니. 핵심어는 각각 일정한 환경, 생계나 살림, 조직, 어떤 행위. 다행히 나는 이것들에 모두 해당되었다. '③ 조직체에서 그 구성원으로 활동함'이 좀 걸리긴 하지만 나는 철거지역의 세입자 Y의 대리인이라는 중요한 구성원이다.

이곳은 비탈나무. 나는 마을에 관한 이야기를 쓰고 있었다. 제목은 '비탈나무의 둥지들'. 너무 서정적이었다. 나무가 사라지면 둥지도 사라진다. 나는 어차피 사라지게 될 둥지들을 버리기로 했다. 나무만 남았다. 그러나 나무는 생각보다 단순하지 않다. 뿌리와 가지, 잎과 열매, 그것들을 지탱하는 기관들의 메커니즘을 나는 잘 알지 못한다. 나는 우선 눈에 보이는 나무의 잎과 가지들을 쳐냈다. 그랬더니 나무는 Y의 형상이 되었다.

나는 방바닥에 엎드려 백지 위에 Y를 그렸다. 빈 곳을 보면 채우고 싶어진다. 나는 Y의 바깥에 새까맣게 칠을 해댔다. Y를 채운 것은 ▼, 외설적이다. 이상(李箱)의 시 「신경질적으로 비만한 삼각형」이 떠올랐다. 오래전 수업 시간에도 나는 이상의 "△▽"을 까맣게 칠했다. 신경질과 비만과 삼각형. 나는 한 문장을 입력했다. 시인은 호르몬이 불균형한 생활을 하고 있다.

비만의 원인은 호르몬만이 아니다. 나는 탄수화물을 과잉 섭취하고 있었다. 나는 농부의 딸이다. Y와의 동거에 그다지 심적 부담이 없었던 것은 쌀 때문이었다. 쌀은 전화만 하면 시골에 계신 부모님께서 보내주셨다. 내게 쌀이 없었으면 Y와의 관계는 여기까지 오지 않았을 것이다. 지금까지의 쌀값과 Y의 전세금을 비교하면 엇비슷하지 않을까. 나는 자꾸 Y와의 관계를 셈하곤 했다. 시인에게 필요한 단백질과 비타민 섭취를 위해 나는 두부와 콩나물을 사러 가게에 가기로 했다. 집을 나서며 나는 다음 문장을 생각해냈다. 쌀은 충분했다.

마을은 벌써 어둑어둑했다. 가로등이 켜질 시각이지만 불이 들어오는 것은 몇 개 되지 않았다. 사내들 짓이겠지. 가게를 나오는데 마을버스가 막 도착했다. 어두웠던 길이 환해지고 버스에서 사내들이 내렸다. 나는 고개를 숙이고 집으로 향했다. 누군가 휘파람을 불었다. 낄낄거리는 웃음소리도 들렸다. 걸음을 재촉했다. 누군가 뒤따라오고 있었다. 나는 잔뜩 긴장을 하고 Y의 발자국이 찍힌 계단을 올라갔다. 발소리는 점점 가까이 들렸다. 마지막 계단에서 나는 용기를 내어 돌아보았다.

그가 영호의 형이라는 것을 알아보는 데 한참 걸렸다. 제대로 인사나 말을 나눠본 적이 없었다. 나는 영민을 한참 내려다보았다. 나를 놀라게 한 것에 대한 항의 표시였다. 영민도 나를 올려다보았다. 어두워 얼굴이 잘 보이지 않아 가능한 일이었다. 나는 그가 Y의 흔적을 밟고 있는 것 같아 기분이 더 나빴다. 영민은 내 뒤를 계속 따라왔다. 가는 길이 같아 당연한 일이었지만 폭력의 현장을 잊지 않고 있는 나로서는 마음이 불편했다. 무엇인가 내 앞을 휙 지나갔다. 어맛, 소리와 함께 나는 걸음을 멈췄다. 영민이 어느새 내 옆에 와 있었다.

“고양이야.”

그의 목소리는 낮고 차분했다. 처음 듣는 것처럼 낯설었다. 폭력에 대한 기억이 목소리까지 훼손시킨 모양이다. 반말이 거슬렸지만 그 목소리는 나의 불안을 가라앉혔다. 무사히 집에 왔다. 그러나 나는 또 영민을 봐야 했다. 이상한 날이었다. 땅주인과 노인정 사내, 영민. 전혀 다른 세계에 살고 있는 그들과 나는 종일 신경전을 벌이고 있었다.

“누구세요?”

현관문 유리에 형상은 비치는데 아무 대답이 없었다. 누구냐니까요? 나는 현관 옆에 세워진 빗자루를 손에 쥐었다.

“저녁 먹으러 오라는데……”

영민의 목소리였다.

나는 문을 열고 지금 먹으려 한다고 쌀쌀맞게 말했다. 영민은 그대로 서 있었다. 그럼 내려가라며 문을 닫으려 하자 영민이 문을 잡았다.

“오늘 영호 생일인데, 이번이 마지막일 거라고.”

나는 문을 잡고 장승처럼 서 있는 영민을 어쩌지 못하고 따라나섰다. 마당에 들어서 향냄새를 맡고는 그제야 영호 생일이 영호 아버지 제삿날이라는 것이 생각났다.

양철통에는 나뭇가지들이 타닥타닥 소리를 내며 타고 있었다. 퇴주잔을 물리고 나온 영민은 마당을 서성거렸다. 엄마와 함께 제사상을 치우고 있는 영희는 나와 눈이 마주칠 때마다 배시시 웃었다. 영희는 영희처럼 예뻐. Y가 했던 말이 떠올랐다.

"그동안 우리 영호 돌봐줘 고맙기도 해서, 밥이나 같이 먹자고 불렀어."

영호 엄마의 말에 나는 덕분에 잘 먹고 잘 지내고 있다고 말했다.

"영호 낳았을 때 내가 마흔 살이었어. 어쩌다 생긴 늦둥이지. 영호는 돌잔치도 못 해줬어. 그때가 젤루 힘들었을 때야. 어떻게 살았는지. 우리 불쌍한 큰아들은 어떻고."

"지난 얘긴 뭐 하러 해요?"

영민이 퉁명스럽게 말했다. 그래 이게 너의 목소리지. 나는 기억 속 영민의 목소리를 확인했다.

영호가 말랑말랑한 머리통을 세상에 내밀었을 때 영호 아버지는 공사장에서 추락사했다. 낮술을 마시고 안전모를 쓰지 않았다. 안전수칙을 지키지 않은 일용노동자에게 회사는 약간의 위로금만 지급했다.

영호 엄마는 눈물을 훔치고는 영호에게 물었다. 오늘도 안 보이데?

영호는 고개를 저었다.

그 얘기는 나도 알고 있었다. 영호는 엄마가 정말 이상하다고 했다. 예전에 엄마는 아버지께 절을 하라면서도 자기가 아버지를 봤다는 말은 믿지 않았다고 했다. 아버진 하얀 헬멧을 쓰고 있었어요. 하지만 열 살 이후로 아버지는 보이지 않았다. 그때부터 엄마는 자꾸 영호에게 물었다. 오늘 니 아부지 봤니?

나는 영호네 가족들 사이에 얌전히 끼어 앉았다. 누나라고 불러. 영호 엄마는 나를 가리키며 영민에게 말했다. 영민의 입가가 살짝 움직였다. 웃음인지 코웃음인지, 비웃는 것인지 알 수 없었다. 영호가 한 가족이 된 것 같다며 좋아했다.

그러나 나는 오히려 이런 때마다 그들에게서 나를 분리했다. 아이의 공부를 봐주고 밥을 먹으며 그들의 이야기를 들어줄 때, 나는 내가 작가라는 것을 의식하곤 했다. 정말 웃기는 일이었다.

"임대아파트는커녕 이주보상비 받는 걸 감지덕지하라니. 우린 절대 그렇게 못 해. 자기네는 어떻게 할 건데? 작가 선생은 연락이 없어?"

"10년 가까이 싸게 공기 좋고 경치 좋은 데 살았는데, 주는 대로 받죠, 뭐. 사실 집이라기보다 작업실인데……"

내 말에 영호 엄마는 샐쭉한 얼굴로 중얼거렸다. 작가 선생이 있어야 하는데.

Y가 떠난 게 마치 내 탓인 양 나는 고개를 숙였다. 짜증이 밀

려왔다. 내가 왜 이들과 Y의 얘기를 해야 하는지.

"10년 넘게 이 꼭대기서 불편함을 감수하고 살면서 임대아파트 하나 기다리는 게 어째 욕을 먹을 일이야? 이건 뭐 거전가? 땅주인하고 계약서 쓰고 세금 다 내면서 살았어. 주민등록 주소도 다 되어 있고. 우리도 엄연한 서울 시민이거든. 우리가 여기밖에 살 처지가 안 되는데 강제로 나가야 되면 그에 맞게 보상을 해주는 게 세상 이치지."

당당한 서울 시민 영호 엄마는 열변을 토하고 막걸리 잔을 단숨에 비웠다.

낙후한 동네를 찾아 들어오는 사람들에게 공무원들은 고의적이라고 말하기도 했다.

"그놈들 하는 짓들은 10년 전하고 다를 게 하나도 없다니까. 그때도 우리는 고스란히 앉아서 당했어. 내 그때 생각하면 우리 영민이 불쌍해서 잠이 안 와."

막걸리 잔을 들다 말고 영민은 마당 구석에서 쪼그리고 앉아 담배를 입에 물었다.

영호 아버지가 돌아가셨을 때도 영민네 가족은 재개발지역에 살고 있었다. 강제철거가 집행되던 날이었다. 갓 돌이 지난 영호와 엄마, 그리고 영희를 지키기 위해 열여덟 살 영민은 그즈음 학교도 제대로 가지 못했다. 영민은 새총의 명수였다. 새까맣게 몰려드는 용역들을 보며 영민은 새총에 쇠구슬을 넣어 재빠르게 당기기 시작했다. 목표는 거의 빗나가지 않았다. 그

중 하나가 얼굴을 감싸며 나뒹굴었다. 눈에 쇠구슬이 정통으로 박혀 그는 한쪽 눈을 잃었다. 영민은 그 일로 소년원에 가게 되었다. 그 이후로 영민에게 세상은 사정거리 밖에 있었다.

"오빤 착하고 공부도 잘했어요."

영희가 눈물을 훔치는 엄마의 등을 쓸면서 말했다.

"그 일로 학교도 졸업 못 하고 엇나갔지. 그래도 살아야 하니까 식당에서 배달도 하고, 신문도 돌리고, 고생 많이 했어."

"그래도 형은 훌륭하잖아. 어른들이 형 같은 사람이 국회의원 해야 된대."

영호가 양철통을 막대로 휘저으며 말했다. 불씨들이 휘날리다 스러졌다.

"영호 너, 입 다물어!"

영민의 표정과 목소리는 내가 기억하는 그날 모습 그대로였다.

나는 화제를 영희에게로 돌렸다. 술기운이 올라 얼굴이 따끈했다.

"영희 씨 공무원이라면서요? 어디서 근무해요?"

영희는 아이처럼 젓가락을 입에 물고 엄마를 쳐다보았다.

"일이야 사무실에서 하지, 어디서 하나. 그냥…… 뭐, 소속기관 그런 데 있어. 공무원이면 다 같은 공무원이지, 뭐."

영호 엄마는 막걸리 잔을 비우고 입을 훔쳤다.

"아, 좋겠다. 어머닌 무슨 걱정이에요? 요즘 공무원이 일등

신붓감이래요."

영민이 코웃음을 쳤다. 공무원은 무슨.

"그럼 얘가 공무원이 아니면 뭐냐? 술 취했으면 들어가."

"엄마도 뻔히 알면서 왜 그래요? 영희가 공무원이면 엄마도 공무원이게?"

영민에게 눈을 흘기면서도 영호 엄마는 명랑하게 말했다.

"뭐, 숨길 일이야? 나야 청소를 하지만 얘는 사무실에서 컴퓨터로 서류 만들잖니? 우리 나이가 다 그렇지 뭐, 청소 아니면 식당이지."

영호 엄마는 프로였다.

"오빠, 나처럼 들어와서 기능직 공무원이 된 언니들도 있더라."

"다 뒤에 누가 있는 거지. 어떻게들 세상 이치를 몰라."

영호 엄마와 영희는 같은 용역업체에 속해 있다고 했다. 영희는, 계약기간이 다 돼가는데 어떻게 될지 모른다며 걱정스러워했다. 영호 엄마가 딸을 소개한 것도 거저 이뤄진 일이 아니었다. 간부들에게 식사 값으로 봉투를 주었다. 또 봉투를 내밀어야 할지 영호 엄마는 고민 중이었다.

"근데 너 이번엔 왜 빈손이야. 동네 사람들이 너 온 거 알텐데."

"엄마, 나 이제 그런 거 안 해요. 못 해."

영호 엄마의 표정이 굳었다.

"오빠, 영호 선물 안 사 왔어?"

영민이 대꾸가 없자 영호가 나섰다.

"형은 훌륭한 사람이라 바빠서 깜빡했을 거야."

"넌 들어가 자! 어른들 얘기하는데 끼어들지 말고. 저, 천하에 재수 없는 녀석."

영호는 그 말에 금세 눈물을 보였다. 맞았을 때도 안 울던 영호가 훌쩍거렸다. 나는 너무 화가 나 벌떡 일어날 뻔했다.

"오빤, 마음은 안 그러면서 왜 그래?"

영희가 역성을 들자 영호는 서럽게 울기 시작했다.

"그러니까 하는 소리야. 사내새끼가 걸핏하면 울어!"

영호 엄마 얼굴이 심각해졌다.

"영민이 너, 정말 오늘 이상하구나. 무슨 일이 있어. 틀림없이."

"맞고 싶지 않으면 그쳐!"

영민이 우는 영호를 윽박지르며 밖으로 나갔다.

나는 영민을 뒤따라 나갔다. 담배 생각도 나고 술김에 퍼부어주고도 싶었다.

영민이 보이지 않아 한참 두리번거리다가 나는 기절할 뻔했다. 그는 은행나무 가지 사이에, 그림자처럼 서 있었다. 나를 보더니 영민은 나무에서 훌쩍 뛰어내렸다.

영민과 나는 아무 말 없이 담배만 피웠다. 막상 말을 하자니 성가셨다. 남의 가족사를 너무 많이 알고 있는 것 같아 부담스럽기도 했다.

"그렇게 어렵지 않았어."

영민이 먼저 입을 열었다.

뭐가? 나는 그를 올려다보았다.

"난 그저 서 있던 방향만 바꾸었을 뿐이야. 떳떳하지 못할 것도 없었어. 운이 나빴던 그자에게도, 우리 식구들에게도 나는 대가를 치렀다고 생각했어. 우연히 그 용역들을 다시 만났지. 하지만 그때가 아니었더라도 내 발로 찾아갔을지도 몰라."

짜장면 배달을 하러 간 사무실에서 영민은 그들을 만났다. 그중에 하나가 영민을 알아보았다. 영민은 나무젓가락 하나를 손에 쥐고 테이블 위에 올라갔다. 그 주위를 사내들이 실실 웃으며 둘러쌌다. 사장은 담배를 피우며 멀리서 지켜보고 있었다. 영민은 재빨리 한 놈의 머리채를 잡아 나무젓가락을 눈앞에 바로 들이댔다. 움직이면 이 새끼 눈알도 뽑아버린다! 다들 사장의 눈치를 보았다. 사장이 일어섰다. 거구였다. 그는 영민에게 간단하게 손짓을 했다. 영민은 잡고 있던 남자의 머리를 놓았다. 사장은 영민에게 다가오며 말했다. 사는 게 원래 피차 억울한 거다. 밥은 먹었냐? 영민은 그 말에 눈물을 뚝뚝 흘렸다. 영민은 어차피 어느 편에서건 싸우는 건 마찬가지일 것이라고 생각했다. 단지 전문적인 싸움꾼이 되었을 뿐이었다. 영민은 엄마에게 열심히 돈을 부쳤다. 돈만이 유일하게 세상에 맞서는 힘이었다. 엄마는 어느 날부터 그에게 돈을 내밀었다.

노인정에 떡을 돌리거라. 그 이후로 영민은 이 동네 사람들에게 은행나무지비 아들로 통했다.

"그렇대도 일터로 돌아가는 데는 전혀 지장이 없었어. 쳐! 그 명령은 아무나 할 수 있는 게 아니야."

영민은 열심히 부수고 때리고 달렸다. 쳐! 처음 그 일성을 내뱉었을 때 그는 전율을 느꼈다고 말했다. 그리고 잠시 침묵이었다.

"이해할 수 있나? 그게 어떤 건지 이해할 수 있어? 내가 느낀 게 뭔지?"

이해하고 싶지 않아. 나는 속으로 그렇게 말했으나 알 것 같기도 했다.

"그 순간 내 속에서 그 목소리가 빠져나갔어. 그 목소리는 담배를 피우며 지켜보고 있었지만 내 몸은 그 아수라장 덩어리였어. 나는 어디에도 있었고 아무 데도 없었어. 나와 똑같은 옷을 입은 저것들은 모두 내 몸이기도 했고 아니기도 했어."

영민의 목소리는 바람에 수런거리는 은행나무 잎들처럼 흔들리고 있었다.

"그런데 문제가 생겼어. 언젠가는 벌어질 일이겠지만. 다음은 여기야."

나는 일어섰다. 더 듣고 싶지 않았다. 영민의 이야기가 충격적이기 때문이 아니라 그의 현실이 너무도 현실적으로 다가왔기 때문이었다. 마음이 착잡했다. 나는 집으로 돌아와 그대로 마룻바닥에 누웠다.

토할 것처럼 속이 답답해 창을 열었다. 영호네 마당이 희미하게 보였다. 간간이 말소리가 들려왔다. 잠시 후 요란한 소리와 함께 불똥이 사방으로 흩어졌다.

그래. 너랑 나, 엄마, 우린 다 그렇게 사는 거야. 다 사람 장사하는 놈들 밑에서 먹고사는 거지. 우리만 그런가? 태반이 그렇지! 영민의 고함 소리.

그래도 어떻게 그런 일을 해! 영희는 울먹였다.

너 하는 짓거리가 꼭 용역 놈들이더라.

이제 그만 좀 해요! 엄마는 다 알고 있었잖아요!

믿고 싶지 않았다. 네가 알아서 나올 거라고 믿었고. 넌 원래 반듯한 우리 집 장남이니까. 하지만 이젠 관둬라! 제발. 더 이상은 못 보겠다. 그동안 맘 졸이고 살았다. 니놈 다칠까 봐 그래!

오빠가 왜 그렇게 됐는지 잊었어? 근데 그놈들 밑에서 일한다구? 자존심도 없니? 영희의 흐느낌이 길게 이어졌다.

영호는 잠이 들었을까. 나는 영호가 깊이 잠들었기만을 바랐다. 영민에 대한 생각은 하고 싶지 않았다. 넌 두려운 거야. 이미 발을 빼기엔 늦었다고 생각하니까. 보상비만 나오면 나도 빨리 이 집을 뜨는 것이 좋을 것 같았다. 돈을 가지고 Y에게로 갈 궁리를 하다가 나는 그대로 잠이 들었다.

새까만 고양이가 창을 넘어온다. 아…… 고양이가 아니라니까. 아이의 탄식이 들린다. 아이의 목소리가 들리는 쪽으로 가려 하지만 움직일 수가 없다. 시커먼 무언가가 몸을 짓누르고 있다. 살덩어리로 가득 찬 시커먼 그림자…… 나는 간신히 말한다. 그림자도 무게가 있구나. 몸이 흔들린다. 벽이 흔들리고 바닥이 출렁거린다. 정체를 알 수 없는 거대한 형상들이 쏟아져 내린다. 눈을 뜰 수가 없다. 용기를 내야 한다. 용기를 내서 힘껏 눈을 떠야 한다.

눈을 떴다. 꼬박 켜 있는 형광등을 나는 노려보았다. 지잉지잉 진동하는 형광등 소리가 지긋지긋했다. 도대체 뭐가 무섭다는 거야. 나는 벌떡 일어나 스위치를 껐다. 경험상, 화가 무서움을 이긴다. 모니터를 켰다. Y에게서 메일이 와 있었다.

보카에 다녀왔어. 내가 얼마나 가보고 싶어 했던 곳인지 시인은 알고 있겠지. 하지만 내가 상상했던 곳은 아니었어. 낭만도 퇴폐도 슬픔도 거의 느껴지지 않는, 관광객에 의지해 살아가는 평범한 마을에 불과했지. 날씨 탓이었는지도 몰라. 어젠 구름이 잔뜩 끼어 있었지. 그런 날은 드물다던데. 레스토랑마다 탱고 댄서들이 있어. 그들은 왠지 가짜 같았지. 진짜는 비좁은 골목에서 요란한 화장을 하고 관광객들을 유혹하는 늙은 댄서였어. 할머니는 춤출 상대가 없었어. 혼자서 몇 차례 춤추는 포즈를 잡고는 이내 낡은 드레스의 한 귀퉁이를 모아 쥐고 담배를 빨곤 했지. 내가 바구니에 돈을 넣어주자 댄서는 내게 고맙다고 큰 소리로 말했지. 댄서는 늙은 남자였어. 난 씁쓸하게 돌아섰지. 하지만 생각해보니 그는 진짜였어. 그는 살기 위해 거기 서 있었어. 그가 남자건 여자건, 할머니건 젊은 사내건, 그런 건 중요하지 않아.

보카의 골목은 가난한 화가들이 차지했더군. 화가들은 주로 천연색 페인트가 칠해진 낡은 집들을 그리더군. 그곳에서 나는 한 사람을 보았어. 그도 날 보았지. 정말 구름 사이로 잠깐 햇살이 비쳤지. 우린 사랑에 빠졌어.

그에게서 빨래가 널린 3층집 그림을 한 점 샀어. 빨간색과 노란색 그리고 보라색으로 칠해진 집이야. 낡은 대문과 층마다 창이 달린 작은 집. 지붕 끝에는 작은 굴뚝이 보이고 그 꼭대기로부터 사선으로 그늘이 내려와 있지. 눈에 보이지는 않지만 강렬한 보카의 태양이 이 그림의 주인공일 거야.

시인에게, 이 그림을 보내…… 난 어디로든 돌아가지 않을 거야.

누군가 매일 현관문을 두드렸다. 나는 가만히 앉아 있었다. 빈집처럼 내 몸 어딘가가 스스로 부서져 내려앉기를 기다렸다. 그런 일은 일어나지 않았다. 슬픔이 모든 것을 이겼다. 식욕도 잠도 악몽도 형광등 소리도 아무것도 나를 괴롭히지 않았다.

나는 비탈나무 속으로 들어갔다. 커서가 다시 깜박였다. 커서의 명멸을 따라 눈을 깜박여보았다. 꼬마전구를 두른 것처럼 비탈나무는 깜박깜박 숨 쉬고 있었다. 나는 다시 이야기를 쓰기 시작했다.

은행나무 아래에서 영민은 시인을 기다리고 있었다. 일주일 만에 밖으로 나온 시인은 선글라스를 써야 했다. 시인은 그를 보고도 놀라지 않았다. 앞장서 비탈길을 내려갔다. 영민이 바람처럼 은행잎들을 끌고 그 뒤를 따랐다.

영호는 여전히 파란 헬멧을 쓰고 나인틴을 연습하고 있었다. 시인과 영민은 흐린 하늘을 바라보며 벤치에 앉았다. 한 바퀴, 두 바퀴를 채 돌지 못하고 영호는 쓰러졌다. 그러나 영호는 신이 나 소리쳤다.

"누나! 형! 봤어요? 드디어 오늘 성공했어요."

시인은 영호에게 박수를 쳐주었다. 영호는 가볍게 스텝을 밟기 시작했다.

영민은 시인에게 담배를 내밀었다. 담배를 쥐고 불을 붙이는 시인의 손은 아직 떨고 있었다.

"너라면 복면 따위는 쓰지 않았을 거야. 왜 나를 기다린 거지?"

윈드밀! 풍차돌리기예요. 영호는 등을 바닥에 대고 허리를 세워 다리를 돌렸다. 풍차라기보다는 팽그르 돌다 만 바람개비 같았다.

"봤어…… 들어가는 것을 보았다면 막았을 테지만."

"다행이군. 누군지 알아?"

"응. 경찰에 신고할 건가?"

영민은 고개를 끄덕이며 물었다.

이번엔 토마스, 내 특기예요!

영호는 두 다리를 높이 세웠다.

"증인이 돼줄 거니?"

"글쎄, 그건 내 방식이 아니라서."

시인은 잠시 영민을 쳐다보았다. 그의 표정은 단단한 바위 같았다.

"네 방식대로 해줘. 근데…… 왜지?"

"모르겠어. 그냥…… 당신이 있는 쪽이 보였어."

영호는 안마를 하듯 공중에 세운 두 다리를 엇갈려 돌았다. 영호의 동작은 아주 훌륭했다. 시인은 선글라스를 벗고 웃었다. 한순간 영호는 동작을 멈췄다. 프리즈! 영호는 작은 Y 형상이었다. 박수를 받으며 영호는 시인에게 뛰어왔다.

"정말 멋졌어. 토마스."

시인은 영호가 듣고 싶어 했던 이름을 불러주었다.

영호는 가쁜 숨을 내쉬며 시인의 귀에 대고 말했다.

"이건 비밀인데요, 사실은 되게 무서웠어요. 빙글빙글 돌 때 말구요, 정지할 때. 언제 어떻게 멈춰야 할지 그 타임을 놓칠까 봐 얼마나 무서운지 몰라요. 정지가 정말 중요하거든요. 박자를 놓치지 않고 자연스럽게 짠, 멈추는 거. ……제가 볼 때는요, 모두 그걸 위해서 열라 돌고 있는 거예요."

영민은 종일 산비탈을 돌아다녔다. Y자로 부러진 나뭇가지를 찾아야 했다. 해 질 무렵 그는 굵고 단단한 단풍나무 가지를 주웠다. 작업은 오래 걸리지 않았다. 시인은 내내 그의 옆에 있었다. 사정거리를 넓히기 위해서는 좀더 넓고 높은 초소가 필요해. 영민은 은행나무 가지들을 쳐내기 시작했다.

잎들이 모두 사라진 나무는 거대한 사람의 형상처럼 보였다. 뱀으로 휘감긴 듯 뒤틀린 두 개의 굵은 가지는 만세를 부르듯 하늘을 향해 뻗었다. 시인은 나무가 마음에 들었다. 영민은 처음부터 그랬다고 했다. 족히 백 년은 더 살 수 있을 거야. 영민과 시인은 가지 사이에 나란히 앉았다. 비탈나무에 어울리는 초소였다. 시인이 그에게 말했다. 쌀은 충분해. 바람이 불자, 은행잎들이 노란 나비 떼처럼 일제히 날아올랐다.

그날 밤, 시인은 은행나무 앞에서 사내를 기다렸다. 복면을 쓴 사내가 올라오고 있었다. 사내는 여자가 자기를 어떻게 알았는지 궁금했다. 다시 만나고 싶다는 쪽지의 의미가 어떻든 사내는 여자가 두렵지 않았다. 한주먹 거리도 안 되는 여자였다. 여자를 발견한 사내의 발걸음이 빨라졌다. 사내는 잠깐 걸음을 멈추었다. 나무의 형상이 낯설었다. 영 기분 나쁜 나무였다. 저것부터 베어버려야 일이 수월해질 것이라고 사내는 생각했다. 마치 애인이라도 만나러 오는 듯, 사내는 여자를 향해 손을 들었다.

준비. 영민은 은빛 구슬을 꺼내어 새총에 장전했다. 복면을 쓴 사내의 얼굴에서 눈을 찾아내기란 어렵지 않았다. 놀라서 더욱 커진 사내의 눈을 향하여 영민은 힘껏 시위를 당겼다.

나는 그를 Y라 부르기로 했다. Y는 바깥을 꿈꾸는 형상이다. 그것은 달아나지 못하는 나무였다가 나비처럼 날아오르는 은행잎, 찰나를 꿈꾸는 토마스이기도 하고, 사라진 비탈나무이기도 하고, 시인의 꿈꾸는 자궁이기도 하고……

양치기 숲

카오리가 주차를 하는 동안 나는 잿빛의 셰퍼즈 부시* 를 둘러본다. 기억 속의 풍경과 그다지 다를 것이 없는 허름한 변두리 동네, 거대한 쇼핑몰 웨스트필드가 들어선 것 외에는 그다지 달라진 것이 없어 보인다. 잿빛 하늘은 낮게 내려와 있고 도열한 석조 주택들의 문들은 굳게 닫혀 있다. 차도르를 두른 아랍계 여자가 지나간다. 명멸하는 불빛이라도 쐰 것처럼 나는 팔락이는 여자의 옷자락을 멍하게 바라보고 있다. 길은 좀처럼 여자의 모습을 삼키지 않는다. 여자는 저렇게 이국의 주택가

* Shepherd's Bush. 셰퍼즈 부시는 런던 서쪽에 위치한 지하철 센트럴 라인 2존 지역으로 아랍계 사람들이 많이 살고 있다.

를 한 줌의 옷자락을 팔랑이며 영원히 걸을 것만 같다. 그러나 정작 허공에 떠 있는 것은 저 여자가 아니라 나일 것이다. 시차 때문인지 어딘가에 도착해 있다는 실감이 나지 않는다.

"아마 저기 공원 너머가 네가 한국 친구들과 살던 곳일 거야."

카오리의 소프라노 목소리가 들린다. 넋을 놓고 있다가 알아들은 말은 '한국 친구들'뿐이지만 나는 카오리가 가리키는 방향을 바라보며 고개를 끄덕인다. 하지만 내가 '한국 친구들'과 살던 집이 그쪽인지는 확신할 수 없다. 10여 년이 지났어도 런던의 주택 단지는 거의 그대로일 것인데, 나는 전혀 감을 잡을 수 없다. 커다란 관목들로 둘러싸인 공원이 우리 다섯이 늘 다녔던 곳인지조차 알 수 없다. 우리가 '파크'라 불렀던 공원은 조금 넓은 공터에 지나지 않았다. 집을 나와 우리는 길 잃은 작은 무리의 양들처럼 서성이다가 파크를 가로질러 템스강으로, 때로는 스누커를 하러 소호의 펍으로 달려가곤 했다.

미소된장국 향이 어스름처럼 창을 물들인다. '카오리'의 의미가 '향'이라 했던가. 분주하게 저녁을 준비하는 카오리를 향해 나는 입을 떼려다 만다. 내가 아는 '향'의 영어는 '퍼퓸'과 '스멜' 뿐이다. 오래전 만났을 때도 이방인인 카오리와 나는 향의 뉘앙스를 형상으로 해결하는 수밖에 없었다. 맥도날드 테이블 위에 카오리는 손가락으로 천천히 香을 그렸다. 단박에 알아봤는데도 카오리는 여러 번 새겨지지 않는 자신의 이름을 썼다.

카오리의 집 역시 예전에 내가 살던 집과 거의 유사한 구조의 2층 주택이다. 나는 올리브 나무가 그려진 둥근 식탁에 앉아 유리문에 비친 뒤뜰을 바라본다. 사방이 막힌 뒤뜰을 보면 영화에서 보았음 직한 급조된 사형장이 떠오른다. 붉은 담벼락에는 담쟁이덩굴 줄기들이 불길한 문양처럼 뻗어 있다. 웃자란 잡초들 속에서 누군가 담벼락을 등지고 엉거주춤 서 있을 것만 같다. 불안과 공포로 확장된 두 동공이 화면을 삼킨 후, 낯선 이름들이 길고 지루한 반성문처럼 기록된 어떤 영화의 제목을 떠올려본다. 내 머릿속은 확장된 동공만큼이나 캄캄하다. 어두운 객석의 자리를 찾아가듯 나는 기억 속의 뜰을 더듬어본다. 클로버와 잡초가 뒤섞인 뜰 구석에는 깨진 빈 화분과 퇴색한 등갓이 서로 기대어 있고 그 옆에는 빈 와인병들이 모여 있다. 그리고 몇 장의 붉은 벽돌들…… 나는 그것들을 담장이 되지 못한 여분의 벽돌들이라고 생각했다.

나는 뒤뜰에 나가면 담장이 되지 못한 몇 장의 벽돌들을 주워 들고 서성거리곤 했다. 딱히 어디 쓸 만한 용도를 찾기 위한 것도 아니었다. 하릴없이 한데 모아놓거나 여기저기 던져놓는 게 전부였다. 그러다가는 괜스레 밟고 올라서서 하늘을 올려다보곤 했다. 오래전 그날도 나는 와인을 몇 잔 마시고 뒤뜰에 나갔다. 담배를 물고 한 장의 벽돌 위에 쪼그리고 앉아 몸을 간당거리고 있었다. 순간, 얼굴이 뜰 한복판에 처박혔다. 한동안 엎어져 있던 나를 일으켜 세운 누군가가 비명을 질렀다. 얼굴 위로 뜨거운 벌레가 기어 다니는 것 같았을 뿐, 나는 고통을 느끼지 못했다. 어깨를 잡고 흔드는 낯선 목소리. 유창한 영어. 영국인이다! 그 와중에 그렇게 말한 게 나였던가…… 런던에서 진짜 영국인을 만나기는 쉽지 않다고 나는 자주 투덜거리곤 했었다. 이 집에 앰뷸런스가 온 게 두번째야. 누군가 그렇게 말했다. 첫번째 사고도 그 목소리의 주인공도 기억이 나지 않는다. 뜰은 검은 적막 속으로 완전히 가라앉는다. 풍경이 사라지고 나는 유리에 비친 흐릿한 내 얼굴을 흘깃거린다.

"와인은 식사 끝나고 존이 오면 마시죠."

카오리와 저녁 식탁을 준비하던 반이 내게 한국어로 말하자 카오리가 영어로 말하라고 엄포를 놓는다. 한국 사람끼리 별로 유창하지 않은 영어를 나눈다는 건 참 우스꽝스럽다. 나는 그저 웃고 만다. 반은 케임브리지 시험을 준비하고 있는 한국 유학생이고 카오리는 영락없는 하숙집 아줌마가 되어 있다. 또 다른 한국인 존은 9시나 되어야 귀가한다.

"오래전에 이 근처에 사셨다구요?"

반의 목소리는 성실한 학생 같은 외모만큼이나 반듯하다.

"잠깐 몇 달 있었어요. 카오리 기억나? 우리 집에서 파티한 거?"

"기억나지. 어떻게 그걸 잊어? 얼굴이 아주 볼만했지. 다행히 흉터는 안 생겼네."

남들은 내 얼굴의 흉터를 알아채지 못하지만 내 눈에는 여전히 선명하게 보인다.

"그때 우리 집은 다섯이 살기에는 좁았지만 제법 분위기가 있었지."

가구라고는 낡은 식탁과 짝이 다른 의자들밖에 없었지만 친구들에게서 벗어나 혼자일 때 훔쳐보는 풍경들이 좋았다. 반육각형의 거실 창으로 보이는 황량한 공원과 운이 좋으면 볼 수 있는, 뒤뜰에 내려온 감빛 하늘 한 귀퉁이, 침실의 흰 창틀과 그 창으로 번지는 새벽…… 푸르스름한 새벽이 고양이처럼 슬그머니 창턱에 앉아 우리들을 지켜볼 즈음이면 메마른 입술에는 와인 찌꺼기만 남아 있었다. 입술에 검붉은 띠를 두르고 지겹도록 아말리아의 파두를 들으며 우리는 세기말의 새벽을 맞이하곤 했다. 아말리아는 그해 가을에 세상을 떠났다.

짧은 영어 학원 코스가 끝났지만 나는 돌아가지 않았다. 해머스미스 플랫에서 비싼 방세를 내고 하숙을 하던 나는 비교적 방세가 싼 셰퍼즈 부시의 선혜네 집으로 합류했다. 우연히 알게 된 선혜는 한국 유학생들과 살고 있었다. 여학생 하나가 귀국하자 선혜는 내게 방을 같이 쓸 것을 제의했다. 당시는 6개월 관광비자로 들어와 값싼 영어 학원을 한두 달 다니다 체류를 연장하기도 했다. 일자리를 얻으려고 했으나 여의치 않았고 결국 나는 집에 손을 벌렸다. 다시 오기 어려운 곳인데 온 김에 조금 더 영어 공부를 하고 싶다고 했다. 부모님은 한숨을 쉬면서도 내 말을 들어주었다. 물론 나는 학원에 등록하지 않았다.

학원을 다니는 것보다 현지 사람들과 어울리는 게 영어 실력을 늘리는 데 더 효과적인 건 사실이었다. 문제는 우리 모두 한국 사람들이라는 점이었다. 그래도 두 달하고 6개월은 다를 거야. 모두 그렇게 생각했다.

얼굴을 다치고 나서, 귀국 일정이 잡히자 나는 셰퍼즈 부시로 오면서 멀어진 외국 친구들을 집으로 초대했다. 카오리, 빌게, 그리고 이름이 생각나지 않는 화교 남자가 나의 외국 친구들이었다. 식탁 의자가 부족해서 거실 바닥에 신문지를 펼쳐 상을 대신했다. 빌게는 내 몰골을 보고 한동안 말을 하지 못했다. 빌게는 터키 여자애였는데, 영국인 가정에서 '내니'로 기거를 해서 하루 휴가까지 내고 왔다. 터키에서는 영어 선생님이었다고 했다. 나는 사고 정황을 대충 설명했다. 와인을 마시고 뒤뜰에서 넘어졌는데 이 모양이 됐어. 이까지 부러졌지. 이빨을 드러내 보이자 모두 난감한 표정을 지었다. 쓸모없는 벽돌 한 장이 나를 쓰러뜨렸다고. 나는 터무니없는 사고였다는 걸 강조했다. 화교 친구는 내내 낙담한 얼굴을 하고 있었다. 그의 말처럼 한국 사람들과 지내지 않았다면 사고 따위는 생기지 않았을지도 모른다. 그러나 그의 실망은 내 얼굴의 상처가 아니라 가져갈 물건이 없었기 때문이었다. 초대 전화를 했을 때 그는 남기고 갈 물건들이 있는지 물었다. 아무것도 없다고 했지만 그는 그럴 리가 없다며 직접 가서 확인을 하겠다고 했다. 한국에서 가져온 기념품이라도 있으면 주고 싶었지만 정말 줄 거라곤 아무것도 없었다. 텔레비전도 없는 거실 맨바닥에서 식사를 하는 것도 마음에 들지 않았을 것이다. 아무튼 그는 다른 사람들보다 일찍 자리를 떴다. 흉터가 생길 것 같지는 않다고 위로해준 사람은 카오리뿐이었다.

"주택 1층을 임대했어요. 월세를 다섯이서 나눠 내니까 경제적이었죠. 여자 둘만 방에서 잤고 남자 셋은 거실에서 잤는데, 다 큰 남자들이 침낭 속에서 몸을 빼고 눈을 비비는 모습을 보면 정말 웃겼어요. 커다란 애벌레들 같았죠."

완과 이름이 생각나지 않는 두 남학생. 잠에서 깨어나 하나 둘씩 침낭 속에 웅크려 있던 몸을 일으켜 까치집 머리를 내밀고 떠지지 않는 눈으로 주위를 둘러보는 남자애들을 볼 때마다 나는 엄마 노릇을 하고 싶을 정도였다.

선혜와 내가 쓰던 하나뿐인 침실은 복도 깊숙이 있었다. 된장찌개와 닭죽 냄새, 담배 냄새가 뒤섞인 복도를 따라 세 개의 낮은 계단을 지나야 했다. 새벽까지 와인을 마시며 떠들다 비틀비틀 방에 들어오면 다른 세상에 온 것처럼 마음이 가라앉았다. 피로가 약 기운처럼 퍼지는 그 시간을 위해 하루를 견디는 것만 같았다. 파랗게 물든 새벽 창을 바라보며 꿈결 같은 목소리로 선혜와 못다 한 이야기를 나누다 잠이 들곤 했다. 이따금 완이 방문을 두드렸다. 실랑이하다 문을 열어주면 완은 우리가 누운 침대 밑에서 충견처럼 앉은 채로 잠들곤 했다.

"그분들하고 지금도 연락하는 거예요?"

영국에서 만난 사람들 중에 유일하게 연락한 사람은 카오리였다. 연락을 주고받은 건 아니었다.

카오리는 1년에 한두 번씩 한국으로 엽서를 보내왔다. 친구와 살게 된 이후로 엽서는 부모님 집에 철 지난 소식지 따위와 함께 책상 위에 놓여 있곤 했다. 집에 갈 때면 읽을 책을 가지고 갔는데, 돌아올 때 카오리의 엽서는 읽다 만 책갈피 속에 끼어 있었다. 카오리는 내게, 책을 펼치다 발견하는 오래된 엽서 같은 존재였다. 그것들은 카오리의 납작한 미소를 떠올리게 했다. 카오리와의 인연은 그렇게 납작납작 이어져왔다. 그러나 나는 카오리에게 회신하지 않았다. 처음에는 보낼 수가 없었다. 카오리는 여행지에서 소식을 전했다. 답장을 한다 해도 엽서가 도착할 때쯤이면 카오리는 이미 그곳을 떠나 있을 터였다. 게다가 나는 부모님의 집을 자주 들르지도 않아, 어떤 엽서는 몇 달이 지나 확인하기도 했다. 카오리 역시 내게 답장을 바라는 것 같지는 않았다.

"역시 사람은 돈을 벌어야 한다니까."

9시가 넘어서 존이 현관에 들어선다. 카오리와 내가 일어나 반기자, 반이 투덜거리는 시늉을 한다. 파파. 카오리의 농담에 존이 아이처럼 웃으며 콧물을 삼킨다. 보푸라기가 일어난 스웨터에서는 고기 단내와 섞인 바깥 냄새가 난다.

한국 이름이 성우인 존은 완과 비슷하다. 사실 닮은 구석이 있는지조차 정확하지 않다. 내 기억 속의 완의 얼굴은 이미지에 불과하다. 존을 보았을 때 나는 그 사실을 깨달았으면서도 완과 닮았다는 생각을 버리지 않았다. 아마도 셰퍼즈 부시에서 만난 그 또래의 남자라면 어느 누구라도 나는 완을 떠올릴 것이다. 어쩌면 이미 어디선가 그를 지나쳤을지도 모른다. 그곳이 셰퍼즈 부시든, 서울이든. 숲에 대한 기억이 전무한 셰퍼즈 부시의 시간을 숲으로 연상하는 기억의 오류와 마찬가지로, 완은 나에게 숲을 가로질러 달음질치는 양치기로 남아 있다. 그는 어디까지 달려갔을까. 어딘가에 닿아서 멈췄을까.

존이 와인을 따는 데 한참 걸리자 카오리가 중얼거린다.

"그는 참 잘하는데."

아, 또 시작이다. 반과 존이 카오리를 향해 원성을 높이고 카오리는 깔깔거린다.

He is…… 카오리는 옛 남자, 혹은 어떤 남자의 이야기를 불쑥 꺼내곤 한다. 한 번 본 적도 없고 이름도 모르는 현재형인 그는 이 집 사람들에게 '히'로 통한다. 나도 그에 대해서는 아는 게 없다. 내가 떠난 이후의 일이었고 카오리가 보낸 엽서에도 별다른 말은 없었다. 사랑에 빠졌고, 결국 그가 떠났다는 것뿐이었다. 그가 그가 아님에도 그 형상 역시 완의 모습에 가까웠다.

"얘기를 많이 들어서 그런 건지 그분 이미지가 선명해요."

"그 정도로 자주 얘기해요?"

"그리 자주는 아니지만, 이런 식으로 불쑥 얘길 해요. 근데 또 자세히 물어보면 아무 얘기도 안 해요."

"내가 아는데, 그는 키가 크고 말랐어요. 꽁지머리에 눈은 새처럼 붉게 충혈되어 있고 와인을 아주 좋아하죠. 노래 부르기를 좋아하고 가끔은 가사도 써요."

나는 내가 아는 '히'를 말하고 존은 그가 아는 '히'를 말한다.

"하하하, 아닌데요. 그는 수염이 덥수룩하고 쌍꺼풀이 짙고, 배가 살짝 나왔어요. 길에서 만나면 틀림없이 알아볼 거예요. 그럼 인사를 해야죠. 하이, '히!'"

의기투합한 존과 반은 익살스럽게 그 상황을 연출해본다.

"당신 그때 셰퍼즈 부시에 있었지? 카오리 아줌마 알아?"

카오리는 무슨 얘긴지 궁금해 죽겠다는 표정을 지으며 웃고 있다. 나는 천천히 상황을 설명한다. 전달이 잘 되지 않을 텐데도 카오리는 눈물이 날 정도로 웃어댄다. 그러고는 예의 그 납작한 미소로 마무리를 짓는다.

"누구라도 상관없겠지. 그는 그저 그일 뿐이야."

웃고는 있지만 청춘이 지나간 쓸쓸한 얼굴이다.

"새로운 남자를 소개시켜드릴 수도 있는데. 자아, 한잔하시죠."

존이 상체를 세우고 잔을 든다. 점점 완과 존의 얼굴이 겹쳐진다.

"그가 지은 노래 알려드릴까요?"

"아, 그는 다른 '히'인가요?"

"아무려면 어때요. 그가 그일 수도 있겠죠."

완은 자주 투덜거렸다. 지금 돌아가면 난 여기서도 거기서도 아무것도 아니야. 그냥 버티는 수밖에 없잖아. 그러고는 술잔을 높이 들고서 익살스럽게 말했다. 왜냐고?

여긴 셰퍼즈 부시라니까.

우린 일자리가 없다네. 양치기들이 숲에 있는 이유라네.

선혜와 나는 배를 움켜쥐고 웃었다. 또 다른 아이가 그 뒤를 이어갔다.

세상 어디에도 없다네. 우리가 해야 할 일은 언제나처럼 학원을 다니는 일.

그래서 나는 이곳에 왔다네.

그래서 나는 여기에 남았네.

그러고는 나를 향하여 다 같이 합창을 했다. 가지 마! 가지 마!

파티는 하고 가야지. 친구들의 말대로 나는 생일을 빙자해 일정을 변경했다. 우리 다섯은 세컨핸드숍으로 몰려갔다. 겨울옷을 준비하지 않은 탓에 나는 옷을 잔뜩 껴입고 있었다. 소매는 팔등을 덮었고 목은 늘 움츠러들어 있었다. 밖에만 나오면 덜덜 떨었다. 나만 그런 것은 아니었다. 우리는 모두 히피들 같았다. 1년 과정을 등록한 선혜만 겨울옷이 있었고 완과 다른 애들도 다 그해 늦가을을 떨며 지내고 있었다.

완은 급여를 받았다며 내게 선물을 사주겠다고 했다. 완은 나를 좋아했다. 내가 고른 옷은 벽돌색 트렌치코트였다. 결이

톡톡한 모직 코트로, 겉은 그럭저럭 멀쩡했는데 안감은 왼쪽 가슴께가 찢어져 너덜거렸다. 망설이던 내게 신뢰를 준 것은 뒷목 가운데 견고하게 붙어 있는 라벨이었다. 순모 백 프로 마크가 선명한 라벨은 오래된 엠블럼 같았다. 나는 얼른 코트를 입었다. 무거운 갑옷을 입은 것 같았다. 그동안 하도 썰렁하게 지내서 그런지 옷의 무게가 오히려 편안했다. 예쁘다며 완이 엄지손가락을 치켜들었고 점원은 영국인 특유의 미소를 지어 보이며 일본인이냐고 물었다. 우리는 그렇다고 했다. 처음에는 코리안이라고 꼭 대꾸했는데 나중에는 귀찮았다. 완이 찢어진 안감을 쓰다듬으며 점원에게 '브로큰 하트'라고 처량하게 말했다. 그렇게 주접을 떠는 완의 꼴이 창피해서 나는 고개를 돌리고 있었다. 그러나 곧 가격이 5파운드밖에 하지 않는 걸 알고, 완은 망가진 심장은 자기가 고쳐주겠다고 서둘러 계산을 했다. 집에 돌아와 바느질을 하려는 완에게서 나는 코트를 낚아챘다. 막 입다 버리면 될 걸. 말은 그렇게 했지만 나는 그 무거운 코트를 상당히 좋아했다.

반과 존은 뒷정리를 하고 있다. 나는 밤공기를 마시고 싶어 외투를 걸치러 방에 들어간다. 트렁크는 뚜껑이 덮인 채 구석에 얌전하게 놓여 있다. 그 시절 내 트렁크는 옷가지와 잡동사니로 뒤섞여 넘쳐 늘 덮개가 젖혀져 있었다. 옷을 걸어둘 데가 없어 벽돌색 코트는 침대 위에 허깨비처럼 천장을 향해 누워 있었다. 하루에도 몇 번씩 나는 그 코트를 침대에 던져놓았다가 다시 챙겨 입곤 했다. 방에 들어왔다 나갈 때는 침대에 처량맞게 놓여 있는 그 코트를 다시 돌아보곤 했다. 그러나 한국에 돌아올 때 가져오지 않았다. 혹 누군가 입었을까. 누군가의 몸을 거치고 거쳐 결국에는 한 줌의 재로 소각되었을 것이다. 그래도 나를 사로잡았던 라벨만은 남아 있을 것만 같다. 문장(紋章)처럼, 혹은 문장(文章)처럼.

"안 추워요?"

이 시각에 혼자 보낼 수 없다며 존이 따라나선다. 늘어진 스웨터 위로 드러난 목이 허옇다. 아직은 괜찮다던 존은 밖으로 나오자 몸을 펴지 못한다. 현관문이 육중하게 닫히고, 나는 그 소리에 저절로 뒤를 돌아본다. …… 완의 얼굴은 어둠 속에 잠겨 있다. 이곳에 오고 나서 도리어 완의 얼굴이 점점 흐릿해진다. 돌아갈 때쯤이면 까만 점 하나로 남아 있을지도 모른다. 아니면 존이 완의 모습을 대신할지도.

완이 내 어깨에 팔을 둘렀다. 밤의 공원을 완과 나는 발소리도 요란하게 걸었다. 떡갈나무 아래서 못 이기는 척 입을 맞추었다. 내가 너 때문에 이 밤에 나온 줄 아니? 가슴을 파고드는 완의 손을 간신히 빼내고 나는 저만치 앞서 달아났다. 뒤돌아보면 완은 헐벗은 나무처럼 서 있었다. 미쳤어. 내가 완에게 하는 말의 대부분이 그랬다. 내 핀잔에도 완은 아랑곳하지 않았다. 내 얼굴을 보면 마음이 싹 가시지 않니? 그러면 완은 내 얼굴을 빤히 쳐다보며 말했다. 너랑 똑같은 자리에 상처를 만들

수도 있어. 완의 눈에는 녹슨 철조망처럼 핏발이 서 있다. 식당에서 일하는 완은 돌아와서 우리와 함께 노느라 거의 잠을 자지 못했다. 제발 넌 좀 자,라고 해도 완은 새벽까지 빠지지 않고 마셔댔다. 홀로 남겨질 것이 두려워 졸음을 참고 식구들 옆에 붙어 있는 아이 같았다.

"여기 사람들은 왜 이렇게 일찍 자는지 모르겠어요."

불빛이 비치는 창은 거의 없다.

"예전에는 이 시간에도 와인을 파는 데가 있었어요."

상점들은 이미 문을 닫았을 시각, 그 가게는 셔터를 3분의 2 정도만 내려놓았다. 말하자면 불법 영업이었다. 코리안들을 위해서,라고 인도 남자는 거만하게 말했다. 우리는 카운터 벽면을 차지한 싸구려 와인을 거의 섭렵했다.

"언제 떠나세요?"

언제 가? 완도 매번 내게 물었다. 곧. 내 대답은 늘 같았지만 완은 처음 듣는 것처럼 비장하게 고개를 끄덕였다. 넌? 내가 되물으면 완은 언젠가,라고 대답했다. 나는 속으로 비웃었다. 셰퍼즈 부시니까 널 상대하지 서울이라면 널 거들떠보지도 않았을 거라고. 완은 학생이 아니었다. 아예 대학을 이곳에서 다니려 한다고 했지만 그건 남의 얘기였다. 완은 랭귀지 스쿨은 커녕 식당에서 일하면서 겨우겨우 버티는 불법체류자에 불과했다. 당시 런던은 불법체류자들의 천국이었다. 간혹 식당으로 단속을 나온다고도 했지만 그런 일은 없었다. 10여 년 전의 일이다. 영국 경기는 호황이었고 정부는 이방인들에게 관대했다. 물가는 비싸지만 일자리 찾기도 쉬웠고 무엇보다 임금이 높아 동유럽 사람들이 많았다. 현재 상황은 좋지 않다고 한다. 불황에 실업률은 더 높아지고 난민들 문제로 유럽 전체가 골머리를 앓고 있다.

"언제 가요? 그때도 존 같은 사람이 있었는데."

나는 존에게 되묻는 것으로 대답을 대신한다.

존은 대답 대신 담뱃불을 튕겨낸다. 존이 튕겨낸 담뱃불이 반짝 빛나다 밤의 공허 속으로 사라진다. 우리가 파크라 불렀던 밤의 공원은 온통 그림자로 물들어 있다.

"적어도 지금은 돌아가고 싶지 않아요."

피로하고 지친 존의 목소리에 터무니없이 힘이 실린다.

"여기 생활이 좋아요. 피곤하지만 단순해지는 것 같아요. 친구들도 좋고. 알다시피 집주인도 잘 만났죠. 영어도 늘었어요. 한국에서 난 뭘 해야 할지 몰라요. 학교를 다시 다녀봐야 뭐하나 싶어요. 취업이 되는 것도 아니고. 여기서 몇 년 있으면 영어는 할 거 아니에요. 생활비는 일을 하면 벌 수 있어요. 차라리 프랑스나 독일로 대학을 다시 갈까 싶기도 하고, 여기보단 학비가 싸니까요. 우리나라 등록금이면 어디서든 생활할 수 있어요."

존은 학생비자로 런던에 머물고 있다. 등록한 학원은 거의 나가지 않고 식당에서 일을 하고 있다. 만기가 되어가니 생각이 많은 모양이다. 그 시절의 완과 처지가 별다르지 않다. 완은 취업허가를 기다리다 체류 기한을 넘겼다. 한국 식당 사장은 한국 학생들을 아르바이트생으로 고용했다. 대부분의 학생들은 불성실했고 지쳐서 체류 기한이 다가오면 집으로 돌아갔다. 완은 성실하게 일했고 사장 또한 완을 신뢰하는 눈치였다. 그러면서도 정작 취업허가증은 내어주지 않았다. 실제로 경력이나 자격증이 없는 상태에서 식당에서 일하면서 취업허가를 받기는 어려웠다. 허위로 계약서를 작성하고 실제 급여는 아주 작은 게 상례였고 그것도 전적으로 영업주에게 달렸다. 상당히 번거로운 일이었고 대부분은 시간제 아르바이트생을 싼 일당으로 고용하는 게 상례였다. 사장은 교묘하게 완을 이용했다. 물정 모르고 이방인 생활에 사로잡힌 청춘들을 이용한 것이다. 그러나 완에게는 사장과 잘 지내는 것밖에는 방법이 없었다. 왜곡된 기억인지도 모르지만, 나는 그 한국인 사장의 얼굴을 뉴스에서 보았다. 서울에서 월드컵이 열리던 해, 영국에서 벌어진 여학생 두 명 살인 사건의 용의자를 보았을 때 온몸에 전율이 일었다. 딱 한 번 만난 적이 있는 완의 사장이 순간적으로 떠올랐기 때문이었다.

"나 있을 땐 체류 연장이 그렇게 어렵지 않았거든요. 지금은 다르다고 하던데."

"한국 들어가면 언제 올지 모르죠. 일단 버텨볼까 싶기도 하고요. 여기 오려고 한국에서 죽어라 알바해서 돈 모았는데…… 정 안 되면 들어가야 되겠지요. 불법체류를 해도 자발적으로 나가면 별문제가 없다고 들었어요. 1년인가 입국금지라고 그러던데요."

"그때 우리도 그랬어요."

나도 모르게 웃음이 흘러나왔다. 내 웃음에 기분이 상했는지 존은 아무 대꾸가 없다.

그 시절 우리도 매번 언제 돌아가는지를 서로에게 물었고 결론은 돌아가고 싶지 않아,였다. 남의 땅이라 욕심을 부리지 않아도 된다고 여기는 것일까. 부당한 대우를 받아도 말하지 못하는 것에 분노할 필요도 없고, 한국에서 알바를 하는 것과는 차원이 다르다고 여겼다. 일을 하며 영어를 배우고 있으니까. 나 역시도 그런 생각을 했지만, 실제로 한국 식당에서 영어를 쓸 일은 거의 없었다.

말없이 공원을 서성거리다 존과 나는 다시 집으로 향한다. 문득 뒤를 돌아본다. 공원 저편 주택가 어딘가에 우리가 살았던 집이 있을 것이다. 나는 아득하게 저편을 바라보았다. 공원 가로등 주황 불빛과 섞인 밤안개가 서서히 주택가 블록을 채우고 있다. 고요하고 또 고요하다. 하지만 이따금 등불에 갇힌 주황이 폭발하는 때가 있다. 사이렌 소리가 잘못 엎질러진 주황 물감처럼 골목을 향해 쏟아져 내린다.

밤의 적막을 깨고 앰뷸런스가 도착했다. 나는 친절한 영국인 구조대원 앞에서 정신을 차리려 애썼다. 아무것도 하지 않는 주제에, 감히 대영제국 시민의 세금을 축내는 내게 당장 한국으로 돌아가라고 할 것 같았다. 용감하게도 완은 응급실까지 동행했다. 용기가 아니라 건망증 때문이었다. 완은 불법체류자인 자신의 처지를 자주 깜빡했다. 다행히 상처는 보기보다 깊지 않았다. 꿰매면 얼굴에 흉터가 남기 때문에 꿰매지 않는 것이 좋겠다고 응급실 의사가 말했다. 어차피 남을 흉터에 공연한 수고를 들이지 않는 걸 보면 현명한 판단인 셈이었다.

상처는 치료 과정에서 점점 더 보기 흉측해졌지만 나는 가면을 쓴 사람처럼 점점 더 대담해져갔다. 거울을 보며 검붉은 멍꽃을 피우는 환부가 점점 커져서 내 얼굴 전체를 덮어버리길 바라며 그 얼굴을 향해 이빨을 드러내 보였다. 부러진 이빨은 언제나 시큰한 웃음을 주었다. 이상한 일이었다. 얼굴에 흉터가 생긴 것에 대해, 이십대의 나는 저항하지 않았다. 운이 나빴던 것인지, 좋았던 것인지조차 생각하지 않았다. 시간을 되돌려보지도 않았다. 이건 연극을 하기 위한 분장도 아니고 네게 벌어진 재수 없는 사고야. 얼굴이 찢어지고 이가 부러졌다고. 거울을 보고 타일러봐도 셰퍼즈 부시의 나는 착한 여학생이 되기로 마음먹지 않았다. 여전히 오전에는 몽롱했고 저녁이 되면 술이 생각났다. 그 얼굴로 스누커를 쳤고 템스 강변을 싸돌아다녔다. 저녁이 되면 정말 할 일이 있다는 듯이 집으로 와서 친구들과 와인을 마셨다. 꼼짝없이 상처가 나을 때까지 집에 갇혀 있을 줄로만 여겼는데, 오히려 나는 거즈 하나도 붙이지 않은 민얼굴로 거리를 쏘다녔다. 지나가던 사람들은 내 얼굴을 보면 입을 벌렸다. 종합병원에서 지정해준 인근 개인병원으로 통원치료를 받으러 가면 간호사는 매번 상처를 보며 진저리를 쳤다. 친구들은 그 몰골로 바로 한국에 들어갈 수는 없다고 했다. 나 역시 집으로 돌아가고 싶지는 않았다.

트래펄가광장을 거쳐 세인트폴성당을 둘러보고 테이트 모던으로 향한다. 테이트 모던의 테라스에서 바라보는 런던의 가을은 무척 아름답다. 그러나 저 고색창연한 건물들의 뒷골목은 그리 아름답지 않다. 담배를 구걸하는 홈리스들이 얼마나 많은지.

"카오리, 그럼 네가 생각하는 안전한 곳은 결국 런던인 거야?"

일본에서 은행원이었던 카오리는 고베 지진 이후로 삶의 방향을 바꾸었다. 지진으로 부모님을 잃고 카오리는 일본을 떠나 세계를 떠돌고 있었다. 안전한 땅을 찾아서. 카오리는 농담처럼 말했다. 지진의 공포 때문에 여행자가 된 사연이 그때 당시에는 좀 시시하게 들렸다. 모두가 부러워하는 삶을 사는 여행자의 입에서 더 근사한 답이 나오길 기대했던 것이다. 영국에서 처음 만났을 때 카오리는 런던을 거점 삼아 이미 지구의 반은 돌아보았고, 아프리카행을 준비하고 있었다.

"그런 곳은 없어."

카오리는 고개를 저으며 단호하게 말했다.

"그래도 파리나 뉴욕보다는 런던이 안전해. 지진 때문에 외국으로 이민 가는 사람들, 나도 별로 공감을 못 했어. 하지만 겪지 않으면 몰라. 가족을 잃은 슬픔도 크지만 그 공포가 더 커. 무서워서 못 살겠더라."

"그럼 남은 사람들은?"

"여전히 떠날 준비를 하고 있을 거야."

카오리는 갈래머리 토모코 때문에 알게 되었다. 한국 유학생들과 함께 살기 전에 나는 일본 애들과 친하게 지냈다. 그중에 카오리는 나이가 많았는데도 나와 가장 잘 맞았다. 다른 일본 애들보다 영어를 잘했고 발음이 가장 알아듣기 쉬웠기 때문이었다. 내가 자신 있게 영어를 할 때라곤 일본 사람들 앞에서뿐이었다. 형편없는 영어에 겨우 스무 살이 넘은 토모코의 남자에 대한 집착은 노골적이었다. 일본 여자애들은 인기가 좋았다. 토모코는 영국에는 게이가 너무 많다며 아쉬워했지만 곧 남자를 만나 숙식을 해결하게 되었다.

해머스미스의 펍에 카오리를 데려온 토모코는 만날 사람이 있다며 가버렸다. 카오리는 당시에 이미 삼십대였고 실제로도 나이가 제법 들어 보였다. 그래도 '유'라고 부르다 보면 친구가 되기는 어렵지 않다. 영어를 배우러 온 처지에 대화가 이어진다면 더할 나위 없이 좋은 친구다. 나는 런던에서 어떻게 지내느냐고 더듬거리며 물었다. 런던 생활에 대한 팁을 바랐는데 카오리는 엉뚱한 대답을 했다. 젖은 나뭇잎처럼 like a wet leaf

납작 붙어 있었어. 처음으로 명확하게 들리는 영어였다. 처음 런던에 왔을 때 그땐 6월이었어. 황금 계절이라고 했는데. 어쩐 일인지, 그해 6월엔 내내 비만 내렸어. 정말 하루도 거르지 않고 내내 비가 내렸다고. 창에 턱을 괴고 낯선 지붕들 위로 내리는 비만 종일 바라보았지.

그날 이후로 '젖은 나뭇잎'은 내 머릿속에 그녀가 드문드문 보내온 엽서와 함께 납작하게 붙어 있었다. 카오리는 내가 최초로 소통한 외국인이었다.

"미안해."

"뭐가?"

"연락을 해서."

나와 카오리는 동시에 웃었다.

셰퍼즈 부시에 정착했다는 엽서에는 카오리의 주소가 적혀 있었다. 카오리는 영주권을 쉽게 받았다. 거기에는 한국 남자와 함께 산다는 것과 런던의 일본 현지 은행에서 일한다는 소식이 적혀 있었다. 나는 처음으로 답장을 했다. 그 이후로도 카오리는 이따금 엽서를 보내곤 했지만 나는 답장하지 않았다. 영문을 써야 한다니 성가시기도 했고, 이메일로 보내야지 하면서도 차일피일 미루다 잊어버리곤 했다.

"놀랐어. 메일을 보냈지만 답이 올 거라 기대하지 않았지. 더구나 카오리가 셰퍼즈 부시에 그대로 있으리라고는 생각 못 했어."

"집을 사느라 모기지를 받았어. 평생 갚아야 해."

"이젠 여행도 못 다니겠네."

"아니, 그 사람 떠나고 얼마 지나지 않아서 나도 회사 관뒀어. 월세로 혼자 살 수 있어. 그리고 집을 봐주는 사람들이 있으니까 여행도 갈 수 있고. 가족이 생긴 것 같기도 해. 가이드도 가끔 하지. 주로 가족 단위 개인 가이드."

카오리는 좋겠다. 그러나 말과 달리 나는 전혀 부럽지 않았다. 카오리의 얼굴에는 홀로 남은 자의 불안이 스며 있었다. 그래서 너는 자꾸 떠나려는 것이지. 납작하게 웃는 카오리의 얼굴은 불안에 대한 체념의 표지일 것이다.

"나도 미안한 게 있어. 한국에 한 번 갔었어. 일본에 갔다가 한국에 들렀는데 그때 난 네게 연락하지 않았지. 전화번호도 없었지만."

"정말 잘했어."

내 말에 카오리는 또 웃는다.

"그를 만나러 갔었어."

"정말! 만났어?"

"그의 어머니가 그러더군. 우리 아들은 공부하러 갔다고."

"그럼 뭐야? 한국으로 돌아갔다고 했잖아."

"모르겠어. 어떻게 된 일인지. 그는 결혼을 원했어. 하지만 난 결혼은 하고 싶지 않아. 결혼할 영주권자가 필요했나 봐. 너는 어떻게 지냈어?"

"너무 이른 질문인데?"

우리는 자꾸 웃었다.

"남자가 있었는데 결혼하지 못했고, 일을 했지만 돈은 벌지 못했어. 또 아버지랑 화해하려고 했는데 돌아가셨지."

아버지는 양치기 소년처럼 돌아가셨다. 위독하다는 전화를 받고 달려가보면 아버진 말짱한 얼굴로 치킨 따위를 드시고 계셨다. 정작 돌아가실 때는 자식들 모두 늑장을 부려 임종을 제대로 못 했다. 아무래도 양치기 소년은 엄마였던 것 같다.

"아무튼 아버지 대신 이젠 엄마를 차지하는구나 싶어서 집에 들어가려고 했는데, 여기 셰퍼즈 부시로 오고 말았네."

고작 6개월이긴 했지만 얼굴에 생긴 흉터와 앞니를 의치로 갈았다는 것 말고는 영국 생활 전후로 달라진 것은 없었다. 결국 나는 다시 학원에 나갔다. 학원이 없다면 청춘들은 얼마나 막막할까. 어디 우리뿐이랴, 미국, 영국, 캐나다, 호주까지 먹여 살리고 있지 않은가. 그 후 친구와 의기투합해 캐릭터 회사를 창업했지만, 아무 성과 없이 3년 만에 접게 되었다. 그 친구는 결혼을 했고 나는 팔리지 못한 인형들을 학대하며 뒹굴고 있었다. 그럴 때마다 드는 생각은 공부를 더 해야 하나, 였다. 생각조차 10년 전과 다를 것이 없었다. 방을 빼고 친구에게 월세 보증금 반을 돌려주려고 했는데, 친구는 위자료냐며 낄낄거렸다. 나야 땡큐지. 짐과 책 들을 정리하던 중 카오리의 엽서를 발견했다. 우린 셰퍼즈 부시에 살아. 카오리가 일방적으로 보낸 엽서들을 보며 나는 지나온 한 시절의 숲을 떠올렸다. 까마득하던 얼굴들이 떠올랐다. 서랍을 뒤져 셰퍼즈 부시에서 찍었던 사진들을 찾아냈다. 많지 않은 사진들 속에서 나는 상처 난 얼굴로 카메라를 향하여 웃고 있는 내 모습을 한참 바라보았다. 선혜가 평생 잊지 못할 거리며, 기념으로 찍어준 사진이었다. 날이 밝을 때까지 나는 셰퍼즈 부시를 검색했다.

몇 시간을 헤매다 찾은 것은 마이크 레깃 감독의 영화 「셰퍼즈 부시」와 런던 올림픽, 딕시 칙스였다. 셰퍼즈 부시 공연장에서의 말실수로 탑의 자리에서 밀려난 여성 3인조 가수 딕시 칙스의 사연보다 내 호기심을 자극한 것은 마이크 레깃의 15분짜리 단편 영화였다. 아무리 뒤져봐도 '양치기의 덤불'로 직역된 「셰퍼즈 부시」의 내용은 알 수 없었지만, 내 머릿속에서는 한 남자아이가 검은 숲을 가로질러 달리고 있었다. 홀로 남은 카오리를 만나고 싶은 생각이 간절했다. 무척 오래전 일이라 망설이다 결국 나는 엽서에 적힌 이메일로 편지를 보냈다. 답이 오리라 기대하지 않았는데, 카오리의 회신을 받았고, 곧 트렁크를 꾸렸다.

"그래서 결국은 후회한다는 거네."

카오리의 말에 나는 잠시 헛갈렸다.

인생이 선택의 문제는 아니라고 생각하기에 나는 후회라는 단어에는 늘 고개를 갸웃거리는 경향이 있다. 어쩌면 내 문제는 거기서 비롯되는지도 모르겠다. 생각이 여기까지 이르렀지만 나는 고개를 끄덕였다.

"아마도……, 그렇단 얘길 거야."

영어가 짧은 탓이기도 하지만, 빈약한 외국어가 소통에 꼭 장애가 되는 것은 아니다. 구구절절 설명하지 않고 말을 참다 보면 스스로가 기특해지고 상대도 좋은 사람인 것처럼 여겨진다. 그러다 보면 친구가 되기도 한다.

"꼭 고무줄이 달려 있는 것 같아. 이만큼 왔나 싶으면 누군가 나를 잡아당겨서 제자리에 갖다 놓는 거야."

나는 이 말을 하는 데 온갖 몸짓을 다 해야 했다. 한참 눈만 끔뻑거리던 가오리가 물었다.

"개처럼?"

이번엔 내가 눈을 끔뻑거렸다.

"빙고, 「개 같은 내 인생」이지. 혹시 그 영화 봤어?"

마지막 저녁, 카오리와 나는 존과 반, 그리고 그들의 친구들과 어울려, 중국 식당에서 싱가폴 누들을 먹은 후 펍에서 시간을 보내고 있다. 존과 반, 다른 애들은 스누커를 치고 카오리와 나는 기네스를 마신다. 그 시절 혼자 스누커 테이블을 점령하고 있던 백인 남자가 떠오른다.

"한참 지켜보며 기다려도 남자는 우리에게 테이블을 내어주지 않았어."

카오리는 비스듬히 턱을 괴고 내 이야기에 귀를 기울였다.

백인 남자가 우리를 의식하고 있는 것은 분명했다. 기다리다 지쳐 화가 나기 시작할 즈음, 완이 남자에게 갔다. 남자는 아예 완을 무시하듯 말없이 고개를 저었다. 우리는 맥주를 더 마실 여유도 없고 해서 일어서려 했다. 그때 남자가 우리를 향해 손짓했다. 무례하기 짝이 없었으나 우리는 냉큼 그에게 갔다. 남자는 게임을 제안했다. 한 명이라도 자기를 이기면 테이블을 내어주겠다는 것이다. 당연히 오케이였다. 남자의 실력은 대단했지만 1대 5니까, 아무리 못해도 한 명은 이기리라 믿었다. 그러나 결과는 어이가 없었다. 남자가 마지막 볼을 넣었을 때 내 볼은 다섯 개나 남아 있었다. 그때 처음으로 내 얼굴의 상처가 부끄러웠다. 우리 중 단 한 명도 그를 이기지 못했고 훈계까지 들어야 했다. 너넨 예의가 없어. 누군가 스누커를 치고 있으면 그가 끝날 때까지 기다려야 해. 그의 말에 아무도 대꾸하지 않았다. 영어를 못 하면 더 무시당할 테니까.

우리는 펍을 나와서야 투덜거렸다. 오만한 영국인 같으니라고. 주말에 혼자 당구나 치는 주제에. 우리 사람들은 누군가 기다리고 있으면 어지간하면 자리를 내어주지. 우리는 다시는 그 펍에 가지 않았다. 거기 있던 사람들이 모두 우리의 패배를 지켜보았다.

우리는 패배감에 젖어 템스 강변을 배회하다 작은 클럽에 갔다. 어두컴컴하고 축축한 돌계단을 우리는 순례자들처럼 밟고 내려갔다. 마시고 노는 곳이 아니라 은밀한 집회가 이뤄지는

지하의 장소 같았다. 문이 열리자 사이키델릭 소음이 좀비 떼처럼 튀어나왔다. 그런 곳이 있었느냐고 묻는 카오리에게 나는 클럽에서의 일화를 떠벌린다.

클럽에 갔었어.

아주 쬐끄만 간판이 붙어 있는 런던 뒷골목, 지하 클럽이었지.

음악은 낡았고 장담컨대 영국인들은 없었어.

한눈에 봐도 거의 다 이방인들이었지.

난 별로 춤을 출 생각이 없었지.

나한테 춤을 추자고 집적거리는 녀석들도 없었지.

기분이 썩 좋지 않았어.

그때 폴리스 걸이 나타났어.

경찰 복장을 한 금발 아가씨.

블랙 비닐 핫팬츠를 입고 허리에는 가짜 권총을 차고 있었어.

목에는 진짜 호루라기를 걸고 있었지.

체코에서 왔다더군.

아가씨는 테킬라 술병과 잔을 들고 다니며 잔술을 팔고 있었어.

원샷을 하면 힘차게 호루라기를 불어주지.

한 잔에 1파운드, 나는 당근 일잔 했지.

아가씨가 깜찍하게 호루라기를 불어주었어.

정말 신이 났었어.

그래서 물었지. 너의 슬로바키아는 어디에 있지.

한 잔 더, 한 잔 더!

아가씨는 호루라기를 불다 지쳤어.

나는 호루라기를 불지 않으면 돈을 안 낸다고 우겼지.

결국 나는 쫓겨나고 말았어.

해머스미스 다리를 건너면서 나는 체코 걸을 욕하고 진짜 경찰을 불러보라고 술주정을 해댔다. 터무니없는 울화를 터뜨렸던 런던에서의 마지막 밤처럼 어느새 나는 일행들에게 꼰대 같은 말을 늘어놓고 있다.

“그런데 너희들은 여기서 무얼 하고 있지? 스펙을 쌓고 있는 건가? 아니 그런 사람들 흉내를 내고 있을 뿐이지. 혹시 카오리가 부러워요?”

예상치 못한 공격적인 말에 일행의 분위기가 무거워진다. 하지만 내 말에 동의하지는 않는다는 것은 느낄 수 있다. 뭐래? 앙다문 입들은 그렇게 말하는 것 같다. 말을 알아듣지 못하는 카오리의 표정이 무겁다. 나는 카오리를 바라보며 틀에 박힌 거짓말을 한다. 아이 엔비 유.

그날 밤, 와인을 사러 가자는 완의 손을 나는 뿌리쳤다. 완은 방에서 벽돌색 코트를 가져와 아양을 떨었지만 나는 거절했다. 다른 애들이 오늘이 마지막 밤인데 둘이 나갔다 오라고 바람을 잡았다. 나는 고집스럽게 도리질을 쳤고 결국 완은 혼자 나갔다.

그날 말로만 듣던 '위층 사람'이 내려왔다. 전에도 두어 번 집주인에게 전화가 왔었다. 위층에서, 아래층 사람들이 파티를 너무 자주 한다며 '콤플레인'을 한다는 것이다. 우리는 직접 말하지 치사하게 집주인에게 이를 건 뭐냐고 했는데, 막상 위층 사람이 내려오자 당황했다. 현관에는 인도 남자가 잔뜩 부은 얼굴로 서 있었고, 선혜는 그에게 사과를 하고 있었다.

그때 나는 마지막 밤이란 생각이 들어서 그랬는지 아니면 한 번도 친절하지 않던 와인 가게 인도 아저씨에게 맺힌 마음 때문인지, 처음 보는 그에게 욕을 하고 말았다. 퍽큐! 숱하게 들은 말이지만 처음 영어로 욕을 해봤다. 기분이 나쁘지 않았다. 흥분한 남자가 뭐라 떠들어댔지만 난 알아들을 수 없어 개의치 않았다. 남자들은 현관 안으로 들어서려는 그를 말렸고 선혜는 계속 '쏘리 쏘리'였다. 남자는 더욱더 언성을 높였고 와인을 사서 돌아온 완이 그 광경을 보았다. 순식간의 일이었다. 위층 남자는 붉은 액체가 흐르는 얼굴을 감싸 쥐었고 완의 손에는 깨진 와인병이 쥐여 있었다. 그러고도 완은 남자의 복부를 걷어찼다. 나는 방으로 들어가 문을 잠그고 허둥지둥 짐을 쌌다. 소란이 한동안 계속되었고, 앰뷸런스 소리가 들렸다. 선혜는 방문을 두드렸다. 문을 열자 하얗게 질린 얼굴로 나를 노려보았다.

완은 어둠 속으로 사라졌다. 다음 날 경찰이 다녀가고 집주인이 찾아왔다. 그리고 나는 일정에 맞춰 떠났다. 선혜는 그렇게 갈 수 있느냐고 하면서도 내 얼굴에 거즈를 붙여주었다. 공항은 셰퍼즈 부시랑 달라. 니 얼굴을 보면 그냥 보내주지 않을지도 몰라. 나는 변명처럼 말했다. 그냥 싸운 것뿐이잖아. 호들갑 떨지 마. 완이 싸움 한두 번 한 거 아니잖아. 선혜는 대꾸를 하려다 관두었다.

공항까지 아무도 나를 따라 나오지 않았다. 친구들의 얼굴은 결연해 보이기까지 했다. 드디어 파티가 끝났군, 이라는 표정이었다. 나는 트렁크를 끌고 공원을 가로질러 역사로 향했다. 코트를 입지 않아 추워서 얼어 죽을 지경이었다. 비행기에서 나는 기내식을 놓칠 정도로 담요를 덮고 깊은 잠에 빠졌다.

비가 부슬부슬 내리고 있는 아침의 공원을 카오리와 나는 천천히 가로지른다. 한 사내가 벤치에 앉아 비를 맞고 있다. 국적도, 나이도 짐작할 수 없는 얼굴이다. 찝찔한 냄새가 살랑살랑 바람을 타고 콧속으로 스며든다. 비닐을 뒤집어쓴 사내는 험상궂은 얼굴로 우리를 올려다보며 손을 내민다. 우리가 그냥 지나치자 사내는 고함을 지른다. 나는 사내의 목소리가 몸에 닿기라도 한 것처럼 진저리를 친다. 앞서가던 중년 남자와 그 옆을 목줄도 없이 총총히 걷던 검정 개 한 마리가 걸음을 멈추고 돌아본다. 푸드덕, 새 한 마리가 날아오른다. 사내는 계속 고함을 질러대고 나는 전혀 알아들을 수 없다. 뭐라 하는 거냐고 카오리에게 묻자, 그냥 개똥 같은 욕일 뿐이라며 손을 젓는다.

떡갈나무 아래서 담배를 문다. 비바람에 라이터 불꽃은 이내 스러진다. 바람을 막으려 바짝 붙어 선 카오리는 겨우 불이 붙자 안도의 미소를 짓는다. 나는 카오리를 더 웃겨볼 작정이다. 젖은 나뭇잎들을 봐. 나는 비에 젖어 땅에 납작 붙어 있는 잎들을 가리키며 껑충껑충 뛰는 시늉을 한다. 영문을 아는지 모르는지 카오리는 납작하게 웃고 있다.

사랑의 생활

케이가 일곱번째 연애를 끝내고 집으로 돌아왔다. 나는 이번에는 웃어주지 않았다. 케이는 침울한 얼굴로 티셔츠를 벗어, 어이없게도 내게 내밀었다. 마치 경기를 끝낸 선수가 상대팀 선수와 셔츠를 교환하려는 것 같았다.

"나는 벗어줄 수가 없는데. 뭐, 어깨라도 두드려줄까?"

"힘이 하나도 없어. 이것조차 들 힘이 없다고."

케이의 목소리는 약에 취한 모기 같았다.

케이의 배를 힐끔 보았다. 배꼽 밑으로 이어지는 검은 털들이 눈에 들어왔다. 땀에 절어 찰싹 배에 붙어 있는 긴 털들에 나는 눈살을 찌푸렸다. 그동안의 연애 행각이 고스란히 배어 있을 것 같은 그것들은 더럽고…… 더럽게도 성적이었다.

케이가 샤워를 하는 동안, 나는 마당에서 귀뚜라미 울음소리를 들었다. 열흘이 넘게 열대야가 이어졌지만 어김없는 입추였다. 뜨릇뜨릇, 가을이 오는 소리가 깊은 밤의 마당을 조용히 흔들고 있었다. 나는 쪼그리고 앉아 한 마리 풀벌레처럼 몸을 까닥거렸다. 자꾸 입이 벌어져, 결국 나는 조그맣게 소리 내어 웃었다.

민소매 셔츠와 반바지로 갈아입은 케이가 마당으로 나왔다.

"귀뚜라미 소리를 들으니까 눈물이 날 것 같네. 지독하게 더운 여름이었어."

케이의 목소리는 명랑했다. 케이는 회복도 빠르다. 배낭만 들면 당장 휴가라도 떠날 사람 같다.

"아직은 매미들 세상인데."

나도 울 뻔했다고 말하고 싶지만, 나는 케이에게 맞장구를 쳐주지 않는다. 매력 없는 짓이라는 걸 알고 있다. 케이에게 잘 보이기 위해서가 아니다. 케이로부터 나를 지키는 방식이다.

"농사는 잘 지었니? 몸에 좋은 거 잘 먹고 잘 살았겠어."

케이는 상추와 깻잎, 고추, 토마토를 심은 텃밭 상자들을 기웃거렸다.

올봄에 완두콩을 심었다. 케이의 도움 없이 내가 처음으로 심은 작물이었다. 케이는 완두콩 화분을 그냥 지나쳤다. 완두콩을 따서 밥을 지어먹는 맛이 어떤지 얘기해주고 싶은데 케이는 기회를 주지 않는다.

케이와 나의 관계에서 주도권은 케이에게 있다. 집주인이기 때문만은 아니다. 이 집에 발을 들여놓은 순간부터 나는 케이에게 선수를 빼앗긴 사람이다. 이를테면, 나란히 걷다가 기막힌 풍경을 보고 길가에 털썩 주저앉는 일은 케이만이 할 수 있다. 같은 감정을 느껴도 나는 케이의 뒤에 말없이 서 있거나 딴청을 부린다. 나는 그것을 감정의 주도권이라 부른다. 감정을 교감하는 일이 드문 나 같은 외톨이에게 타인의 감정을 인정하기란 쉬운 일이 아니다.

케이는 나와 비슷한 감수성을 지녔다. 뛰어난 감수성이라고는 말하지 않겠다. 케이는 인정하기 싫을 테지만, 케이와 나는 마음의 주파수, 즉 마음이 동하는 지점이 비슷하다. 선수를 빼앗긴 심정은 달리 말하면 사랑일 것이다. 케이를 향한 감정의 표현은 처음부터 차단되었다. 제대로 외톨이로 성장한 사람은 이 말을 이해할 것이다. 사랑하기 위하여, 외톨이는 사랑하지 않으려 기를 쓰고 산다. 내가 할 일은 케이의 반대편에 서 있는 것. 나라는 존재는 케이의 반대말이 된다. 케이는 표출하고 나는 은폐한다. 케이는 떠나고 나는 남는다. 케이는 돌아오고 나는 돌아가지 않는다.

"사람은 한순간이더군."

나는 무슨 말인지 묻지 않았다. 한순간에 틀어진 사랑, 혹은 사람 이야기일 테지.

"좀 있으면 우리 명자 아가씨가 꽃을 피우겠구나."

케이는 잎이 무성한 명자나무 가지를 손으로 스쳤다.

이 집에 처음 온 날, 내 얼굴을 붉게 만든 것은 명자나무였다.

명자…… 가끔 혼자 마당에 서 있다 보면, 누군가의 이름을 부르듯 내 입에서는 '명자'가 한숨처럼 흘러나왔다.

〈함께 집을 돌볼 사람을 찾습니다.〉 그 봄 내 눈에 들어온 게 시글의 제목이었다.

> 마을버스를 타고 종점에서 내려 비탈진 골목길을 조금 걸어 올라가면, 길을 잘못 들었나 싶은 생각이 들 겁니다. 낭패한 심정으로 되돌아갈까 하다, 몸을 살짝 틀면 언뜻 물빛을 보게 될 것입니다. 날이 화창하면 파란 바다 빛깔일 것이고 흐린 날이라면 흰 강물 빛깔이겠지요. 그 순간을 놓친 사람이라면 함께할 자격이 없으니, 오던 길 그대로 내려가시면 됩니다. 물빛의 하늘을 보신 분은 그쪽으로 발을 내딛으십시오. 크게 다섯 걸음을 떼면 하늘 길의 끝자락이 보입니다.

과연 공지대로, 길이 끊겼나 싶어 뒤를 돌았을 때 나는 걸음을 멈추었다. 내가 본 것은 물빛이 아니라 불빛이었다. 관목 가지들 사이를 메운 환한 불빛을 본 찰나, 나는 어디선가 불이 난 줄 알았다. 그토록 붉은 노을은 처음이었다. 녹황색 담벼락의 모퉁이를 돌자, 탁 트인 넓은 축대와 계단 길이 나타났다. 진한 감빛의 노을 위에 누군가 쏟아부은 것처럼, 빨강이 번져가고 있었다.

나는 양 축대 가운데로 제단처럼 하늘을 향해 뻗어 있는 계단 길을 넋을 놓고 올랐다. 층층이 축대를 쌓아 올려 그 위에 지은 남향집들은 장방형의 아담한 마당들을 지녔다. 전체적인 분위기는 낙후된 동네였지만 달동네는 아니었다. 서울에서 가장 집값이 싼 지역이라는 소문이 믿기지 않았다.

두어 시간이나 걸려 그 집 마당에 들어설 때까지 나는 잠시 모든 것을 잊었다. 공부를 계속할 것인가, 과외비를 가져오지 않는 녀석에게는 어떻게 말해야 할까 따위의 잡념은 물론이고, 거기까지 온 목적조차 잊어버렸다. 어두워지기 전에 집을 보고 싶었다. 나는 집주인에게 전화를 걸어 당도했음을 알렸다.

하늘은 분홍과 보랏빛으로 변해갔다. 파스텔 편지지에 누군가를 향한 연서라도 쓰고 싶은 봄 저녁이었다. 저녁이 당도한 고요한 마당에는 꽃나무 두 그루와 비스듬히 벽에 기대선 자전거, 웃자란 풀들, 그리고 식탁 앞에 놓여 있었을, 식구 잃은 의자 하나가 있었다. 저 붉은 꽃나무의 이름은 뭘까. 현관문을 열고 누군가가 나왔다. 포치에 매달린 전등에 살짝 머리가 닿았다. 케이였다.

마음껏 둘러보세요. 케이는 별다른 설명 없이 집을 안내했다. 함께 집을 돌볼 사람을 찾는다고 한껏 멋 부린 글을 올린 사람답지 않았다. 내놓은 방이 어디냐고 물었을 때 케이는 미간을 살짝 찌푸렸다. 두 칸의 방과 거실, 주방과 화장실의 단순한 구조였다. 주인과 함께 부엌과 화장실을 써야 한다는 사실. 이미 알고 있었지만 케이를 본 순간 실감이 났다. '잠만 잘 분'처럼 보증금 없이 월세가 싼 이유였다. 그 점에 대해 케이는 세입자를 설득할 만한 아무런 말도 하지 않았다.

함께 지낸다고 생각하시면 돼요.

케이의 말에 나는 해야 할 질문들을 생각했다.

실례지만…… 나는 뒷말이 막막해 침을 삼켰다.

아무것도 하지 않을 때가 많아요.

케이가 느닷없이 말했다.

식구들은요?

있다 없다 해요.

더 이상 물을 말이 없었다. 어색하게 인사를 하고 돌아선 내게 케이가 말했다.

재 이름이 명자예요. 아가씨나무라고도 하는데.

붉은 꽃들이 탐스럽게 매달린 가지를 가리키며 케이가 빙긋 웃었다.

순간 얼굴이 붉어졌다.

*

정오가 다 돼서야 일어난 케이에게 밥상을 차려주었다. 밥상은 간소했다. 완두콩밥에 오이냉국, 열무김치, 된장에 풋고추와 상추가 전부였다. 케이에게 해주려고 냉동실에 넣어둔 마지막 완두콩이었다. 본래 나는 밥상에는 계란프라이 같은 기름진 찬이 하나는 있어야 한다고 생각한다. 케이가 돌아오자, 나는 아껴 먹고 있던 소시지를 냉장고 깊숙이 감춰두었다. 케이가 괘씸해서가 아니라 케이가 제일 싫어하는 음식이기 때문이다.

케이가 설거지를 하는 동안, 나는 원두를 갈아 커피를 내렸다. 오랜만에 맛보는 원두 향에 마음이 들떴다. 케이가 카페 친구에게서 얻은 원두였다. 텀블러에 진한 커피를 담았다. K 이니셜이 잔뜩 프린팅 된 텀블러는 케이의 여섯번째 애인이 만든 것이다. 여섯번째 연애를 끝내고 케이는 텀블러, 티셔츠, 액자 따위의 커플 용품들을 가방 가득 채워 왔다. 케이와 나는 아무렇지도 않게 그것들을 사용한다. 가끔 커플 티를 입고 함께 산책을 나가기도 한다.

여섯번째 애인은 영세한 홍보물 제작 회사에 다녔다. 갓 사회에 진출한 새내기는 그 회사가 얼마나 형편없는 사람들이 모인 집단인지 떠들어댔다. 얘기 도중 앞머리를 긴 손가락으로 쓸어 넘기며 떼꾼한 눈을 치켜뜰 때마다 나는 적의를 느끼곤 했다. 자신이 얼마나 부당한 대우를 받고 있는지 호소했지만 내가 보기에 그 사람은 엄살쟁이였다. 무엇이 케이의 마음을 혹하게 했는지 모를 일이었다. 케이는 홍보물 제작이야말로 아이디어 시장이라며 관심을 보였다. 기어코 둘은 연인이 되었다.

커플들을 대상으로 돈 벌 일은 너무 많아. 처음엔 주문 제작으로 하다가 커플 용품 전용 숍을 내는 거야. 아이템이 얼마나 많은지 놀랄걸. 케이의 입에서 주절주절 나온 아이템들은 내가 듣기엔 성인 용품에 가까웠다.

케이는 어린 애인과 1년을 버티지 못했다. 제작 비용이 들어가는 만큼 수요가 많지 않았다. 케이는 자신이 별로 할 일이 없는 게 가장 큰 어려움이었다고 했다.

사랑에 빠진 사람들은 남의 얘기를 듣지 않더군.

고객들은 케이의 의견을 무시했다. 기껏해야 어떤 상품이건 핑크색 하트를 그려 넣거나 사진 따위를 끼워 넣는 게 전부였다. 케이는 자신이 생각해낸 일 중 가장 유치한 일이었다고 시인했다.

연인들을 대상으로 일을 도모하는 것은 가장 어리석은 일이야. 그들은 가장 이기적이고 감정적이거든.

여섯번째 연애가 끝났을 때 케이는 무척 말이 많았다. 아마도 내 돈이 들어간 것에 대한 미안함 때문이었을 것이다.

그 시기에 나는 지니고 있던 유일한 통장을 헐었다. 케이는 되는대로 달라고 했다. 전세금이라기보다 아주 적은 보증금에 가까웠다. 돈이 있다면 더 내놓고 싶을 정도였다. 이미 나는 한 식구처럼 케이와 살고 있었기에 아무런 저항이 없었다. 다만 일을 함께할 애인이 내 맘에 들지 않았다. 월세에서 해방된 나는 케이와 완전한 식구가 되었다. 처음부터 케이는 주변 사람들에게 나를 세입자로 소개하지 않았다. 나는 함께 집을 돌보는 사람이었다. 그러나 식구의 심정을 느낀 것은 그때부터였다.

케이는 부모님이 물려주신 집을 지키는 게 삶의 원칙인 것 같았다. 썩 훌륭한 원칙이다. 케이는 이 집에서 태어나고, 자라고, 살고 있다. 평생을 한집에서 산다는 것은 나로서는 실감나지 않는 이야기였다.

설거지를 끝낸 케이는 커피를 들고 내 앞에 앉았다. 케이의 앞자락은 깨끗했다. 나는 설거지를 하면 앞자락이 흠뻑 젖는다.

"세상일을 설거지하듯이 하면 참 좋을 텐데."

케이는 내 말에 별 반응을 보이지 않는다.

"집이 그렇게 덥진 않았지? 시원한데. 편하게 지냈겠어."

"무슨 소리야? 얼마나 더웠는데. 이제 겨우 살 만한 거지."

여름 내내 나는 문이란 문은 모두 열어두고 지냈다. 파란 방충망 너머로 들려오는 매미들의 울음소리에 나 역시 짝 없는 한 마리의 매미가 된 것 같았다. 이러다 방바닥에 눌어붙어 허물만 남는 건 아닐까. 내 허물을 발견하는 케이의 모습을 상상하는 것이 그나마 낙이었다.

"사람도 딱 시기를 정해서 일제히 짝을 찾으면 좋을 텐데. 봄 여름 가을 겨울 시도 때도 없이 연애질하는 사람은 참 힘들겠다. 도대체 연애가 뭘까?"

나는 정말 궁금하다는 듯이 물었다.

"사랑의 생활이지."

케이는 단박에 대답했다. 연애의 달인답다.

"그러기 위해서는 일을 해야지. 뭐든 새로운 일을."

케이는 연애의 달인보다는, 창업의 달인이 더 맞을지도 모르겠다. 케이는 사람을 만나면 무슨 일이든 함께하려고 했다. 새로운 사람에 대한 관심은 자연스럽게 일로 연결되었다. 그러다 보면 그들은 이미 연인이었다.

"집은 왜 나가는 거야? 도대체 가출이랑 연애랑 무슨……"

가출이라는 대목에서 케이와 눈이 마주친 나는 입을 다물었다. 문득 내가 세입자라는 사실이 떠오를 때가 있다.

"돌아오기 위해서지."

케이는 대답도 잘한다. 답변의 달인이다.

나는 케이의 일곱번째 연애의 끝이 궁금했다. 이번에는 아무런 말이 없었다. 뭔가 더러운 꼴을 당한 것 같았다. 애견카페와, 그러니까 첫번째 연애를 끝내고 돌아왔을 때의 모습과 비슷했다.

애견카페는 케이의 아이디어였다. 지금이야 흔히 볼 수 있지만 당시에는 드문 업종이었다. 케이의 역대 애인들 중에 가장 형편이 좋았던 사람이었다. 두 계절을 개들과 함께 지내고 돌아온 케이의 모습은 한 마리의 유기견 같았다.

"나는 동물을 좋아하지 않는 사람이더군. 집중을 할 수 없으니까 생활이 되지 않아."

케이는 그렇게 말했지만 나는 케이가 개만도 못한 취급을 받았다는 것을 눈치챘다.

"있는 집 개들은 말도 하더군. 나란히 넷이서 식탁에 앉아 밥을 먹다 보면 개들이 말하는 소리가 들려. 가끔 내가 그 개 소리를 못 알아들으면 그 사람은 나를 바보 취급하지."

그 시절 케이의 모습이 떠올라 웃음이 나왔다. 케이도 피식 웃었다.

"네가 있으니까 가는 거지."

케이의 말에 나는 조금 서운했다. 네가 있어 돌아오는 거라고 말하면 뭐 그렇게 의미가 다를까. 하긴 너 때문에 나가는 거라고 말하지 않는 게 다행이다.

*

나는 거의 외출하지 않는다. 외출은 일주일에 두 번, 과외 교습이 있는 날만 했다. 케이의 집에 살면서 그렇게 되었다. 교통이 좀 불편한 이유도 있고, 나갈 일이 없었다.

내가 이 도시에서 생존할 수 있는 방법은 남들과 다르게 사는 것이다. 스펙을 쌓기 위해 투자하는 것을 포기하고 가급적이면 경제활동을 하지 않는다. 케이의 집에 살게 된 후, 비로소 생활인이 된 것 같았다. 저녁이 와도 죄책감이 들지 않는다. 이것저것 계산할 항목이 없기 때문일 것이다.

나는 약간의 돈을 벌고 약간의 음식을 먹고 약간의 전원생활을 한다. 버는 돈이 적은 대신 나는 돈을 쓰지 않는다. 어지간

해서는 걸어 다니고, 술을 마시지 않고, 여행을 가지 않는다. 돈이 없으면 쓰지 않으며, 쓰지 못한다는 사실에 저항하지 않는다. 아무리 마음을 고쳐먹으려 해도 돈을 벌자는 마음이 들지 않는다. 왜 그런지 이유를 알 수 없다. 다른 사람들은 어떻게 돈을 벌 마음을 먹게 되는지 궁금하다.

나와 달리 케이는 돈을 벌고 싶어 한다. 그렇다고 돈을 벌기로 마음먹은 사람 같지는 않다. 케이의 계산 방식은 세상의 것과는 다르다. 사람에게 신뢰를 주는 방식도 케이는 달랐다.

집을 보긴 했지만, 사실 나는 케이의 집에 살게 될 줄은 몰랐다. 여러 정황상 맞지 않았다. 하지만 어렴풋한 꿈처럼, 그냥 흘려보내고 싶지 않은 꿈처럼 내내 그 집을 생각했다. 붉은 노을, 봄 저녁의 마당, 명자나무의 여운 때문이었을까. 인상적인 외모였음에도 분명하게 생각나지 않는 케이의 얼굴 때문이었을까. 결국 나는 다시 그 동네를 찾아갔다. 주인을 꼭 만날 필요는 없다고 생각했다. 있으면 들어가고 아니면 멀리 산책이라도 나온 셈 치면 그만이었다. 산책이라고 하기에는 날이 궂었지만.

대문이 활짝 열려 있었다. 마당에 나와 있던 두 사람이 집을 기웃거리던 나를 발견했다. 그들은 내게 수줍게 인사를 했고 나 역시 얼떨결에 인사를 나눴다. 방을 보러 온 사람들인가 생각했다. 안에서 나온 케이가 나를 보았다. 첫날과 다르게 무척 반가워했다. 여기 이분은 함께 살게 될 사람. 케이는 나를 그렇게 소개하며 집 안으로 데려갔다. 빗방울이 떨어지기 시작했기 때문이었다.

거실에는 예닐곱 명의 남녀들이 밥상에 둘러앉아 있었다. 어쩌다 보니 그 틈에서 나도 숟가락을 들게 되었다. 식사가 끝나고 나는 둘러앉은 사람들 뒤의 구석에 앉았다. 밥만 먹고 가기 민망했고, 케이를 따로 불러낼 요령도 없었다. 빗줄기는 점점 굵어졌다.

그들은 커피 전문점, 카페 얘기를 하고 있었다. 나는 흔히들 생각해봤을 '카페 차리기'에는 관심이 없었다. 그런 쪽의 이야기라면 그저 친한 친구가 카페 사장이었으면 좋겠다는 바람 정도다. 내 자세는 점점 흐트러졌다. 뭔지 모를 실망감과 편안함이 공존했다. 나는 아예 등을 기대고 한쪽 다리를 뻗고 있었다. 사람들은 모두 케이를 바라보고 있었고 나는 케이의 등을 보고 있었다. 그중에는 케이의 첫번째 애인도 있었다. 그 생각을 하면 내가 아득하게 작아지는 기분이 든다. 나는 둘이 그런 관계가 될 줄은 몰랐다.

내가 케이의 이번 연애를 일곱번째라 하는 것은 그때를 기준으로 삼기 때문이다. 그 이전의 연애사까지 알고 싶진 않다. 하지만 내가 모르는 케이의 연애가 이 세상 어디선가 진행되고 있을지도 모른다는 생각을 하면, 잃어버린 소지품이 뒤늦게 떠오르는 것 같은 낭패감이 들 것이다. 여하튼 그날 나는 이따금 내 쪽을 돌아다보는 케이에게 엷은 미소를 지어 보였다. 고개를 돌려 어깨 너머로 나를 향하는 케이의 얼굴은 상당히 예민해 보였다.

고백하건대, 나는 그 표정에 사로잡힌 셈이 돼버렸다. 어쩌다 보니 차가 끊긴 시간이 돼버렸지만 나를 그 자리에 끝까지 남게 한 것은 케이의 그 얼굴이었다. 케이는 나라는 존재를 마음에 걸려 하고 있었다. 나는 참관인의 마음으로 그 자리를 떠나지 않았다. 내세울 것 없는 사람의 허세이자 일종의 오기였다. 사람들이 하나둘씩 돌아가고, 남은 사람들이 얼기설기 잠들었을 때 케이는 나를 마당으로 불러냈다. 비로소 한 가지 일을 마친 듯한 기분이 들었다. 비는 멈춰 있었고 새벽하늘은 청회색을 띠고 있었다.

케이는 불편한 자리였냐는 따위의 판에 박힌 말은 하지 않았다. 나를 다 파악했다는 듯이 웃고는, 나를 마당 한가운데로 세웠다.

자, 어깨를 펴고 깊이 심호흡을 해봐요.

케이는 내 어깨를 양손으로 잡아 눌렀다.

나는 그날 어처구니없게도 케이와 등배지기 스트레칭을 했다. 처음 만난 사람과 입을 맞추는 것보다 두 번 만난 사람을 자신의 등에 태워 흔드는 것이 얼마나 인상적인지 케이는 알고 있었다. 그것도 모자라 케이는 내게 어떤 말이든 한 마디씩 하라고 했다. 오래전, 얼굴도 기억나지 않는 사람과 섹스를 했을 때, 야한 말을 해달라는 예상치 못한 부탁을 들었을 때처럼, 나는 우스꽝스럽게도 하늘을 볼 차례가 될 때마다 꾸역꾸역 말을 하고 말았다. 케이는 그저 나를 등에 태워 살짝 흔들 뿐이었는데, 무턱대고 내 입에서는 변명이 흘러나왔다.

잘 모르겠어요. 지금까지 왜 그러고 앉아 있었는지.

그냥 처박혀 있는 기분이에요. 사는 내내.

비가 많이 와도 집은 괜찮네요.

좋은 사람들인 것 같아요.

케이와 나는 함께 숨고르기를 했다. 나는 마지막 긴 숨을 내뱉으며 말했다. 여기서 살고 싶어요.

*

"혹시, 어제 먹은 밥에 있던 콩이 여기서 난 거야?"

케이가 완두콩 화분을 가리켰다.

지지대랑 잎 쪼가리들만 남아 있는데도 케이는 완두콩을 알아보았다.

"봄에 심었어. 어제 그게 마지막 완두콩이었는데. 그 화분 들고 오느라 애먹었어. 내년엔 좀더 심어야겠어. 생각보다 쉽던데? 잘 자라고."

"어쩐지 씨알이 좀 작더라. 맛있었어."

지금껏 길러본 작물 중에 완두콩 재배가 제일 흥미로웠다. 물에 불린 콩을 심었더니 금방 싹이 돋았다. 지지대를 휘감아

올라가는 넝쿨손을 보는 재미가 쏠쏠했다. 작은 종처럼 매달려 있다 어느새 벌어지는 흰 꽃의 관능. 꽃이 질 즈음에 깍지가 비죽이 고개를 내밀었다. 깍지 속이 궁금해 하루에도 몇 번씩 딸까 말까 망설였다.

케이의 집에 살면서 터득한 가장 유익한 일은 텃밭 가꾸기다. 도시에서 자란 케이가 그런 일을 잘하는 것도 연애 때문이다. 한때 그는 지리산 근방에서 거의 두 해를 지냈다. 그때의 내 심정은 이랬다. 그래, 넌 떡을 치고 난 글을 쓰는 거지. 그러나 케이가 없는 케이의 집에서 나는 아무것도 제대로 하지 못했다.

지리산에서 돌아온 케이는 며칠 내내 잠만 자더니 잠꼬대처럼 말했다.

섹스를 하지 않는 사랑은 불가능해.

나는 그 말에 코웃음을 쳤다.

마음이 식었다고 말해.

내 말에 케이는 빙긋 웃었다.

몸이 지쳐버렸어. 마음이 식기도 전에.

무척 오래전 일이다. 차라리 케이야말로 스님이 되었더라면 어땠을까.

스님을 모시고 있었다지만 내가 보기에 그 시기는 케이의 세 번째 연애였다. 그 스님이 여자인지 남자인지는 소문처럼 확실하지 않았다. 두 스님이 케이를 예뻐했던 것은 분명했다. 훗날 나는 케이가 없을 때 번갈아가며 찾아오는 스님들을 며칠씩 공양해야 했다. 스님들이 아니라면, 어쩌면 케이는 장삼 자락에 숨어 어여쁜 보살님과 혹은 고독한 불목하니와 연애를 했던 것인지도 모른다. 그것도 아니면 그 모두와 연애를 했든지.

가끔 케이는 사람들이 마음에 들면, 정말 안타까운 얼굴로, 저이들과 모두 다 같이 연애를 할 수는 없을까라고 탄식을 하기도 했다. 말 같지도 않은 수작에 혀를 차는 것으로 대신했지만, 그 말이 저이들과 다 함께 생활할 수는 없을까라고 나왔을 때는 기겁을 하고 말았다.

다섯이 함께 지낸 시절이 있었다. 케이의 바람과는 달리 한 달을 채우지 못했다. 나를 제외한 셋이 케이와 연애를 했는지는 모르겠지만, 한 명씩 말없이 집을 떠나는 걸 보면, 케이에게는 가능한데 그들에게는 가능하지 않은, 함께 눈을 마주칠 수 없는 일이 있었음은 분명했다. 나는 진정한 상대가 누구였는지도 짐작할 수 있었다. 제일 늦게 나간 사람. 나는 그 사람을 케이의 다섯번째 애인으로 목록에 올려놓았다. 첫 콩깍지를 열었을 때, 나란히 누운 다섯 알의 초록 완두를 보고 그 시절이 생각나 웃었다.

"무슨 생각을 하니?"

"올가을에는 무얼 심을까."

내 말에 케이는 웃음을 터뜨렸다.

"자나 깨나 먹는 생각뿐이군. 좋은 생각 하고 사는구나."

케이는 그렇게 말하면서 내 머리를 쓰다듬었다.

"가을엔 무를 심어도 좋은데…… 아, 이것도 괜찮을 거 같아. 마당을 다 텃밭으로 만들어서 본격적으로 유기농 재배를 해서 그걸 직접 파는 거야."

"또 시작이야. 좀 쉬어. 너무 빠르지 않아?"

"세상에는 너무 늦은 일도 없지만 너무 빠른 일도 없지."

케이는 자신만만하게 말했다.

"결국 만두가게는 폐업하는 거야?"

"무슨 소리야…… 곧 오픈해. 잘되면 체인점 모집도 하게 될 거야."

"속 좀 쓰리겠다."

괜찮다고, 케이가 다정하게 말했다.

케이는 참, 다정한 사람이야. 누군가에게 케이를 설명할 일이 있으면 나는 그렇게 말할 것이다. 그러나 그런 일은 없었다. 아무도 내게 케이에 대해서 묻지 않았고 나 또한 케이를 말해줄 대상이 없었다. 케이의 친구들은 모두 케이를 잘 알고 있는 것처럼 굴었다. 아마도 그것은 저마다 케이와의 특별한 기억을 지니고 있기 때문일 것이다. 케이는 모르는 일방적인 감동의 순간 말이다. 나처럼 그 순간을 견디는 인간이 있는가 하면 케이의 일곱번째 애인처럼 바로 사랑에 빠져버리는 인간도 있다. 그 사람은 그 순간을 여러 사람들 앞에서 말해버렸다. 나는 그들의 연애가 좋지 않게 끝나리라 짐작했다. 그런 순간은 대놓고 말하면, 아무것도 아닌 일이 되어버린다. 공감은커녕 쉽게 사랑에 빠지는 사람의 시시한 변명으로 들리기 십상이다.

나는 만두를 좋아해.

케이가 철 지난 바닷가에서 문득 그렇게 말했을 때, 그 사람은 사랑에 빠졌다고 했다.

마치 느닷없는 사랑 고백을 받은 것처럼 말문이 막혔어요. 다른 사람들은 바다만 바라보고 아무 대꾸가 없었는데, 나는 그 말에 어찌할 바를 몰랐어요. 학창시절 내 별명이 만두였기 때문만은 아니에요. 케이가 딱히 내게 한 말도 아니었어요. 케이는 우리 집이 만두가게를 한다는 사실조차 알지 못했으니까. 그걸 말하지 않은 건 부끄러움 때문이 아니에요. 그건 아버지를 부끄러워하지 않지만 아버지 이야기를 하지 않는 것과 마찬가지죠. 하지만 우리 집 식구들의 별명이 모두 만두였을지도 모른다는 생각을 하면 좀 슬퍼요.

이 고백을 할 즈음에 이미 둘은 연인이었다. 케이는 여름 내내 임시 휴업 중인 만두가게에서 지냈다. 애인네는 새로 들어선 만두가게 때문에 곤란을 겪고 있었다. 식구들은 도대체 알 수가 없었다. 안에 뭐가 들어 있기에 사람들이 그 집 만두를 먹으려고 30분씩 줄을 서는지. 이러한 사정을 애인은 케이에게 털어놓았다. 그날부터 케이는 만두가게를 돌아다니며 정성을 쏟았다. 케이에게는 만두 맛이 다 거기서 거기였다. 대신 케이는 새로운 메뉴를 개발했다. 다섯 가지 맛 왕만두. 케이가 개발

한 만두는 고기맛, 김치맛, 카레맛, 치즈맛, 고구마맛 다섯 가지가 한꺼번에 들어 있는 새로운 만두였다. 케이가 좋아하는 '여럿이 함께' 스타일이었다. 케이는 자신이 개발한 메뉴였기에 당연히 자신의 이름으로 특허를 신청하려 하였으나 애인의 아버지는 생각이 달랐다. 케이에게 모든 것을 제공하였기 때문에 회사로 치면 케이는 직원이었다. 가업을 이을 애인 또한 아버지의 생각에 동의했다. 한동안 케이는 부모의 반대에 부딪힌 연인 같은 얼굴을 하고 다녔다.

"기본적으로 생활 방식이 다른 사람들이었어. 상당히 가족중심주의적인 사고를 지니고 있더군. 그건 성기 중심의 사고를 지니고 있는 거나 마찬가지야."

"잘 끝낸 거지? 또 뭐 찾아온다거나 그런 건 아니겠지?"

"다른 건 몰라도 만두가 구질구질한 인간은 아니지."

깔끔하지 못한 연애의 최악은 애견카페였다.

애견카페는 케이의 마음을 돌리려 매일 집에 찾아왔고, 케이는 두번째 애인과 함께 줄행랑을 쳐버렸다. 케이의 두번째 연애는 도피나 다름없었다. 함께 줄행랑을 친 사람이 두번째 애인이 되었다고 해야 맞았다. 애견카페를 피하기 위해서 누구의 손이라도 잡고 달아날 판이었다. 그 사람은 공무원이었다. 하필 도피 행각을 벌인 시기가 을지훈련 기간이었다. 경유서까지 제출해야 했던 6급 주사는 승진 대상에서 누락되었다. 케이는 주사의 주사에 얻어터지기도 했다. 나는 한동안 술에 취해 번

갈아가며 케이의 집을 찾아오는 두 엑스들의 술주정을 받아주어야 했다.

그랬다. 케이는…… 혼자서는 달아나기는커녕 잠도 자지 못하고 밥도 먹지 않는다. 그래서 지금까지 나를 남겨둔 것이다. 잠시라도 혼자 남아 있는 게 싫어서. 이 생각이 들면 나는 케이를 깔고 앉아 흠씬 두들겨주고 싶어진다.

*

케이는 잠에서 막 깨어난 아이처럼 앉아 두리번거렸다. 그러더니, 아, 하고는 다시 드러누웠다. 나는 잠을 깨워 미안하다고 사과했다.

"잘했어. 얼마나 힘들었는데…… 다행이다. 집이라서."

"꿈꿨어?"

"어…… 집으로 오는데 계속 엉뚱한 길이 나오고, 아무리 가도 집이 안 보여. 잠깐만 이리 와봐. 다리 좀 이리로 해봐."

나는 케이에게 다가앉았다. 맨살이 장판에 닿을 때마다 쩍쩍 소리가 났다. 나는 다리 한쪽을 케이에게 내주었다. 마음 같아선 등이라도 쓸어주고 싶었다.

"그나마 집칸이라고 물려받았으니 나름 품위 유지하고 사는 거지. 넌 이 집이 아니면 아무것도 아냐."

케이의 부모님은 현명했다. 케이에게 집을 지키라는 유언을

남겼다. 케이는 착한 아들이었다. 집을 담보로 잡는 일 따위는 하지 않았다. 어떤 이는 바보라 하고 다른 어떤 이는 훌륭하다고 했다.

위기는 있었다. 네번째 애인과의 일이었다. 그들은 식당에서 혼자 밥을 먹다 만나게 되었고 사랑에 빠졌다. 둘은 혼자 밥 먹는 사람들을 위한 레스토랑을 개업했다. 애인은 형편에 맞지 않는 대출을 받았다. 규모는 작지만 길목이 좋아 장사는 되는 편이었다. 애인은 대출금의 이자를 줄이기 위해 케이가 일부를 부담할 것을 제의했다. 주방을 맡고 있던 케이는 고민 끝에 그 제의를 거절했다. 집을 담보로 대출을 받을 수 없다는 케이의 말을 수완 좋은 네번째 애인은 이해하지 못했다.

동업자가 되고 싶지는 않아. 그러면 사랑은 깨져.

케이는 그렇게 말했다. 사랑이 깨질까 봐 사랑을 깬 아이러니였다. 진정한 사랑이 아니었을 거라고, 나는 케이에게 흔해 빠진 위로를 건넸다.

네번째 연애를 끝내고 케이는 한동안 '혼자서도 잘하는 사람들' 모임에 들락거렸다.

혼자서도 잘하는데 왜 혼자 있지 못하고 혼자인 사람들이 모이는 걸까.

사람들은 고독도 전시하려고 하더군. 케이의 대답이었다.

케이는 그 모임에서 세 명을 집으로 데려왔다. 혼숙 시절의 다섯 명 중에 셋이 그들이었다. 콩 같은 사람들이었다.

"갑자기 모든 게 너무 피곤해. 올겨울은 어떻게 지내게 될까……"

"날도 추운데, 세입자를 하나 받는 건 어때? 아님 하숙을 치든가."

케이가 돌아누우며 말했다. 방이 없잖아.

구부정한 케이의 몸은 열린 괄호 같았다. 나도 케이의 등을 향해 모로 누웠다. 두 개의 열린 괄호 모양이 되었다.

"내 방."

케이가 나를 향해 다시 돌아누웠다. 케이와 나는 서로 마주보았다. 〈 〉. 우리는 온전한 괄호가 되었다.

"그럼 너는?"

"난 네 방."

내 말에 케이는 처량하게 물었다. 그럼, 난?

"너야, 아무 데서나 아무하고나 잘 자잖아."

"나, 집주인 맞니?"

"응, 너는 집을 지켜야 하는 집주인이고 나는 집을 돌보는 사람이지."

케이는 한참 말이 없더니 고개를 끄덕이며 중얼거렸다.

"빨리 함께 일할 사람을 찾아야겠구나. 어떻게든 벌어먹고 살아야 할 텐데."

"그런 생각을 하긴 하는구나. 넌 벌어먹지 않는 스타일이잖아."

"그렇다고 빌어먹는 것도 아닌데. 그럼, 넌 뭐니?"

"나는 아주 조금 벌어 조금 먹고, 그냥…… 가만히 있잖아."

내가 실없이 웃자, 케이도 웃었다.

"만약 내가 없으면, 아니, 이 집이 없어지면 어떡할래?"

케이의 능청스러운 궁상에 휘말리지 말 것. 그러나 나 역시 노인네처럼 중얼거렸다.

"집이 사람보다 수명이 짧나……"

나는 최대한 심드렁하게 말하려 애썼다.

"집이 사라지게 되면 뭐, 결국은 네 손에 돈이 들어오겠지. 우리가 할 계산은 별로 없겠지만. 그래도 뭔 수가 나지 않을까. 너야말로 집이 없어지게 되면 어떡할 건데?"

"집을 지키기 위해서 일단은 뭐든 하겠지."

"그때야말로 네가 하고 싶은 창업을 해야지. 그럼 다른 사람하고 같이 안 하고 혼자 하면 되잖아."

"넌 아직도 나를 잘 모르는 것 같아."

알고 싶지 않다고 해야 평소의 나일 것이다. 그러나 나는 모처럼의 '마주 보기'를 놓치고 싶지 않았다.

"나는 내 말에 귀를 기울이는 사람이라면 누구든지 한 팀이 될 수 있어. 거기에 사랑이 있다면 더할 나위 없이 좋은 거 아냐? 함께 일하고 사랑하고 살면 되는 거야."

내가 케이의 곁에 오래 있게 된 것은 창업의 의지가 없기 때문이다. 가진 자산이 없다는 말과 다름없지만 나는 언제나 뒤로 빠져 있었다. 만약 적극 끼어들었다면 케이는 한때나마 나를 사랑했을지도 모른다. 그리고 나는 이 집을 떠나야 했을 것이다.

"그게 네 문제라는 거야. 그렇게 사랑이 쉬워?"

"사랑이 어려울 이유가 있을까? 사람들은 어떤 식으로든 계산을 하니까 사랑이 어려운 거야."

"결국은 다 실패했잖아."

케이는 내 말에 벌컥 화를 냈다.

"그럼 성공이야?"

내 목소리는 절로 움츠러들었다.

"연애하는 데 실패랑 성공이 어디 있어? 그저 다한 것뿐이지. 네가 말하는 성공한 연애는 뭐야?"

케이는 방으로 들어가버렸다.

케이와 나는 땅거미가 질 때까지 각자의 방에 있었다. 나는 밥상을 차리지 않았다. 케이는 점심을 굶었고 나는 냉장고에 숨겨둔 소시지를 꺼내 먹었다.

*

저녁 무렵, 한 무리의 사람들이 찾아왔다. 케이와 나는 마당으로 나가 손님들을 맞았다. 만화가와 시인과 사진작가와 기타리스트와 처음 보는 얼굴. 만화가의 손에는 슈퍼 비닐봉지가, 사진작가의 손에는 담배가, 기타리스트의 손에는 기타가 들려 있다. 시인의 손에는 접은 양산과 핸드백이 들려 있고, 처음 보는 얼굴의 손에는 닭장이, 닭장 안에는 수탉 한 마리가 들어 있었다.

검정에 흰 깃털이 섞여 있는 닭은 전체적으로 네이비블루빛이 돌았다. 알을 품듯 웅크리고 앉아 이따금 고개를 드는 닭의 얼굴에는 근심이 가득해 보였다.

"그거, 먹을 거예요?"

케이의 말에 모두 웃음을 터뜨렸고, 시인이 말했다.

"이 둘을 한꺼번에 소개할게요. 얘는 아파트 베란다에서 살던 놈인데 주민들 항의로 쫓겨났어요. 고민을 하다가, 딱 케이가 생각난 거예요. 여긴 마당이 있으니까. 그래서 내가 혼자 못 들고 올 거 같아서, 이 친구를 부른 거예요. 뭐, 초면이지만…… 우리 원래 다 초면이었잖아요?"

"오늘 새로운 분이 오신다더니 바로 이, 수탉님이시군요."

내 농담에 처음 보는 얼굴이 닭을 가리키며 대꾸했다.

"네, 이분 이집트에서 오신 분이고 저는 요 아랫동네에서 왔습니다."

"닭한테 끼와 오신 거네."

기타리스트가 경상도 억양으로 말했다.

"이젠 난 몰라. 싫다고 해도 여기다 두고 갈 거야. 잡아먹든 버리든 맘대로 해요."

시인이 앙탈을 부리듯 말했다.

"닭하고 기념사진이라도 박을까요?"

사진작가의 말에 만화가와 나는 뒤로 빠졌다.

케이는 닭을 마당에 풀어놓자고 하고, 나는 텃밭 상자들이 염려되어 말렸다.

"그래도 먼 길 왔는데 좀 풀어서 쉬게 하는 게 좋지 않을까?"

케이가 다정하게 말했다. 나는 마땅찮은 얼굴로 먼저 집 안으로 들어갔다.

거실 창 너머로 케이와 친구들의 웃음소리가 들려왔다. 케이의 사람들은 참 잘 웃었다. 나는 힐끔 밖을 내다보았다. 닭장 문을 열어도 수탉은 움직이지 않았다. 나올 생각이 없는 모양이었다. 집을 좋아하는 녀석이라니, 다행이었다. 잠시 후 닭의 비명이 들렸다. 사람들이 소란을 떨며 닭을 쫓아다니고 있었고 닭은 마당을 가로질러 훌쩍 대문을 넘었다. 한참 뒤에 케이와 친구들은 집으로 들어왔다. 웃고는 있었지만 진땀깨나 뺀 얼굴이었다. 수탉은 닭장 속으로 돌아갔다.

케이는 처음 보는 얼굴에게 내 소개를 했다. 우리 집, 사람.

모두 웃었는데 처음 보는 얼굴은 웃지 않고 되물었다. 진짜요?

폐교와 땅, 공동체, 정착자금 지원 따위의 익숙한 말들이 오갔다. 나는 벽에 기대어 앉아 오징어 다리의 단물을 빨았다. 케이의 여덟번째 애인이 누가 될지 짐작이 갔다. 밤이 깊어갔다. 내 귀에는 이따금 닭이 뒤치는 소리가 들렸다.

수탉이 울었다. 거실에서 잠든 사람들이 닭처럼 머리를 들고 주변을 두리번거렸다. 그들은 다시 고개를 처박고 잠을 청했다. 수탉은 날이 훤히 밝아올 때까지 줄창 울어댔다. 더 이상 잠을 잘 수 없었다. 간밤에 내린 의기투합의 결론이 무엇인지 모르겠지만, 케이와 친구들은 남쪽, 버려진 집들이 있는 곳을 향해 길을 나섰다.

그들이 떠나고 나는 마당에 서서 가벼운 맨손 체조를 했다. 매미의 허물을 밟았다. 이 매미는 짝을 찾은 것일까. 짝을 찾지 않아도 때가 되면 허물이 절로 벗겨지는 것인지 궁금했다. 나는 그것을 주워 수탉에게 내밀었다. 쪼는 힘이 무척 셌다. 순식간에 매미의 허물을 먹어치웠다. 그렇게 울어댔으니 배가 고플 만도 했다. 나는 닭장 문을 열었다. 수탉은 힐끔 나를 쳐다보고는 열린 문 따위는 아랑곳하지 않는 듯이 밖으로 나오지 않았다. 나 역시 녀석이 뭘 하든 알 바 아니었다. 어느새 마당으로 나온 수탉이 완두콩 화분에 올라앉았다. 수탉은 거만한 표정으로 나를 쳐다보았다.

태풍 예보는 거짓말 같았다. 높고 푸른 하늘에는 커다란 깃털 구름들이 한가롭게 떠 있었다. 매미의 울음이 길게 이어지다 끊어졌다. 올해의 마지막 매미일 거라고 생각했다. 수탉과 나는 마당을 서성거렸다. 올가을엔 무얼 심을까.

그가 내린 곳

윤은 순환관상도로를 걸어서 올라갔다. 순환열차는 운행하지 않았다. 설사 운행 중이더라도 알록달록한 꼬마 열차를 탈 마음은 없었을 터이지만, 바람을 안고 올라갈 때는 혹시 열차가 올까 싶어 뒤를 돌아보기도 했다. 멀고 지루한 언덕길이었다. 굳이 이곳에 온 이유가 뭘까 생각해보았지만 별다른 게 없었다. 택시기사가 행선지를 물었을 때 잠시 머뭇거리다 나온 답이 태종대였다.

등대로 가는 길가의 작은 가게들은 휴업 중이었다. 왠지 당연한 일이라는 생각이 들었다. 윤의 기억에, 그가 올 때마다 이곳의 점포들은 영업을 하고 있지 않았다. 문득 오늘이 월요일이라는 사실이 떠올랐다. 공공장소의 휴무일은 월요일이 대부분이니까 여기 점포들도 쉬는 날일 것이었다. 순환열차가 운행을 하지 않는 이유도 월요일이기 때문일 것이라고 생각했다. 그렇다면 윤은 이곳에 월요일에만 온 셈이었다. 새로운 사실이라도 발견한 것처럼 윤은 이곳의 월요일이 반가웠다.

신선대로 내려오면서 윤은 담배를 꺼내 물었다. 거센 바닷바람에 간신히 불을 붙이고 자살바위가 어디쯤일까 생각했다. 예전에도 똑같은 생각을 했던 것 같았다. 그렇다면 윤은 이곳, 월요일이면 자살을 생각하는 셈이었다. 오늘 이곳에서 뛰어내린다면 하나의 이야기가 탄생할 수도 있을 것 같았다. 메모가 하고 싶어 윤은 습관적으로 휴대전화를 꺼내보았다. 배터리는 오래전에 방전되어 있었다. 그러자 '이곳 월요일'의 경험적 사실을 전혀 신뢰할 수 없었다. 영업 전후의 문 닫힌 상점들의 풍경은 그의 기억 속에는 익숙한 이미지이기도 했다. 결국 윤은 오늘이 월요일인지조차 확신할 수 없었다. 동시에 오늘이 월요일이면 좋겠다는 생각이 간절해졌다. 사람이 보이면 당장이라도 오늘이 무슨 요일인지 물어볼 수도 있을 것 같았으나 주위엔 아무도 없었다. 문득 Y의 소설 「앨리스가 오지 않는 월요일」이 떠올랐다. Y라면 오늘이 월요일이라고 확실하게 말해줄 것 같았다. Y와 일면식도 없으면서 윤은 Y를 알고 있다고 여겼다. 심지어 Y도 자신을 알고 있을 거라고 여겼다.

윤은 담뱃불을 튕겨내고는 한동안 바다를 바라보았다. 죽고 싶은 마음이 전혀 들지 않을 정도로 3월의 바닷바람은 차고 거섰다. 아무 생각도 들지 않는다고 생각하는 순간, 윤은 눈살을 찌푸렸다. 곧바로 어떤 생각을 해야 마땅할지 난감해지기 시작했다. 윤은 슬그머니 주위를 둘러보았다. 역시 사람은 보이지 않았다. 윤은 두 다리에 잔뜩 힘을 주고 허공에 팔을 휘둘렀다. 결국 윤은 최를 떠올리지 않을 수 없었다.

오래전, 둘이 함께 이곳에 왔을 때, 최는 풍차돌리기라도 하는 것처럼 양팔을 휘저으며 뛰어내릴 듯 바다를 향해 내달려 윤을 놀라게 했었다. 윤이 제대한 직후의 까마득한 일이었다. 그들은 군대에서 각별한 사이였다. 군대에서부터 시작된 두 사람의 인연은 10년이 훨씬 넘도록 이어진 셈이지만 실제 사회에서 그들이 만난 횟수는 손가락에 꼽을 정도였다. 윤이 최를 마지막으로 본 것은 5년 전쯤이었다. 그 후 내내 연락이 없던 최에게서 작년에 청첩장을 받았다. 최의 결혼은 뜻밖의 일이었다. 그러나 그 때문에 윤이 결혼식에 가지 않은 것은 아니었다. 부산은 선뜻 가기에는 너무 멀었고, 최가 부르면 윤은 언제나 거절했다.

윤은 태종대에서 내려와 자갈치 시장으로 이동했다. 최를 염두에 두고 부산에 온 것은 아니었다. 그는 그곳에 없는지도 몰랐다. 예고 없이 찾아와도 최를 못 만난 적은 없었다. 어쩌면 이번에는 그가 없을지도 모른다는 생각이 들었다. 이 생각은 매번 들었다. 만약 오늘 만나지 못한다면 너와는 영영 끝일 수 있겠군. 마치 부재중인 최에게 벌이라도 내리듯 윤은 생각했다. 그러나 그 역시 매번 하는 생각이었다. 부모님의 식당을 물려받은 식당 주인 최의 다른 행보란 기껏해야 잠시 자리를 비우는 것일 뿐이었다. 한 상 차려 먹으면서 주인장을 기다리면 되겠다고 생각하면서 윤은 중얼거렸다. 아니면 말고.

남들의 생각과는 달리 윤은 여행에 익숙하지 않았다. 목적지 없이 혼자 낯선 도시를 떠도는 것은 늘 부담스러웠다. 주로 여관이나 지인들의 집에서 시간을 보냈다. 지도를 펼쳐볼 때는 그곳을 떠날 궁리를 할 때뿐이었다. 오랜만에 만나는 지인들은 더플백을 멘 윤의 방문을 신기해했다. 윤이야말로 그가 간신히 기억하는 곳에서 건강하게 먹고살고 있는 그들이 신기했다. 확고한 인생 같아 보였다. 흐릿한 기억이 미안할 정도였다. 윤은 정말 다행이라는 듯이 그들과 포옹하며 어깨를 두드리곤 했다.

시장은 한겨울의 풍경이었지만 활기 있어 보였다. 상인들은 비린내와 매캐한 연기 속에서 기침을 하거나 더럽게 춥다고 욕을 하면서 웃고 떠들고 바삐 움직였다. 폐기름통 앞에서 불을 쬐다 사람들이 지나갈 때마다 손짓을 하다가도 이내 자기들끼리의 대화로 되돌아갔다. 아무것도 개의치 않을 것 같은 얼굴들이었다. 봄의 기운은 그들의 얼굴 속에 있었다. 윤은 시장 한복판에서 길 잃은 아이처럼 우두커니 서서 사람들을 바라보았다.

윤에게 부산은 실제의 기억보다 사진의 이미지로 강하게 남아 있었다. 윤은 최민식 작가의 사진첩을 오래전부터 소장하고 있었다. 부산은 그 사진작가의 인물들이 사는 주된 장소였다. 글이 안 써어질 때마다 사진 속의 얼굴들을 들여다보곤 했다. 불쑥 부산행 열차를 타게 되는 것도 그 때문일 터였다. 윤이 들여다보는 것은 그 얼굴들 속에 드러나는 삶의 고단함보다는 실제의 피사체가 지니는 허구의 실존이었다. 그가 쓰는 이야기와 다르지 않았다. 그러나 그곳에 발을 내딛으면 모든 것이 사라지는 기분이랄까…… 질척한 바닥을 피해 내딛다 윤은 노인네처럼 어이쿠 소리를 내고 말았다. 늘어놓은 좌판들 앞에 얼굴을 싸매고 앉아 있는 아낙들은 윤의 우스꽝스러운 모습에 낄낄거렸다. 아무 상관 없는 그들과 나눈 잠깐의 방심 어린 웃음에 윤은 까닭 모를 안도감을 느꼈다.

잠시 후 윤은 '억수로 맛있는' 생선구이집을 발견하고는 멈춰 섰다. 곧 그 안에 앉아 있는 최를 발견하고는 오히려 흠칫 놀랐다.

"야, 이 누꼬? 니 이 추븐 날 여기 웬일이고? 이 문디 자슥!"

"형은 아저씨가 다 됐네."

최의 모습은 볼 때마다 달라져 있었다. 작고 동그란 얼굴과 날렵했던 몸에는 살이 푸짐하고, 턱 밑은 붉은 여드름 대신 거뭇한 수염이 덮고 있었다. 그렇지만 낯설지는 않았다.

부대 화장실에서 최 일병의 손이 처음으로 몸에 닿았을 때 윤 이병은 그를 개새끼라 불렀다.

그들은 군대에서 특별한 시간을 보낸 셈이었다. 최의 제대

후 윤은 신병들에게 손가락 하나 대지 않았다. 중요한 사안을 스스로에게 확인받은 것처럼 윤은 안도했다. 어쩌면 최와 진짜 연애를 했던 것인지도 몰랐다. 그러나 최를 그리워한 적은 없었다. 최의 존재감은 윤이 그를 외면하거나 거절할 때 발휘되었다. 군 시절 이후로 그들의 관계는 일방적이었다. 최는 그가 유일하게 함부로 대하는 사람이었다. 누구나 그런 대상 하나쯤은 갖고 있을 거라고 윤은 생각했다. 그러나 그마저도 확신할 수 없었다. 자신이야말로 최에게 아무것도 아닌 사람, 그래서 최가 그리 관대한지도 몰랐다.

개새끼는 정작 윤이었다. 최의 호출은 거부하면서도 윤은 불쑥 최를 만나러 부산행 열차를 타곤 했다. 최는 매번 예고 없는 윤의 등장에 놀라워했다. 집 나간 개새끼가 돌아온 듯 윤을 반겼다. 그때마다 윤은 최를 형이라 불렀다. 형은 군말 없이 그를 재워주고 먹여주었다. 부산을 향하면서 윤의 마음속에는 이미 '개새끼'가 짖고 있었다. 생각에 빠져 있는 사람이 하는 일이란 주로 실행을 지연시키는 것이다. 따라서 그의 실행은 느닷없이 일어나곤 했다. 지인들은 윤을 충동적인 사람으로 여겼다. 그런 얘기를 들으면 윤은 말 그대로 할 말을 잃었다. 항변을 하고 싶은데 말이 나오지 않는 걸 보면 정곡을 찔린 것이다. 또한 타인에 대한 평가는 말을 하는 순간 어떤 사실의 일부처럼 여겨지기도 한다.

윤은 최의 집에서 지내기로 했다. 형의 아내를 형수라 불러야 마땅했지만 윤은 그렇게 부르기가 싫었다. 여자는 그보다 한참 어렸다. 최는 도무지 이해할 수 없는 사고라고 말했다. 그 사고의 결과는 제수씨의 등에 업혀 있었다. 윤은 제수씨를 볼 때마다 짠한 마음이 들었다. 정작 아무 생각 없이 편안해 보이는 쪽은 사고를 친 최였다.

저녁 식사를 하면서 그들은 호칭 문제로 옥신각신했다. 여자는 등에 업은 아이를 어르며 식탁 옆에 서서 남자들의 얘기에 웃음을 깨물곤 했다. 여자는 제수씨가 낫겠다고 했다. 제수씨는 처음에 그를 윤 선생님이라 불렀다.

"삼촌 어때요? 떡두꺼비 같은 조카도 생겼는데."

윤은 넉살 좋은 진짜 삼촌처럼 굴었다. 최와 있으면 윤은 제법 거친 사내가 되었다.

"근데…… 오빠라 카면 안 돼요?"

제수씨의 물음에 남자들은 웃음을 터뜨렸다. 결국 윤에 대한 호칭은 제수씨 마음 내키는 대로 부르기로 했다.

"화가 나면 개새끼라고 불러도 좋아요."

윤은 눈을 찡긋하며 제수씨에게 말했다.

그는 제수씨 대신 식당 일을 돕는 것으로 밥값을 하기로 했다. 제수씨가 좋아하자, 아이가 포대기 밑으로 나온 발을 까부르며 웃었다. 윤은 아이의 발을 얼굴에 갖다 대고 웃었다.

며칠 뒤 윤은 다시 태종대에 가야 했다. 제수씨의 '서울 간 선배'가 내려왔기 때문이었다. 윤은 제수씨 대신 아이를 봐주면 되겠다고 생각했는데 제수씨의 선배는 당돌했다.

"여자끼리 가면 무슨 재미가 있어요? 가게 문 닫고 다 같이 가면 안 되나요?"

그러고는 습관처럼 입으로 후후, 이마를 통째로 가린 앞머리를 불어 올렸다.

뱅 헤어는 윤이 별로 좋아하지 않는 스타일이다. 요즘 여자들은 이마를 가리고 허벅지를 드러내고 다녔다. 뱅도 손바닥만 한 팬츠에 검정색 레깅스를 신고 있었다. 의논 끝에, 최가 가게에 남고 윤은 그에게서 돈을 건네받아 여자들을 데리고 나섰다. 아이를 업은 최의 모습에 윤은 허파가 터질 듯이 웃었다. 지나치게 웃는 윤을 최는 의아하게 쳐다보았다.

그즈음 윤은 스스로 생각해도 터무니없이 많이 웃었다. 이렇게 웃어보긴 처음이라고 그들 부부 앞에서 사과라도 하듯 말하기도 했다. 최는 윤이 정상이 아니라며 고개를 절레절레 흔들었다.

평일인데도 배에는 제법 승객들이 있었다. 구름이 자주 가리긴 했지만 모처럼 해가 보이는 날씨에 사람들은 기다리던 나들이를 나온 모양이었다. 성급히 봄옷을 꺼내 입은 관광객들의 코는 발갛고 눈에는 눈물이 글썽거렸다. 그들은 곱은 손으로 셔터를 누르고는 얼른 주머니에 손을 집어넣었다. 「돌아와요 부산항에」를 시작으로 조용필의 메들리가 이른 봄 바다와 구름 낀 하늘에 울려 퍼졌다. 저거 조용필 아니에요. 뱅이 느닷없이 말하자, 제수씨는 조용팔이라며 웃었다. 듣고 보니 조용필은 아니었다. 윤은 고개를 끄덕이며 여자들에게 장단을 맞추듯 웃었다. 제수씨는 등이 허전한 듯 이따금 어깨를 추슬렀다.

배가 출발하자 갈매기들이 배 주변으로 날아들기 시작했다. 여자들이 갈매기들을 향해 손을 내밀며 좋아했다. 윤은 배에서 판매하는 새우깡 한 봉지를 샀다. 봉지를 열기도 전에 갈매기들이 몰려들었다. 끼룩끼룩, 배 주위로 들리는 새 소리는 효과음 같았다. 소리 없이 과자를 채 가는 그것들은 살아 있는 새들 같지 않았다. 노란 눈알과 불룩한 하얀 몸통의 갈매기들은 대충 본을 떠서 꿰맨 헝겊 인형처럼 보였다. 마치 인형극에 등장하는 줄이 매어진 새들처럼 동작이 어색해 보였다.

"나는 갈매기들이 새우깡 먹는 게 싫어요."

윤이 제수씨에게 과자봉지를 내밀자 그 사이 뱅이 한 움큼을 집고는 과장스럽게 말했다. 그러고는 제 입에 넣어 와작거렸다.

"잘 노시던데요."

윤은 제수씨에게 봉지를 넘기며 실소했다. 나는, 싫어요,라니. 제스처가 강한 여자로군. 윤은 알 만하다는 식으로 고개를 끄덕거렸다.

제수씨는 무척 즐거워했고 뱅은 윤에게 카메라를 내밀며 사진을 찍어달라고 했다. 뱅은 사진을 찍으면서 바람에 젖혀진 앞머리에 자꾸 신경을 썼다. 사진을 찍는 방향을 결정하는 것은 태양이 아니라 바람이었다. 윤은 여자가 시키는 대로 움직였다. 뱅은 그에게 제수씨와 같이 서라고 했다. 사진 찍는 것을 싫어했지만 그는 흔쾌히 제수씨와 어깨를 붙이고 나란히 섰다. 안주인에 대한 객식구의 본능적인 호의였다. 윤은, 이번에는 내 차례라고 하면서 뱅이 팔짱이라도 끼어오면 어쩌나 했는데, 뱅은 생긋 웃고는 카메라를 주머니에 넣었다.

윤은 여자들을 등지고 바다를 바라보았다. 이제 봄이 오는구나. 그는 그렇게 중얼거렸다. 지난겨울부터 시인에게서는 메일이 오지 않았다. 문자메시지 차임벨이 울렸다. 부고였다. 오래전 윤이 가입한 단체에서는 2, 3일에 한 번씩 부고 메시지를 보내왔다. 문득 시인에게 자신의 부고 문자를 보내면 어떨까 싶었다. 어처구니없는 생각이었다. 그저 떠나고 싶었어. 그렇게 말했다면 시인은 왜,라고 물었을까? 아마도 그녀는 묻지 않았을 것이다. 시인을 생각할 때마다 윤은 그녀에게 해명을 하고 있었다. 도대체 그녀는 질문이라곤 하지 않았다. 윤 역시 그랬다. 모든 걸 다 알고 있는 것처럼 굴었다. 참을 수 없는 역겨움이 일어 윤은 바다 물결을 향해 깊이 상체를 숙였다.

"혹시 멀미하는 건 아니죠?"

등을 건드리는 손길에 윤은 화들짝 놀라 몸을 일으켰다. 뱅이었다.

"누가 죽기라도 했어요? 혼자서 뭐가 그렇게 심각해요?"

윤은 몹시 기분이 상했다. 며칠 내내 그의 안면을 떠돌던 웃음기가 사라졌다. 윤의 정색에 당황한 제수씨가 미안한 얼굴을 했다.

"저 언니가 사람은 진짜 억수로 좋은데 말이 좀 그래요. 지는 친해지려고 그라는 거라예. 근데 정말 무슨 나쁜 연락 온 거 아니에요?"

"아, 아뇨. 단체 문자예요. 봄에 사람들이 많이 죽나 봐요."

윤은 곧 얼굴을 펴고 여자들을 향해 웃어주었다.

한번 정색을 하고 나니 이상하리만치 마음이 가벼워졌다. 마치 틈을 보듯 도사리고 있었던 그의 진짜 얼굴이 본색을 찾은 것 같았다. 이제 웃지 않아도 될 것 같았다. 여태 억지로 웃은 것은 아니었는데도 그런 생각이 들었다. 그러고 보니 억지웃음 같기도 했다. 의아하게 자신을 쳐다보던 최의 얼굴이 떠올랐다. 윤은 그동안 자신이 왜 그렇게 웃어댔는지 알 것 같았다. 최 때문이었다. 정확하게 말하면 자신을 이상하게 쳐다보던 최의 얼굴 때문이었다. 그것 때문에 더 웃을 수밖에 없었던 것 같았다. 그리 생각하자 윤은 정말 기분이 상했다. 선착장에 도착할 때까지 윤은 여자들과 떨어져 입을 다물었다.

하선한 일행은 등대를 향하여 걸어 올라갔다. 윤은 걸음을 멈추고 거대한 구조물을 올려다보았다. 파란 하늘을 이고 있는 하얀 등대는 이국적이었다. 지금 이 순간 누군가는 보카의 골목에서 화가와 사랑에 빠지고, 붉은 드레스를 입은 늙은 댄서의 바구니에 동전을 떨어뜨릴 것이다. 그것이 사실이 아니라고 누가 말할 수 있을까. 이를 증명할 방법은 소설밖에 없을 것이다. 당장이라도 윤은 시인에게 모든 것을 설명할 수 있을 것 같았다.

앞서 가는 여자들을 쫓아 윤은 성큼성큼 계단을 올랐다. 영원히 계단이 끝나지 않으면 아무하고나 사랑에 빠져버려도 좋지 않을까. 여자들이 걸음을 멈추고 윤을 기다리고 있었다. 윤은 숨을 고르며 여자들에게 물었다.

"이 계단이 끝나지 않으면 어떨 것 같아요?"

"숨넘어가겠죠. 계단이 끝나기도 전에."

뱅은 재빠르게 응수하며 윤에게 카메라를 내밀었다.

"허허, 그럼 결국 계단은 끝나지 않은 거군요."

"아니죠. 이미 끝난 거죠. 죽었잖아요."

"그렇게 되나요? 영원은 허구에 불과하죠. 하지만 그 허구가……"

윤의 말을 가로채며 뱅이 말했다.

"그러니까 사진놀이라도 해야죠. 두 계단 위로 올라가서 찍어주세요."

윤은 처음 오는 것마냥 연신 감탄사를 발하는 제수씨와 뱅의 사진을 찍어주었다. 뱅이 그를 필요로 한 이유였다. 여자들은 대부분 사진 찍는 것을 좋아했다. 윤과 시인은 함께 찍은 사진이 거의 없었다. 줄곧 시인을 생각하면서도 막상 얼굴을 떠올릴 때면 그녀의 모든 것이 흐릿해졌다. 입에 맴돌기만 하는 사람의 이름 같기도 했고, 알 수 없는 방해를 받아 놓쳐버린 생각 같기도 했다. 파인더 속의 여자들은 한껏 웃음을 지으며 셔터를 눌러주기를 기다리고 있었다. 윤은 천천히 버튼을 눌렀다. 두 여자는 손을 꼭 잡고 있거나 팔짱을 끼거나 했다. 뱅은 강력한 양의 기운이 느껴지는 여자였다. 아무리 화장을 하고 허벅지를 드러내도 여자라는 느낌은 들지 않았다. 그와 달리 제수씨는 최의 여자였다. 처음으로 누군가에게 속한 여자를 본 것 같았다. 왠지 윤은 쓸쓸한 기분이 들었다.

일행은 등대 카페로 들어갔다. 커피 한 모금에 망망대해를 바라보고 흘러나오는 음악을 따라 허밍을 하기도 했다. 어색한 시간이었다. 더 이상 못 참겠다는 듯이 뱅은 테이블 쪽으로 바싹 다가앉았다.

"작가라고 그러던데요, 무슨 책 쓰셨어요?"

거의 표준어를 쓰던 뱅의 말투는 점점 본래의 사투리 억양이 묻어났다.

윤은 잠시 뭐라 대답할지 말을 잃었다. 처음 듣는 질문은 아니지만 매번 그는 머뭇거렸다.

"윤 선생님은 소설을 쓰셔."

제수씨가 대신 대답했다. 제수씨는 소설 얘기만 나오면 윤을 선생님이라 불렀다.

"책은 개나 소나 다 낼 수 있어요."

윤은 마음만 먹으면,이라고 덧붙였다. 다들 하는 말이었다.

"그러니까 무슨 책을 내셨냐구요. 책 제목이 뭔데요?"

뱅은 기선잡기라도 하듯 따져 물었다.

"아직 못 냈습니다. 내봐야 요즘 누가 소설 읽습니까?"

"그럼 책 제목 말고, 어떤 소설을 쓰시는데요?"

"이제는 안 씁니다."

윤의 말에 뱅은 입을 다물었다.

윤은 창작기금 지원 단체에 한 해도 빠지지 않고 신청서를 송부했다. 지난해에는 내심 기대를 했던 터라 그의 실망은 무척 컸다. 그 어느 해보다 수혜자는 많았다. 무엇이든 다 내동댕이쳐버리고 싶은 날들이었다. 무명작가에게 버릴 수 있는 것이라곤 없었다. 대신 윤은 방구석에 세워두었던 트렁크를 열었다. 누가 가져온 것인지조차 기억나지 않는 물건이었다. 시인은 그가 꺼내놓은 트렁크를 힐끗거리면서도 정작 아무것도 묻지 않았다. 윤은 한 편의 새로운 이야기를 만들어가듯 며칠에 걸쳐 트렁크를 꾸려갔다. 아르헨티나로 가게 되었다고 하자 시인은 축하한다고 말했다. 아르헨티나가 떠오른 것은, 정부 지원을 받은 누군가가 그곳으로 떠난다는 소식을 들었기 때문이었다. 트렁크는 거짓말처럼 거뜬하게 들렸다. 윤은 경쾌한 소리를 내며 트렁크를 끌고 마을 언덕을 내려갔다.

객식구에게 가장 눈엣가시는 또 다른 객이기 마련이다. 제수씨 선배는 자고 갈 작정이었다. 마음이 내키면 며칠 있겠다고 최에게 으름장을 놓았다. 윤은 한참 수다를 떨고 있는 뱅에게 눈길을 주지 않으려 애썼다. 그래서인지 윤의 시선은 자주 제수씨에게로 머물렀다. 제수씨는 그와 눈이 마주치면 목을 가리며 웃었다.

"제수씨는 웃으면 꼭 개나리 같네요."

윤의 말에 제수씨의 얼굴은 발개졌고 최는 어디 보자, 하며 아내의 얼굴을 들여다보았다. 제수씨는 남편을 향해 곱게 눈을 흘겼다. 그러자 뱅은 웃겨 죽겠다는 듯이 배를 잡았다.

"진짜 니 그카니까 개나리 같다아! 이 가시나, 니 언제부터 그렇게 웃었노?"

술이 오르자 뱅은 사투리를 심하게 썼다.

표준어는 혼자 서울로 가버린 모양이라고 윤이 이죽거렸다.

제수씨는 민망한 표정을 지으며 윤에게 말했다.

"꽃이라 카니까 뭐라 할 말은 없는데, 이왕이면 더 고상하고 예쁜 꽃 많잖아요."

윤은 과장스럽게 고개를 저으며, 개나리가 제일 예쁘고 좋다고 했다.

조만간 꽃놀이를 가자는 다짐을 받아두고 여자들은 일어섰다.

꽃놀이 타령에 윤은 어머니를 생각했다. 봄이 아직 멀었는데도 어머니는 창밖을 내다보며 꽃 타령을 했다. 봄이 오면 꽃놀이 한번 가요. 그러나 윤은 약속을 지키지 않았다. 겨울이 너무 길었기 때문이었다. 3월이 되자 윤은, 마치 꽃이 왜 이토록 더디게 피는지 남쪽 나라로 물으러 가야겠다고 나서는 아이처럼 순진한 얼굴로 어머니를 떠나왔다.

뱅은 더 마시겠다고 했지만 제수씨는 친구의 팔을 잡아끌었다.

최는 방바닥에 누워 연신 하품을 했다.

"피곤하면 먼저 자."

윤이 퉁명스럽게 말하며 잔을 채웠다. 그는 여자들이 사라지자 벌러덩 누워 하품을 하는 최를 발길로 걷어차고 싶었다.

그러자 최는 팔로 머리를 받치고 모로 누웠다. 두툼한 뱃살이 처졌다.

"언제 돌아갈 긴데? 아니다, 질문이 잘못됐다. 어디로 갈 긴데?"

"갈 데가 없다면 어쩔 건데."

최는 킬킬 웃으며 너까지는 책임 못 진다고 말했다.

"근데, 집은? 니 그 꼭대기에 살던 집 말이다, 가시나하고."

"집은 헐렸거나, 헐리고 있거나, 헐릴 예정이겠지. 무너져버리든가."

최는 윤에게 1년에 서너 번씩은 연락을 했다. 윤은 매번 만나자는 그를 거절했고 전화를 끊고서는 개새끼라고 중얼거리곤 했다. 그러다 어느 날, 최는 아무런 연락도 없이 윤의 집을 찾아왔다. 윤은 무례한 최를 참을 수 없었다. 멀리서 찾아온 선배를 차 한 잔으로 돌려보내는 윤의 옆에서 영문을 모르는 시인은 어쩔 줄 몰라 했다.

그때가 5년 전이었다. 윤은 최가 얼마나 상처를 받았을지 짐작이 갔다. 그러나 그 덕에 최는 '사람'이 되었다. 대를 잇고 밥벌이를 하는 사람. 윤의 입에서 자조적인 웃음이 흘러나왔다. 웃기는 말이었다. 그러나 최는 상처 따위는 없다는 듯이 굴었다.

"집이 그리 간단히 헐리나? 여도 난리다. 근데 니, 정말 소설은 때리치뿌랐나?"

소설을 쓰지 않은 지 오래였다. 윤은 이대로 살 수 있다면 살아보리라 생각했다. 그러지 못할 이유가 없었다. 아무 대꾸가 없자, 최는 몸을 일으키며 말했다.

"뭐, 이래 돌아다니다 보믄 또 좋은 글이 안 나오겠나."

"니, 이제 완전히 사람 됐나?"

윤은 최의 흉내를 내며 물었다.

윤과 눈이 마주치자, 최는 다시 벌렁 눕고는 눈을 감았다.

"잘 모르겠다. 이래 살다 얼라 학교 보내고 또 얼라가 생기면 싸지르는 게지. 인생 뭐 있나. 속에 뭐가 들어 있으면 언젠가는 튀 나오겠지. 지금은 먹고살기 바빠가 아무 생각이 없다. 니 나한테 뭐 생각 있나?"

"다 말짱 헛것이다."

지금껏 윤에게 소설이 삶의 전부였다. 가끔 시인과 섹스를 하고 누군가를 떠올리며 자위를 하는 것은 삶과는 무관한 생리

작용에 불과했다. 인생이란 결국 누군가의 삶을 사는 것이라고 윤은 생각했다. 그것이 '나'일 때는 오로지 이야기로 누군가의 삶을 지독하게 말해줄 때였다. 작가란 그런 것이라고 윤은 믿었다. 그러나 '나'의 삶을 살아주는 누군가는 세상 어디에도 없었다.

"자슥이 또 헛소리한다. 나, 잘란다."

고등학교를 졸업하고 바로 간 군대에서 그들은 만났다. 몸을 나눈 첫 경험이었다. 사랑해. 그가 했던 말은 열기에 휩싸여 튀어나온 숨소리에 지나지 않을 것이었다. 윤은 그 이후로 사랑한다는 말을 해본 적이 없었다.

윤은 성적 정체성이니 커밍아웃이니 떠드는 사람들을 자의식 과잉에 빠져 호들갑을 떠는 부류라고 여겼다. 그것은 스스로를 성적인 존재로 결박하는 일에 지나지 않았다. 타인의 규정이 필요한 일이 아닌데 왜 남을 향하여 말해야 하는지 도통 모를 일이었다. 윤은 시인과의 생활에도 별문제를 느끼지 못했다. 그는 분명 시인을 사랑했고, 그 쾌락은 강도의 차이에 불과했다. 강도의 차이야말로 쾌락의 본질이라고 윤은 생각했다.

"니 그거 아나…… 이제 나는 아무것도 아니다. 내세울 거라고는 호모새끼라는 것밖에 없었는데…… 이제 어디가 아픈지도 모르고 술 처먹고 질질 짠다."

최는 그렇게 중얼거리고는 울기는커녕 코를 골았다.

윤은 혼자서 남은 술을 다 비웠다. 개새끼, 그렇게 자면 어쩌자는 거야. 윤은 중얼거리며 잠든 최의 옆구리를 툭툭 찼다.

춥고 우울한 봄이었다. 불길한 일이라도 벌어질 것처럼 하늘은 매일 잿빛이었다. 사람들은 다시 겨울옷을 꺼내 입었고, 춘상객들도 거의 보이지 않았다. 이상한파의 원인은 동북아에 머물고 있는 시베리아 대륙고기압의 영향 때문이라고 기상청은 설명했다. 잦은 비와 일조량 부족 현상이 5월까지 갈 것이라고 우울한 예보를 발표했다. 벚꽃축제가 시작될 무렵 참담한 소식이 전해졌다. 청년들이 죽어갔다. 바다에서 하늘에서, 때로는 들보에서, 꽃 무더기처럼 또는 한 송이 꽃처럼, 때로는 꽃잎 한 장처럼 세상에서 사라졌다.

4월은 청년들의 주검을 건져 올리는 계절이 되었다. 윤은 역사에 남은 4월의 주검들을 서핑하며 시간을 보내기도 했다. 4월 마지막 날, 히틀러는 그의 애인과 함께 자살했고 조선의 마지막 황태자비 이방자 여사가 세상을 버렸다. 호색한 피카소도 4월에 죽었으며 타이타닉호가 침몰해 1,513명이 수장되었다. 마틴 루터 킹 목사와 링컨이 암살당했고 장국영…… 그는 만우절 거짓말처럼 세상에서 사라졌다. 혹시 장국영의 죽음이 희대의 거짓말로 밝혀지는 날이 온다 해도 윤은 놀라지 않을 것 같았다. 보카 골목의 환상을 심어준 사람은 '보영'이었다. 그는 어디선가 보영의 삶을 고집하며, 똑같은 삶을 되풀이하고 있을 것만 같았다.

윤은 한동안 방에 틀어박혀 있었다. 그는 진작 벚꽃의 개화 경로를 따라 북상했어야 했다. 바다 깊이 가라앉은 파손된 배처럼 그의 마음도 무거웠다. 그가 갈 곳은 '돌아가야 할 곳'이었다. 돌아가야 할 곳이란 떠나고 싶은 곳이기도 했다.

돌아왔다. 메일에 한 문장을 치고 나자 윤은 더 이상 쓸 말이 없다는 것을 깨달았다. 어디로부터 돌아와 어디에 왔다고 할 것인가. 우습기도 했다. 조금 늦을 뿐인데. 그가 돌아온다면 시인은 그저, 거긴 어땠어,라고 묻고 말 것이다. 그러면 윤은 대답할 것이다. 우울한 도시였어. 윤의 알리바이는 확실했다. 그는 아무 데도 있지 않았다. 계절이 몇 차례 바뀌는 동안 아무도 윤을 찾지 않았다. 시인에게 윤은 떠난 사람이었고 그가 떠돌며 만난 친구들에게는 떠날 사람이었다. 그리고 어머니에게는 언제나 곧 돌아올 아들이었다. 그러므로 그는 어디에도 없는 사람이었다.

메일함을 빠져나오자, 바탕화면에는 원색의 3층집이 환하게 서 있다. 윤은 화면 속의 집을 우두커니 들여다보았다. 각 층은 각각 옐로, 그린, 레드 페인트로 칠해져 있고 정원에는 한 그루의 꽃나무가, 2층에는 바람에 날리는 빨래가, 그리고 3층 굴뚝에는 사선으로 빗긴 그늘이 있다. 그곳에 다녀온 것이 분명한 블로거는 보카 골목의 집들은 아담한 총천연색 주택들이 대부분이라고 설명해놓았다. 게시된 사진들 중, 한 백인 청년이 그림을 전시한 노점 매대 앞에 앉아 웃고 있었다. 빠진 앞니 때문인지 젊은 화가의 얼굴은 고달파 보였다. 그 작고 검은 결락이 화가의 삶을 말해주고 있는 것 같았다. 블로거는 이 그림을 그에게서 샀다고 적었다.

윤은 시인에게 3층집 그림 사진을 메일에 첨부해 보냈다. 보이지 않는 태양이 이 그림의 주인공이라고 덧붙였다. 윤에 대한 의구심이 조금이라도 있었다면 그녀는 단순한 펌질에 불과한 사진의 출처를 금방 알아냈을 것이었다. 너무 걱정 마, 집이 그리 간단히 헐리나…… 윤은 최가 한 말로 한 문장을 더 추가했다가 모두 삭제했다.

윤은 떠날 채비를 하기 시작했다. 전혀 그와는 연고가 없는 부고였지만 낯선 주검들은 그것들을 지켜보는 사람들에게 이제는 입 닥치고 제자리로 돌아가라고 명하는 것만 같았다. 진작부터 그는 떠날 생각이었다. 최와 제수씨의 기류가 이상했다. 셋의 관계란 그 자체로 질투를 불러일으켰다. 질투는 성적 정체성과는 무관하게 작동했다. 문제는 셋의 조합이 불분명하다는 것이었다. 확실한 것은 최 부부의 갈등이었다.

최의 어린 아내는 윤과 눈이 마주치면 수줍어했다. 술자리가 벌어지면 제수씨는 윤을 향해 자주 웃었다. 윤은 제수씨에게 삼촌이기를 원했지만 제수씨는 오빠를 고집했다. 삼촌이라고 부르는 사람은 정작 뱅이었다. 뱅이 함께하는 날이면 최는 더욱 소외되었다. 윤은 뱅의 대상은 제수씨라고 확신했다. 뱅은 시샘이라도 하듯 제수씨에게 상냥한 윤을 유독 공격했다. 보복이라도 하듯 윤은 뱅의 짧은 치마 속으로 손을 집어넣는 상상을 하기도 했다. 여자들은 윤과 웃고 화내고 떠들었고 최는 종일 소심하게 굴었다. 부부의 방에서 자주 다투는 소리가 들렸다. 아이의 울음소리를 견디기는 쉽지 않았다.

그러나 윤이 짐을 싸고 있으면, 최는 터무니없게도 실종자들을 다 찾으면 떠나라고 억지를 부렸다. 그 말은 왠지 설득력이 있었다. 이건 함께 봐야 하는 축구 경기가 아니야. 윤이 그렇게 대꾸하면 최는, 이런 일은 다 같이 지켜봐줘야 하는 게 국민 된 도리라고 말했다. 그들은 수시로 텔레비전 앞에 모여 앉았다. 군대를 다녀온 남자들은 저마다의 경험을 바탕으로 사고를 분석했다. 참사 발생 원인은 분명할 것인데, 왜 여러 날이 지나도 사실이 밝혀지지 않는지 이상한 일이었다.

수색은 더뎠다. 사고 원인을 두고 같은 말이 수차례 반복되자, 한동안 예능 프로그램을 보지 못한 사람들은 슬슬 짜증을 내기 시작했다. 날씨 탓이기도 했다. 화창한 날이 드물어 간신히 만개한 벚꽃들은 황사 바람을 타고 흩날리다 소리 소문도 없이 빗물에 휩쓸려 사라졌다. 강원도 산간 지방에는 눈이 내렸고 대관령에는 얼음이 얼었다. 윤은 가끔 어머니를 생각했다. 도심의 기온도 영하권이었다. 정부에서 실종자 수색 종료를 발표하자, 최는 약속이라도 지키듯 윤의 송별회를 마련했다.

뱅은 한 남자와 함께 나타났다. 인터넷을 통해 알게 된 사이라 했다. 뱅은 그를 '특별한 친구'라고 좌중에게 소개했다. 남자는 얌전했고 몸이 가냘팠다. 얼굴은 낯이 익을 정도로 평범했지만 목소리는 허스키한 고음이었다. 윤은 한눈에 그가 이반이라는 것을 알아보았다.

여자들은 이반과 친하고 싶어 했다. 여자들에게 이반은 여전히 남자였다. 그것도 특별한 남자. 그들도 그것을 알았다. 영리한 이반들은 많은 여자 친구들을 거느렸다. 물론 그들은 일정 조건을 지녔다. 세련된 문화를 누리는 자유로운 영혼이어야 했다. 성적 소외 여부는 정체성의 문제가 아니라 사회적 능력에 달려 있다. 윤은 샌님에게 묻고 싶었다. 당신의 사회적 능력은 뭐요?

술자리는 뱅의 주도로 돌아갔다. 언제나 그녀는 말이 많았고 목소리가 컸다. 사내들은 모두 뱅에게 잘 보이려고 알랑대는 것 같았다. 뱅은 특별한 친구와 최 사이에 앉아 있었다. 최의 아내는 자꾸 화장실을 들락거렸다. 윤은 벌떡 일어나 좌중을 손가락으로 가리키며 말했다. 그의 혀는 잔뜩 꼬여 있었다.

"모두 그런 거야?"

그러자 모두 그렇다고 말하며 깔깔깔 웃었다. 모두 무엇이 그렇다는 것인지 아무도 묻지 않았다. 윤 자신도 알 수 없는, 취하면 튀어나오는 일종의 주사 같은 말이었다. 그들은 모두 취하기 위하여 건배를 외치며 마셔댈 뿐이었다. 그러다 하나둘씩 취기를 어쩔 줄 몰라 했다.

윤은 비틀거리며 일어섰다.

화장실 입구에서 윤은 제수씨를 만났다. 윤은 비켜서는 제수씨의 팔을 붙잡았다. 제수씨는 윤에게 팔을 잡힌 채 그를 빤히 올려다보았다. 겁먹은 눈은커녕 수줍은 얼굴도 아니었다. 난 당신 같은 남자를 알아. 돌연 제수씨의 눈은 그렇게 말하고 있었다. 윤은 여자의 손을 잡고 마구 흔들며 말했다.

"그런 게 아니라니까. 그런 게 아니란 말이야."

"그 손 놔."

뱅이었다. 윤은 멍청한 얼굴로 뱅을 바라보았다. 욕설이 튀어나올 것만 같았다.

윤은 변기를 붙잡고 오바이트를 하기 시작했다. 정신없이 먹은 것을 토했다. 누군가 그의 등을 두드려주고 있었다. 윤은 변기를 껴안던 손을 풀어 남자를 껴안았다.

"특별한 친구? 니가 특별한 사람이야?"

"아무도 특별하지 않지. 또 누구나 특별하기도 하고."

"너도 누군가의 삶을 살고 있나?"

윤은 몹시 취해 있었다. 누군가는 윤의 열린 바지 지퍼를 올려주었고 더러워진 입을 닦아주었다.

"너, 나 알아? 이 개새끼, 사람 말을 무시해? 너, 나 아냐고……"

"당신을 어디서나 보지. 구석진 자리에 앉아 그때도 이렇게 취해 있었지. 모두 떠들어대고 있는데 말이지. 그때도 나는 당신의 지퍼를 올려주었고 등을 두드려주었지. 당신이 누구라도 상관없어. 누군가는 이렇게 토악질을 하고 또 누군가는 어디선가 그 입을 닦아주고 있으니까."

그는 이 대사를 하기 위하여 오랫동안 무대 뒤에서 기다린 배우 같았다.

윤은 아무것도 기억하지 못한 채 짐을 쌌다.

최의 표정은 아침처럼 밝아졌고 푸석푸석한 윤의 얼굴은 침울했다. 최의 아내는 기차역까지 나오지 않았다. 윤은 아이처럼 서운한 마음이 들었다. 갈수록 점점 알 수 없는 게 여자였다. 최는 윤의 외투 주머니에 봉투를 쑤셔 넣었다. 그러고는 당부라도 하듯이 말했다.

"니, 내년에는 꼭 서점에서 니 책을 보게 해줘야 한대이."

기차 안에서 열어본 봉투에는 5만 원 권 두 장이 들어 있었다.

지인들은 윤이 떠날 때마다 흰 봉투를 건네고 그렇게 말하곤 했다. 처음에는 마다했지만 그는 어느새 떠나야 할 역에 도착하면 으레 그 순서를 기다리는 자신을 발견하고는 고소를 머금었다. 정부로부터 거절당한 지원을 지인들에게 받기 위하여 떠돌이 생활을 하고 있는 것 같기도 했다. 점점 뻔뻔한 사내가 되어가는 느낌이 들기도 했는데, 그 기분이 싫지는 않았다.

열차가 출발하자 마음이 한결 가벼워졌다. 아주 잠깐이었지만 이 순간을 위하여 살고 있다는 생각까지 들었다. 윤은 눈을 감고 느긋하게 등받이에 기댔다. 내리고 싶은 곳에 내려 아무 연고도 없는 마을에 머무르며 글을 쓰는 것이야말로 진정한 로망이지. 그 생각이 들자마자 윤의 입에서는 한숨이 새어 나왔다. 떠나는 자의 뒷모습 따위야말로 낭만적인 환상에 불과했다. 아마도 남은 사람들은 편안한 마음으로 일상으로 돌아갈 것이다. 그가 사라지고 나서야 무엇이 그들을 불편하게 했는지 명확하게 깨달았을 테니까. 삶의 주인공은 떠돌이가 아니라 제 땅 제 집을 지키며 살아가는 사람들이라는 것을 다시 확인하게 될 것이다. 그의 단호함은 고작 이별의 인사를 건네고 등을 돌리는 순간에만 발휘될 뿐이었다. 무엇보다, 달리는 열차에 마음이 가벼워지고 의욕이 생기는 것은 목적지가 적힌 티켓을 손에 쥐고 다른 탑승자들의 대열에 끼여 있다는 것에 안도감을 느끼기 때문일 터였다. 윤은 주머니 속의 열차표를 만지작거리다 설핏 잠이 들었다.

윤은 다음 역에서 내리기로 했다.

화장실을 다녀온 사이에 한 노인이 그의 자리에 앉아 있었다. 노인은 그와 눈이 마주치자 겸연쩍은 표정을 지으며 표를 꺼내었다. 보나 마나 입석표일 것이었다. 노인은 일어설 의향이 없어 보였다. 다음 역은 평택이었다. 안내방송이 나오자 윤은 더플백을 내려 객실을 나왔다. 예기치 않게 누군가에게 자리를 내어주는 것도 나쁘지만은 않았다. 갚을 수 없는 빚을 조금 탕감받은 기분마저 들었다.

윤은 출입문 쪽에 서서 스쳐가는 차창 풍경을 바라보았다. 어디나 비슷한 풍경이었다. 철로 변의 개나리들은 군데군데 초록빛을 띠고 있었다. 제수씨의 훤히 드러난 목과 웃음이 떠올랐다. 그는 뒤로 물러가는 풍경을 계속 바라보았다. 무엇인가 두고 온 것 같은 찜찜한 기분이었다. 송별회의 끝자락 필름이 잘린 탓이라고 윤은 생각했다. 화장실 이후의 일들이 암전이었다. 어렴풋이 오바이트를 했던 기억이 났다. 누군가 옆에 있었던 것 같기도 했다. 그러나 누구이거나 상관없었다. 그는 무사히 제 방에서 깨어났다. 아무런 고백도, 누구로부터의 비난도 받지 않고 떠나올 수 있었던 긴 휴가였다.

평택은 윤에게 익숙한 지명이었다. 어감상, 평택은 평야 지대라는 인식을 갖게 했다. 그로서는 평택에서 바다를 연상하기가 쉽지 않았다. 가끔 뉴스에서 '평택항' 개발 관련 보도가 나오면 그는 아아, 그곳에 바다가 있지, 라고 고쳐 생각하곤 했다. 그러나 이제 그럴 일은 없을 것 같았다. 청년들의 영결식이 이곳 평택 제2함대에서 있을 예정이라는 보도를 윤은 기억하고 있었다. 그곳에 들르게 될지는 아직 알 수 없었다.

열차가 멈춰 서기 전, 윤은 잠깐 어머니를 생각했다. 그 얼굴 앞에서는 모든 낭패가 헛수고가 돼버리곤 했다. 어머니에게로 가는 길은 여전히 다른 도시를 경유하게 만들었다. 언제나처럼 윤은 조금 더 시간이 필요했다. 아무 곳에도 없는 그의 삶을 소진할 시간이.

역에 도착했다. 윤은 한 번도 평택이라는 도시에 발을 디뎌 본 적이 없었다. 그의 발이 그곳에 닿은 날은 103년 만의 4월 한파로 기록되었다.

그 사람의 죽음과 무관한 알리바이

댕, 댕, 댕, 종이 울리며 문이 열린다.

그 사람은 벽에 기대어 앉아 있다. 열린 창으로 담배 연기가 느릿느릿 빠져나간다. 버티컬 밑자락이 바람에 달그락거린다. 아이의 침대는 말끔하게 정리되어 있지만, 방에서는 중년 남자의 냄새가 난다. 그 사람은 검은 양복을 입고 있다. 곧 나갈 사람인지 이제 막 들어온 사람인지 알 수 없다. 나와 눈이 마주치자 그 사람은 손에 든 담배를 재떨이로 가져간다. 방바닥에 재가 떨어진다. 그 사람은 손가락에 침을 묻혀 재를 걷어낸다.

문고리를 쥔 손에 힘이 들어간다. 문을 조심스럽게 닫을 차례다. 방문을 쾅 닫는 것보다 그게 더 그 사람을 건드리는 방식이다. 우리는 그런 식이다. 인내심을 내보이면서 그것을 공유하고 있다고 생각해야 덜 억울하다. 남몰래 우는 것은 어렵지 않다. 간혹 웃음이 나오면 몰래 웃어야 한다. 울지 않기 위하여 웃음을 참는 삶도 있다. 조심스럽게 문을 닫는다. 댕, 댕, 댕, 풍경이 흔들린다.

그는 뒷짐을 지고 있던 손을 앞으로 모았다. 사람 좋게 생긴 면접관은 신중한 표정을 짓고 있었다. 좋은 인상을 주기 위하여 그는 다문 입술을 조금 벌렸다. 면접관의 눈에는 뭐든 말할 준비가 되어 있는 것처럼 보였다.

경력이 거의 없군요. 전혀 직장 경험이 없으신 겁니까?

그는 금방 대답을 하지 못했다. 어느새 그의 손은 얼굴을 만지고 있었다.

사정이 여의치 않아서 좀 옮겨 다녔습니다.

궁색한 말임에도 면접관은 고개를 끄덕였다. 그것이 사정을 알 만하다는 것인지, 버릇에 불과한 것인지 그는 알 수 없었다.

아무튼, 이름은 남겨놓겠습니다. 일이 있으면 연락을 드리죠.

그는 관리사무소를 나왔다.

그의 15년 경력은 취업에 도움이 되지 않았다. 경력이 아니라 기피 대상자로서의 전력에 지나지 않았다. 입사지원서를 작성할 때마다 그는 고민했다. 경력을 누락하든 기입하든 결과는 같았다. 그는 번갈아가며 누락과 기입을 반복했다. 부끄러움은 무뎌지지도 않았다. 얼굴은 매번 붉어졌고 그는 달아오른 얼굴을 감추느라 한 손으로 턱 주변을 쓸곤 했다. 지난번 면접은 최악이었다.

정리해고자군요.

퇴직잡니다.

희망퇴직이든 무급휴직자든 노조원은 맞지 않습니까, 거기 출신들은 너무 세서.

파업이라면 이골이 난 듯, 면접관이 고개를 저으며 말했다.

중간에 내려왔습니다.

그의 목소리는 기어들어갔다.

면접관이 피식, 웃었다. 그의 얼굴은 귀까지 빨개졌다.

그곳을 나오면서 그는 중얼거렸다.

끝까지 함께하지 못한 거요.

그는 이제 거짓말을 하는 일만 남았다고 생각했다.

나는 엘리베이터를 잘 이용하지 않는다. 5층에 사는 게 다행이다. 3층을 지날 때 옆집 여자를 만났다. 엘리베이터 앞에서 마주친 것보다 더 민망하다. 여자는 나보다 먼저 얼굴을 돌리지 않는다. 그것이 최소한의 배려라고 생각하는 것 같다. 이웃끼리 마주치지 않고서 살 수는 없다. 엘리베이터 차임벨 소리가 들리면 나는 문을 나서려다가도 멈춰 선다. 내가 왜 피해야 하는지 알 수 없다. 피해자는 우리 식구다. 그렇다고 옆집이 가해자인 것은 아니다. 그저 '산 자'에 속해 있다. 입장이 바뀌어도 마찬가지일 것은 분명하다. 같은 처지가 되었더라도 서로 피하기는 매한가지였을 것이다.

다급하게 계단을 내려오는 슬리퍼 소리가 들린다.

저어, 요즘 공방은 어때요?

옆집 여자가 건네는 말에 나는 멈춰 선다. 그러나 돌아보지는 않는다.

만날 그렇지요.

한때 우리 아파트 여자들은 내가 일하는 공방에서 취미 생활을 하곤 했다. 예전에는 그 여자를 혜원엄마라고 불렀다. 아이도 혜원이 이야기는 하지 않는다. 다른 학교를 배정받은 게 다행이다. 옆집 여자, 아니 혜원엄마 시절에 그 여자는 다른 누구보다 공방에 열심이었다. 상황이 시작되면서 공방에서 여자들의 웃음소리는 사라졌다. 지금 수강생들은 주로 ㅇ사의 아내들이다. 혜원엄마는 내 눈치를 보면서도 매주 수요일이면 공방에 나와 물레를 돌렸다. 나는 결국 혜원엄마를 견디지 못하고 가마 뒤로 불러냈다. 취미 생활을 포기하고 싶지 않은 모양이네. 나한테는 공방이 이젠 생계야. 내 일자리까지 밀어내고 싶으면 계속 나오든가. 나는 억지를 쓰고 있었다. 불편한 심기를 내색할 만큼 혜원엄마와 나는 가까웠다.

그해 여름 이후로 여자들은 어디서도 모이지 않는다. 우연히 마주쳐도 투명인간처럼 지나친다. 우리는 서로에게 부끄러운 존재들이다. 105동 여자가 베란다에서 뛰어내렸을 때 옆집 여자는 오지 않았다. 남편이 공장 안 사람이었기 때문이었다. 105동 여자네에 비하면 우리 집 상황은 최악은 아니다. 105동 여자 집은 소송에 걸려 있다. 그것만 생각하면 나는 남편이 고맙기까지 하다.

그는 시외버스 터미널을 빠져나왔다. 뿌연 대기는 하루살이들로 뒤엉켜 있었다. 습하고 숨이 막혔다. 도시 전체가 폐쇄된 것 같았다. 그는 버스를 갈아타고 한참 걸어 평택호에 이르렀다. 갈 만한 곳이라곤 평택호가 제일 만만했다. 그곳에서 그는 세상을 속이는 일에 대해서 생각해볼 참이었다. 호락호락하지 않은 세상을 속이기 위해서는 먼저 자신을 속이는 것부터 시작해야 할 거라고 생각했다.

유원지는 생긴 지 꽤 되었는데도 그는 올 때마다 새 단장을 한 듯한 인상을 받았다. 바다를 막아 만든 넓은 호수에는 수변 데크가 조성되었다. 산책로는 그럴듯해 보였다. 그러나 목책에 손을 스쳐 걸으면 짙은 밤색 페인트가 묻어날 것 같았다. 지나치게 잘 가꿔진 화단은 급조된 조경 같았고 상가들의 상호와 업종은 자주 바뀌었다. 그럼에도 불구하고 여느 유원지와 다르지 않은 풍경이었다. 평균적인 유원의 장소였다. 마치 이것이 평균적인 삶이라고 강요하는 것 같았다. 그것은 그가 번번이 이곳에 혼자 오기 때문에 드는 생각이기도 했다. 그렇지만 그 역시 평균적인 삶을 원하고 있었다. 멀리 먹구름이 얹힌 서해

대교의 교각이 보였다. 조금 숨통이 트이는 기분이 들었다. 그는 우산을 가져오지 않은 것보다 우산을 떼어다 팔아볼까 하는 생각을 먼저 했다.

그의 앞에는 한 남자가 걷고 있었다. 더플백을 멘 젊은 사내는 내내 고개를 돌려 호수를 바라보았다. 호수 위에는 오리배 서너 개가 떠 있을 뿐이었다. 한 오리배에는 체육복을 입은 여학생 둘과 젊은 여자가 있었다. 그는 이 시각에 유원지에 있는 학생들은 뭘까 궁금했다. 앞서 가던 남자가 걸음을 멈추고 그를 힐끗거렸다. 그는 사진이라도 찍어달라고 하면 선뜻 해줄 요량이었다. 그는 남자를 지나쳐 갔다.

산책로를 되돌아온 후, 그는 미니 슈퍼 앞에서 남자를 다시 만났다. 남자는 파라솔에 앉아 김밥을 먹고 있었다. 파라솔은 하나뿐이었다. 그는 막걸리와 종이컵을 플라스틱 탁자에 내려놓았다. 그러고는 의자를 끌어 조금 어슷하게 앉았다. 한 잔을 따라 마시고 그는 남자에게도 종이컵을 내밀었다.

한잔하겠습니까?

아, 하면서 남자는 그가 내미는 잔을 받아 들었다.

김밥을 그의 앞으로 내밀더니, 남자는 가게에서 종이컵과 소독저와 스낵 한 봉지를 가져왔다. 두 사내는 잔을 비우고 이따금 주변을 둘러보았다.

그가 연거푸 잔을 건네자 남자는 이번에는 사양했다.

낮술이라 조금만 먹겠습니다.

난 주로 낮술을 먹습니다.

저, 혹시 오리배를 타보셨나요?

그럼요. 연애할 때도 그렇고 가족 나들이도 여기로 왔었죠.

저는 한 번도 오리배를 탄 적이 없습니다.

남자는 부끄러운 과거라도 털어놓듯 말했다.

오리배 한 번 타보지 않은 인생이라는 겁니까?

문득 그는 남자를 한 대 치고 싶었다. 남자는 이제 갓 서른을 넘긴 듯 보였다. 그는 휴대전화를 꺼내 시간을 보았다. 저녁이 오기를 기다리는 건 지루한 일이었다. 그는 하품을 하며 얼굴을 쓸어내렸다. 삶이 지루하다는 생각이 들 뻔했다. 그는 그 생각을 놓치지 않고 싶었다.

혼자서도 탈 수 있나요?

남자의 물음에 그는 아, 그럼요,라고 하려다 고개를 갸우뚱했다.

혼자 타는 사람은 보지 못한 것 같은데요. 거기다 혼자서 페달을 밟아 오고 가기가 쉽지는 않을 겁니다.

오리배를 보면 생각나는 사람이 있습니다. 오리배에서 자살한 남자죠.

아, 오리배에서도 자살을 할 수도 있군요.

사실 그건 소설입니다. 선생님을 보니, 아니, 오리배를 보니 그 인물이 생각나는군요.

왜 죽었답니까?

오리배를 타기엔 조금 아까운 양복*을 입고 있었기 때문입니다.

아무튼 나를 보고, 아니, 오리배를 보고 죽음을 떠올린 셈이군요.

이야기를 떠올렸다고 생각하시면 좋겠습니다.

죽음을 떠올린 게 이상하지는 않아요. 저 호수는 죽은 바다인 셈이죠. 죽은 바다에서 가짜 오리를 타고 환호성을 지르는 게 소시민들의 평균적인 삶이란 말입니다.

선생님은 자살을 생각하지 않으십니까?

그걸 생각하지 않는 사람도 있습니까?

저는 맹세코 오리배에 대한 생각을 한 적이 없습니다. 그 소설을 읽기 전까지는요.

혹시 소설갑니까?

소설 때문에 이야기를 버렸습니다.

소설 때문이라고 장담할 수 있습니까?

그럼 잃었다고 정정하겠습니다.

그렇다면 나는 노동 때문에 일자리를 잃었다고 해도 되겠군요. 무척 공평한 이야기 같습니다. 형씨가 소설을 버린다면 어찌 되겠습니까?

소설은 버릴 수 있는 게 아닙니다. 그저 쓰지 못할 뿐이죠.

---

* 박민규, 「아, 하세요 펠리컨」, 『카스테라』, 문학동네, 2005, p. 133.

선생님은 노동을 버릴 수 있습니까?
단지 일하지 못할 뿐입니다.
그렇다면 일하지 못하고 쓰지 못하는 우리는 무엇입니까?
우리는 생각하는 사람들입니다.

보이지 않는 손이 우리를 솎아내고 있었다.
죽었니, 살았니? 거대한 술래놀이가 시작되었다.
우리는 산 자와 죽은 자로 나뉘었다.
우리는 자꾸 우리의 바깥이 되었다.
2,646명의 우리는 976명이 되었다.

976명은 다시 정리해고자, 징계정직자, 희망퇴직자, 무급휴직자로 분류되었다. 교활한 숫자놀이였다. 상황이 종료되자 우리는 뭉뚱그려 바깥사람들로 불렸다. 공장 안에 있는 사람들과 공장 밖을 떠도는 사람들. 상황은 종료되었지만 우리에게 상황은 시작되었다. 우리는 일자리를 찾아 흩어졌다. 우리에게 우리는 우리를 열외로 만드는 우리일 뿐이다. 우리에겐 우리 식구만이 남아 있을 뿐이다. 그러나 그것은 가장 큰 고통이었다.

문을 여는 찰나, 둔탁한 소리를 내며 종은 방 한복판에 나동그라진다. 나는 벼락이라도 피하듯 그 자리에 주저앉는다. 잔뜩 인상을 쓰고 풍경종을 집어 든다. 추에 매달린 물고기가 보이지 않는다. 납작한 주물이라 어디론가 굴러갈 물건이 아니다. 오래전 선운사로 가족 나들이를 갔을 때 사 온 기념품이다. 그 사람이 아이의 바람대로 종을 제 방문에 달아주자, 아이는 신이 나서 그날 종일 입으로 댕댕거리며 다녔다. 댕, 댕, 댕. 아이는 이제 그런 소리는 내지 않는다. 중학생이 된 아이는 말수가 줄었다. 종소리도 예전 같지 않다. 문을 여닫을 때마다 신경이 거슬릴 뿐이다. 언젠가는 누군가의 발등으로 떨어지고 말겠구나 싶다. 그러면서도 선뜻 종을 떼어내지 않은 것은 마음 한 구석에 못된 심사가 자리 잡고 있는 것인지도 모른다. 아이의 방을 차지한 그 사람의 발등을 찍어 그 입에서 새된 비명이라도 터져 나오길 바라는 것일까.

그 사람이 아이의 방을 쓴 것은 다른 식구의 잠을 깨우지 않으려는 배려였다. 그것이 다는 아니었다. 우리 부부는 서로에게 적의를 드러낼 수 있는 유일한 대상이 되었다. 그 사람의 손이 닿지 않아도 나는 온 힘을 다하여 등을 돌렸다. 더 이상 그 사람은 만세를 부르며 자지 않았다. 침대 가장자리에 모로 누워 잠들었다. 벗어놓은 외투 같았다. 얼마간은 안쓰러운 마음에 공연히 이마를 짚어보기도 했다. 아주 잠시 그랬다. 그러다가는 자는 것조차 보기 싫어 그 사람을 침대에서 차내버리고 싶은 충동을 눌러야 했다. 미워하거나 불쌍해하거나 두 마음 중에 하나라도 품어야 밤이 지나갔다. 조사관처럼 밤새 그 사람을 닦아세우고도 싶었다. 왜 당신이 쫓겨난 거지? 어떻게 회사 생활을 했기에 당신이 거기에 속한 거야? 그렇게 멍청한 얼굴로 회사를 다녔으니 당연한 거겠지. 이 말은 죽은 자들에 속하는 사람이 할 수 없는 이기적인 질문이었다. 그러나 우리 각자는 그것이 가장 궁금했는지도 모른다.

나는 추를 잃은 종을 하릴없이 흔들어본다. 소리가 나지 않는 종은 쓸모없는 쇳덩어리에 불과하다. 고쳐볼 요량이라도 있는지 나는 엎드려 침대 밑을 들여다본다. 그러나 정작 무엇을 찾고 있는지도 모른 채, 멍하니 먼지 구덩이를 바라보고 있다. 그대로 엎드려 고개를 묻는다. 그 사람은 귀가하지 않았다. 사흘째인지 나흘째인지 분명하지 않다. 일자리를 알아보러 갔거나 장례식에 갔을 것이다. 전화를 받지 않는 그 사람에게 화가 나지도 않는다. 그해 여름에도 그 사람은 전화를 받지 않았다. 검은 연기가 가득한 염천(炎天)의 하늘을 올려다보며 나는 발을 동동 굴렀다.

다른 방법이 없잖아. 죽으라는데 저항밖에 더 할 게 뭐 있어요? 다른 선택의 여지가 없지요. 버텨 싸우는 수밖에.

이번은 상황이 다르잖아요. 우리 목숨 줄이 달렸다구요.

그러니까 더 두려워요.

파업은 어떻게든 끝나게 돼 있어요.

아파트 여자들과 그런 이야기를 나누고 있었을 때도 여자들은 먼저 내려온 사람들에 대해서는 아무 말도 하지 않았다. 내심으로는 자기 남편 역시 저 대열에서 이탈하기를 원했는지도 몰랐다. 평택호야. 그 사람의 목소리는 탁한 침전물 같았다. 대뜸 언성을 높인 내 목소리도 가라앉았다. 뜬금없이 유원지라니. 그러면서도 나는 부랴부랴 립스틱을 바르고 핸드백을 들었다. 내려온 사람들에 대한 소문을 들었으면서도 나는 그 사람의 경우는 다를 거라고 생각했다. 그 사람은 그늘진 벤치에 앉아 있었다. 노숙자라고 해도 좋을 몰골이었다. 맞은편 화단에는 해바라기 무리가 노랗게 빛나고 있었다.

진압이 시작된 직후, 그는 몸 상태가 좋지 않은 김과 함께 내려왔다. 남아 있는 사람들도 그들을 비난하거나 말리지 않았다. 그럴 여력이 없었다. 약속은 그때부터 지켜지지 않았다. 김은 경찰에 연행되었다. 아수라장 속에서 그는 달아났다. 김은 희망퇴직서에 날인한 후 귀가할 수 있었다. 얼마 뒤에 김은 목숨을 끊었다. 동료들과 끝까지 함께하지 못한 것에 대한 양심의 가책이라고 생각하고 싶었다. 그러나 그는 알았다. 그것은 자신의 무력함에 대한 분노였다.

결국 파업은 끝났다. 77일간의 긴 싸움이었다. 경찰 병력 34개 중대가 진압 작전에 투입되었다. 공권력을 당해낼 수는 없었다. 그들은 스스로 공장 밖으로 걸어 나왔다. 그들의 승리처럼 보이기도 했다. 조건들과 약속들이 맹렬하게 오고 갔다. 그는 976명의 대열에 빠진 자신을 견딜 수 없었다. 또다시 그는 제외되었다고 생각했다. 그러나 결과는 같았다. 976명이 거의 절반의 비율로 무급휴직자 또는 희망퇴직자가 되었다. 그는 다시 2,646명 속에 포함되었다. 결국은 원래의 자리, 죽은 자의 자리로 돌아간 것이다. 달아난 그는 무급휴직자가 되었다. 운이 좋다는 터무니없는 생각까지 들었다. 그는 기다림의 시간을 갖기로 했다.

거짓말처럼 약속은 하나도 지켜지지 않았다. 그들은 자신의 욕심에 회사를 망가뜨리고 발악을 한 어리석은 집단이 되었다. 옥쇄파업이란 과거에 대한 패배자들의 향수에 불과했다. 옥쇄란 옥처럼 아름답게 깨어져 부서진다는 뜻으로 명예나 충절을 위하여 깨끗이 죽는 걸 의미한다면서 누군가는 그들을 조롱했다. 그들도 스스로를 혹은 서로를 조롱했다. 그들은 서로를 피했다. 술래잡기처럼 죽음이 이어졌다.

2009년 4월 8일 비정규직 김 씨가 자살했다.

2009년 5월 27일 노조원 엄 씨가 뇌출혈로 사망했다.

2009년 6월 11일 노조원 김 씨가 심근경색으로 사망했다.

2009년 7월 2일 희망퇴직자 김 씨가 자살했다.

2009년 7월 20일 노조간부 부인 박 씨가 자살했다.

2010년 2월 20일 무급휴직자 부인 김 씨가 자살했다.

2010년 4월 25일 무급휴직자 임 씨의 아내 최 씨가 자살했다.

2010년 5월 4일 노동자 김 씨가 심근경색으로 사망했다.

2010년 11월 19일 노조원 김 씨가 심근경색으로 사망했다.

2010년 12월 14일 희망퇴직자 황 씨가 자살했다.

2011년 1월 13일 희망퇴직자 서 씨가 자살했다.

2011년 2월 26일 2010년 자살한 최 씨의 남편 임 씨가 심근경색으로 사망했다.

2011년 2월 28일 희망퇴직자 조 씨가 자살했다.*

부고를 들을 때마다 그는 자신의 죽음을 연기(延期)하는 기분이 들었다.

죽음이 그들의 안부를 물었다.

상조회사에 다니는 누군가는 동료의 시신을 염했다. 누군가는 정육점에서 고기를 썰었고 누군가는 일용 노동자가 되어 새벽에 먼 길을 떠났다. 누군가는 2년 치 식량을 쌓아두고 문을 잠갔다. 누군가는 형기를 마치고 나왔고 누군가는 징계 연장 통보를 받았다. 누군가는 약물에, 또 다른 누군가는 도박에 빠졌고 누군가는 죽음 문턱에서 발견되었다. 누군가는 택시기사가 되었고 누군가는 대리기사가 되었다. 또 누군가는 불법 자가용 영업을 하고 있었다. 누구의 아내는 유산을 했고 또 어떤 아내는 남편을 목 졸라 죽이고 싶다고 고백했다. 그는 알바에 지쳐 기다림을 포기했다. 회사에 퇴직서를 제출하고 입사지원서를 작성하기 시작했다. 어느 회사도 그의 입사를 허락하지 않았다.

한 덩어리의 흙은 조금도 제 살을 버리지 않고 형상을 이룬

---

* 『시사인』 182호(2011년 3월 12일 자)에서 참조, 발췌함.

다. 손을 축으로 삼아 흙은 둥글게 제 몸을 펴낼 뿐이다. 막 물레질을 마친 항아리 형상을 나는 멍하니 바라본다. 곧 사라질, 시간의 형체를 보는 것만 같다. 그 시간이 지나면 그것은 깨어질 준비를 갖춘 완성된 항아리가 되는 것이다. 선생님. 여자들이 입을 모아 나를 부른다. 집중이 필요한 과정이라 물레를 돌릴 때만큼은 입을 다물고 있던 여자들이 오늘은 들떠 있다. 완성된 항아리를 보고 싶은 것이다. 곱게 유약을 발라 단장하고 재벌구이를 마친 가마 속의 항아리들은 진작부터 주인을 기다리고 있었다.

여자들은 제 아이를 맞듯 함박웃음을 지으며 항아리를 데려간다. 똑같은 양의 흙을 나누고 같은 방식으로 물레를 돌렸는데도 크기와 모양이 제각각이다. 굽이 있는 것도 있고 없는 것도 있다. 뚜껑을 만든 여자들은 얼마 되지 않는다. 나 역시 작은 쌀 항아리를 완성했다. 여자들의 품평 수다가 시작된다. 뚜껑이 있는 항아리들을 가리키며 여자들이 키득거린다.

쌀 항아리가 아니라 유골함 같은데요.

우리 웬수 같은 신랑 죽으면 여기다 쓸어 담아버리죠.

여자들이 제 항아리를 껴안으며 깔깔 웃는다.

원래 비슷하게 생겼잖아요.

가끔 나는 취미 생활을 하러 오는 내 또래의 여자들과 웃기도 한다. 그 사람도 분명히 취객들과 농담을 나누기도 할 것이다. 생판 모르는 남들과는 웃어도 그 사람과 나는 함께 웃지 않는다.

보자기에 싼 항아리를 들고 버스에 앉아서 나는 그 사람과 나란히 앉아 버스를 타고 오가던 시절을 생각한다. 그 시절, 나는 그 사람에게 코맹맹이 소리로 엄포를 놓곤 했다. 당신이 먼저 죽으면 화장을 할 거야. 그 뼛가루를 항아리에 넣어두고 죽을 때까지 손가락에 찍어서 먹을 테야. 순간 등이 서늘하다. 마치 그 사람의 유골함을 들고 있는 것 같다. 애매하게 만들어졌어. 나는 잘못 만들어진 항아리의 용도에 대해서 생각하려 애쓴다. 콩이나 잡곡을 넣어두어야지. 밖은 종일 미농지 빛깔이다. 그 사람이 오늘은 집에 오면 좋겠다.

어둠과 함께 비가 쏟아졌다. 보이지 않던 사람들이 분주하게 뛰어다녔다. 안전 요원들은 오리배들을 단단히 묶었고 차들은 주차장을 떠났다. 상가들은 차양을 내리고 간판에 불을 밝혔다. 아예 문을 닫는 곳도 있었다. 그들이 앉아 있던 가게 앞의 파라솔도 치워졌다. 날이 완전히 어두워지자, 죽은 바다만이 살아 움직였다. 무수한 바늘이 꽂힌 바다는 끊임없이 꿈틀거렸다. 그들은 차양막이 드리운 가게의 처마 아래에서 비를 긋고 있었다. 그는 몽롱한 눈으로 풍경이 사라진, 세찬 빗소리에 잠긴 칠흑의 유원지를 바라보았다.

장마가 시작된 모양입니다.

들뜬 듯이 들리는 남자의 말에 그는 퉁명스럽게 대꾸했다.

장마를 기다리기라도 했단 말이오?

하긴 기다림이란 그런 것일 겁니다. 비를 기다리고 떠난 사람을 기다리는 거.

여기 사내들은 회사에서 불러주기를 기다리지.

온전히 우리를 기다려주는 건 죽음뿐이지요.

그걸 거부했다고 아무도 비난할 수 없소. 그거야말로 죽음이 종일, 온전히, 그 사람을 그 실행이 이뤄질 때까지 기다려주는 거니까. 그보다 더한 기다림은 없을 거요.

자살보다 유혹적인 실행은 없죠.

내가 아는 유혹은 운전할 때요. 낯선 차에 낯선 자를 태우고 낯선 밤길을 운전하다 보면 핸들을 반대로 꺾고 싶어 부들부들 떨릴 정도지. 하지만 그 순간에는 죽음을 생각하지 않소. 오로지 이 핸들을 붙잡고 있어야 한다는 생각만 하지. 내게 죽음은 부고 그 자체요. 부고가 올 때마다 나는 비로소 어디에 속한 자가 된 것 같단 말이오. 연판장처럼 내 앞에 그것이 하얀 얼굴을 내밀 때마다 나는 이름을 적어 넣지.

그러면 안개 같은 시간이 그를 사방에서 벽처럼 둘러싸지. 그는 생각을 하고 또 생각하지. 죽은 그를 떠올리고 명단에 적힌 이름을 생각하고 공장에서 사라진 사람들을 생각하고 식구들을 떠올리고…… 그러나 아무것도 결정되는 건 없어. 어디서도 아무런 소식이 없는 것처럼. 부고만이 명확하게 들려올 뿐이지. 마치 부고를 기다린 것처럼 그는 다시 이름을 적어 넣고 또 생각을 하지. 지금도 그는 저 어둠의 빗속으로 뛰어들지 말지를 생각하고 있지.

쌀이 떨어졌다. 쌀 살 돈이 없어서가 아니었다. 살다 보면 쌀 독이 비었다는 걸 깜빡할 때가 있다. 쌀 항아리를 만들면서 정작 쌀은 생각하지 못한 것이다. 슈퍼에 가서 봉지쌀을 사 들고 왔더니 엄마는 혀를 차며 지청구를 늘어놓는다. 난 한 번도 쌀 독을 비운 적이 없다. 아무 대꾸 없는 내 눈치를 살피다 엄마는 털썩 소파에 주저앉아 한숨을 내쉰다. 아마도 사위의 근황이 궁금할 것이다. 나는 마지못해 입을 연다. 늘 그런 척한다. 실은 엄마를 향해 온갖 원망을 쏟아내고 싶다.

그 사람…… 요즘 운전해. 집에는 거의 없어.

차 팔러 다닌다고 하지 않았니?

기름밥 먹던 사람이 하루아침에 영업이 되겠어?

그 사람은 자신을 버린 회사 대리점에 영업 사원으로 들어갔다 일주일 만에 관두었다.

다른 회사 알아보고 있어. 퇴직금 나오면…… 나중에 카센터라도 하나 차리지 뭐. 카센터 일자리는 마음만 먹으면 얻을 수 있을걸.

나는 그 사람이 하던 말을 그대로 한다. 그러나 퇴직금은 이미 아파트를 구입할 때 중간 정산을 한 터라 얼마 되지 않을 것이다.

그래도 계속 기다려보는 게 낫지 않을까, 경기가 좋아지면…… 암튼 죽으나 사나 차구나. 나 같으면 신물이 나서 뒤도 안 돌아보겠다.

엄마는 내가 그 사람에게 하던 말과 똑같이 대꾸한다.

집에는 잘 들어와? 건강은 괜찮고?

몰라, 어디서 죽어버리기라도 했는지 며칠째 소식이 없어.

얘, 너는 어쩜 걱정도 안 되니?

일자리 알아보러 간 거 같아. 그리고 절대 죽을 사람 아니거든. 죽을 용기라도 있을까.

그러고 보면 나는 불온한 사람이다. 부고가 들릴 때마다 나는 그 사람의 죽음을 상상한다. 그러고는 슬그머니 보험증서를 떠올리며 궁리를 해보는 것이다. 원금이 아까워 해약을 차일피일 미루던 보험이다. 1억이면 공방을 차릴 수 있을까. 이천이나 여주 쪽으로 가는 게 나을까. 중고 전기 가마는 얼마쯤 할까. 마지막 남은 보험을 해약하겠다고 했더니 그 사람은 말했다. 혹시 누가 알아? 난 그 사람을 노려보려 말했다. 죽는 것도 다 운을 타고난다더라. 엉뚱한 생각은 하지도 마. 보험사가 어떤 덴지 몰라요?

엄마는 다 늦은 저녁에 청소를 한다고 부산을 떤다. 아이의 방 벽에 붙은 그림들을 잡아 뜯기 시작한다. 아이는 그림을 잘 그린다. 어떻게든 소질을 살려주고 싶다. 불온한 포스터처럼 그것들은 어떤 항의를 하고 있는 것 같다. 이 방이 제 방임을 잊지 말라는 아이의 시위 같다. 그 사람은 일터에 무엇을 남기고 왔을까.

아이의 바람과는 달리 결국 집을 내놓았다. 대출 이자를 낼 여유가 없었다. 마흔 줄에 들어선 부부가 알바생 처지가 되었다. 집 보러 왔어? 한동안 아이는 학교를 파하고 집에 들어오면 다급하게 묻곤 했다. 아이는 이제 아무것도 묻지 않는다. 엄마가 보이지 않아도 아빠가 없어도 아이는 혼자 밥을 먹고 숙제를 하고 잠자리에 든다.

나는 떨어진 그림 한 장을 주워 든다. 꿩들이 선글라스를 쓰고 나란히 걷고 있다. 농장 견학을 갔을 때 보았던 꿩들의 우스꽝스러운 모습이다. 원래는 모자를 씌운다고 했는데 그곳은 관광 수입을 올리기 위한 방편이었는지 선글라스를 씌워놓았다. 꿩들은 하늘을 보지 못하면 날지 못한다고 한다. 제 정체성을 모른 채 사육되다가 죽음에 이르는 것이다.

입장 바꿔 생각해봐. 엄마는 청소를 하다 말고 하소연을 하듯 혼잣말을 한다. 아, 10년 넘게 일한 직장을 관두라는데 가만히 앉아서 당하겠어. 그 말에 나는 코웃음을 친다. 입장을 바꿔 생각해보는 일은 가장 쉬운 기만이다. 그건 생각에 머물러 있을 뿐이니까. 그것만으로도 사람은 자신이 너그럽다고 생각한다. 우리는 생각하는 사람들이다.

황색 점멸 신호등이 구간을 지날 때마다 머리 위에서 번득였다. 지나는 차라곤 한 대도 없었다.

길을 잘못 든 것 같은데요.

그는 뒷좌석의 손님을 향하여 공손하게 말했다.

횡설수설 말을 건네던 손님은 잠깐 사이에 고개를 꺾고 잠들어 있었다. 그는 붉은 화살표 점멸등이 가리키고 있는 방향을 따라갔다. 길이 나오지 않으면 돌릴 작정이었다. 우려한 대로 길이 아니라 공사장 트럭 진입로였다. 쭉 직진하라는 취객의 말을 곧이들은 게 잘못이었다. 그는 욕설을 내뱉으며 거칠게 차를 돌렸다. 비 내리는 밤길이 가장 싫었다. 팁은커녕 밤새 뺑뺑이를 도는 건 아닌가 싶었다. 그 순간 검은 형체가 뛰어들었다. 둔탁한 소리와 함께 급제동 마찰음이 바퀴에 날카롭게 휘감겼다. 고라니 같았다. 그러나 헤드라이트에 드러난 형체는 사람이었다. 그는 후들거리며 차에서 내렸다.

그는 어정쩡하게 구부려 그를 살펴보았다. 그가 그에게 손을 내저었다. 저리 가라는 뜻으로 보였다. 그는 화가 치밀어 올랐다. 남의 차에 뛰어들어 남의 인생을 망치려는 수작임이 분명했다. 그의 손이 맥없이 떨어졌다. 그는 고라니처럼 양순하게 두 팔을 가지런히 뻗고 모로 누웠다. 그는 그를 조금 건드려보았다. 죽은 자인지 산 자인지 알 수 없었다. 그는 흘깃 차 범퍼를 보았다. 차는 깨끗해 보였다. 그의 머리에는 아주 단순한 생각이 오갔다. 본 사람은 아무도 없다. 그 역시 그를 보지 못했다. 자가용 불법 영업을 하는 주제에 경찰서에 갈 수는 없었다. 아내는 대리기사를 하고 있는 줄 알았다. 차로 돌아온 그는 인기척에 가슴이 철렁했다. 하도 놀라서 손님을 태우고 있었다는 사실조차 잊어버렸던 것이다. 손님은 퉁퉁 부은 허연 얼굴로 안경을 벗어들고 그에게 물었다.

고라니요?

네, 고라닙니다.

빨리 갑시다. 여기가 어디요? 뭐가 보여야 말이지.

황색 신호등은 모로 누운 그의 머리 위에서 계속 점멸했다. 모로 누운 그는 녹슨 꺾쇠 같았다. 2미터 전방에는 노란색 바리케이드가 도로를 가로막고 있었다. 그 간극 사이로 목숨이 새어나가고 있었다. 바닥에 닿은 머리에서는 피가 흘러나왔다. 비에 희석된 말간 핏물이 하수구로 흘러갔다. 밤새 비는 멈추지 않았다. 그는 머리카락 한 올 다치지 않은 것처럼 평온하게 눈을 감고 있었다. 그의 목숨처럼 도로는 거기서 끊겨 있었다.

동틀 무렵, 눈을 뜬다. 숙면을 취했으면서도 눈은 방금 전까지 깨어 있던 사람처럼 천연덕스럽다. 순간, 잊고 있던 잘못을 상기한 사람처럼 가슴이 덜컥 내려앉는다. 나는 홑이불을 죄책감처럼 끌어올린다. 아이는 양팔을 위로 쳐들고 고른 숨결을 내뱉고 있다. 그 사람도 그랬다. 그 모습에 이따금 웃기도 했다. 아이는 만세가 아니라 벌을 서는 것 같다. 아이의 팔을 내려주고 손을 잡아본다. 통통하고 짤막한 손을 볼에 대어본다. 마른 코를 삼키는 소리에 아이가 실눈을 뜬다. 아이는 잠귀가

밝다. 알아들을 수 없는 소리를 내며 아이는 내 쪽으로 돌아눕는다. 아이의 맨살은 고령토처럼 보드랍고 몸은 한 팔로 두르기 벅차다. 지난봄 아이는 부쩍 자랐다. 아이의 몸에서 벌써 어른 냄새가 나는 것 같다. 코를 킁킁거리자 이내 아이는 몸을 빼낸다. 그 사람도 그랬다. 잠결에 변태라고 중얼거리며 애처럼 돌아눕곤 했다.

희끄무레한 방은 물속 같다. 문득 풍경에서 떨어져 나간 물고기가 떠오른다. 물고기는 어디로 사라졌을까. 나는 물속에 납작하게 가라앉은 녹슨 물고기처럼 누워 있다. 몸 대신 두 눈이 둥둥 떠다닌다. 나는 여전히 생각에 빠져 있다. 매일 같은 생각을 하면서도 어디서부터 생각을 시작해야 할지 허둥거린다. 머리가 터져 죽을 것 같다던 그 사람은 이제 생각에서 빠져나왔을까.

그 사람이 있는 방문을 연다. 불안도 습관이 된다. 여전히 나는 방문을 열 때마다 풍경이 달렸던 자리를 힐끗 본다. 아무것도 걸리지 않은 못은 누군가 저지른 잘못 같다. 못을 손으로 잡아 빼본다. 단단히 박혀 좀처럼 빠지질 않는다. 그 사람의 솜씨다. 이 아파트에 입주하면서 우리는 세입자처럼 벽에 못을 박지 않았다. 아이의 방문이 유일하게 못질을 한 곳이다.

희붐한 방은 바람으로 가득 차 있다. 그 사람이 방에 있을 때 늘 그랬던 것처럼 나는 이 감실의 창을 닫지 않는다. 매일 아침 그 사람의 방문을 열어보는 것이 내 일과의 시작이었다. 식구의 무사 귀가를 확인하는 일상의 습관이라기보다는 무능한 가장을 기다리는 가족의 존재를 알리는 항의에 가까웠다. 당신은 여전히 그 타령이군. 어떻게 좀 해보란 말이지. 나는 무엇을 확인하려 했던 것일까. 그 사람이 있으면 방문을 닫았고 그 사람이 보이지 않으면 방에 들어갔다. 결국 나는 그 사람의 부재를 확인하는 셈이었다. 창밖으로 붉은 띠를 두른 하늘이 보인다. 곧 해가 뜰 것이다. 밤새 바람이 핥은 그 사람의 항아리를 나는 두 손으로 만져본다. 그 사람의 머리통처럼 차갑고 낯설다.

집이 나가서 그나마 다행이다. 엄마는 다행이라는 말을 자꾸 했다. 다행은 다행이다. 그 사람이 세상에서 사라지자 다행한 일들이 생겼다. 가해자가 아니라 피해자라 다행이었고 퇴직금이 나와 다행이었다. 보험금 이야기는 엄마에게 꺼내지 않았다. 엄마의 입에서 안도의 한숨이 나오면 왠지 동티가 날 것 같았다. 어쩌면 그 사람은 우리 가족에게 세상에서 가장 다행한 죽음을 선사하고 간 것인지도 모른다. 뺑소니 사고예요. 경찰이 단정적으로 말했다. 나는 목격자를 찾는 플래카드를 걸지 않았다. 해고자군요. 경찰의 말에 나는 발끈하지도 토를 달지도 않았다. 그 사람은 죽어서까지 해고자였다. 부검을 할 필요는 없어 보인다고 했다. 나는 서둘러 그를 화장했다. 그 사람의 목숨 단지를 건네받았을 때 나는 하마터면 놓칠 뻔했다. 괜히 화장을 했나 봐. 정말 억울하게 간 거면 어떡해. 내가 울먹이자 엄마는 토끼눈을 하고 등짝을 때렸다.

나는 엄마의 반대를 무릅쓰고 그 사람의 단지를 집으로 가져왔다. 혼자 떠나버린 그 사람에 대한 원망인지 애틋함인지 모를 감정에 휩싸여 지냈다. 며칠 뒤 나는 그 사람을 내가 만든 항아리로 옮겨 담는 나만의 의식을 치렀다. 세상에 대한 막연한 복수심이었을까. 아니, 복수는 대상이 명확해야 한다. 복수심을 유지하는 것은 일편단심 사랑을 품고 사는 것보다 어렵다. 고백하건대, 이유는 간단했다. 나는 보험사가 두려웠다. 그 사람이 해고자이기 때문이다. 내가 모르고 그 사람이 모르는 것을 거대한 손은 찾아낼지도 모른다. 우리들을 솎아낸 손, 105호 여자를 베란다에서 밀어버린 손이 무서웠다. 나는 그 사람을 영원히 세상에 풀어놓지 않을 것이다.

동향 창으로 비쳐든 햇살이 마름모꼴로 벽을 물들이기 시작한다. 볕이 참 좋네. 나는 항아리를 들고 햇살이 비친 벽에 기대앉는다. 아랫목처럼 따뜻하다. 이 온기 때문에 그 사람도 벽에 기대앉아 있었던 모양이다. 그 사람의 은밀한 비밀이라도 알아낸 것처럼 내 입에서는 웃음이 비어져 나온다. 혹시 당신도 이렇게 웃었나? 웃음을 참느라 어깨가 들썩인다. 나는 항아리에 얼굴을 묻고 그 사람에게 속삭인다. 당신도 모르는 거지? 당신이 왜 거기 있어?

그해 여름에도 나는 그렇게 묻지 못했다.

초인종이 울렸다. 인부들이 도착했다.

낮달과 낙타

통유리 창으로 햇살이 쏟아져 내린다. 창밖을 내다보는 여배우의 행복한 표정이 화면 가득하다. 아내에서 여자로 돌아온 여인을 달콤하게 노래하는 남자의 목소리. 더할 나위 없이 행복한 브라운관의 얼굴을 향해 수현은 리모컨을 눌렀다. 리모컨은 작동하지 않았다. 그녀는 리모컨을 집어 던지고 몸을 일으켜 텔레비전을 껐다. 쿠키 같은 남자의 목소리가 까맣게 바스러졌다. 빛으로 얼룩덜룩했던 방 안은 어두워졌다. 수현은 당장 저 궤짝 같은 물건부터 치워버리고 싶다. 수현의 행복했던 시절은 브라운관에서 멈춰 있었다. 삶이 정상대로 궤도를 따라갔다면 지금 저런 궤짝을 끼고 살지는 않을 것이었다. 그래도 세 식구 중 텔레비전 앞에 앉아 있는 사람은 수현밖에 없었다.

수현은 한쪽 무릎을 세우고 벽에 기대어 앉았다. 축축한 벽에 닿은 등은 서늘하고 허리께가 욱신거렸다. 그녀는 홑이불을 둘둘 말아 뒤허리에 받쳤다. 7월 들어 날씨는 내내 흐리고 후텁지근했다. 벽에는 검버섯이 피었고 이부자리는 눅눅했다. 빛과 소음이 사라지자, 방에서는 더욱 곰팡내가 나는 것 같았다.

간밤에 수현은 근석에게 있는 대로 악을 썼다. 가게고 뭐고 내 알 바 아니야! 내일부터 당신이 나가서 김밥을 말든 가게를 말아먹든 맘대로 해봐! 근석은 앞을 막아서는 그녀를 가볍게 밀어냈다. 심사가 뒤틀려 있던 수현의 몸은 절로 동작이 커졌고 그 바람에 늘 튀어나와 있는 화장대 서랍에 둔부를 부딪쳤다. 수현은 그 서랍을 뽑아, 냅다 던졌다. 들어 있던 양말들은 방바닥 여기저기 흩어졌고 서랍 모서리는 제각각 떨어져나갔다. 집은 왜 기어 들어와? 노숙은 자존심이 허락하지 않아? 노숙자가 별건 줄 알아? 지영이만 없으면 당신은 딱 그 신세야!

수현은 서랍이 빠진 직사각형의 빈 공간을 노려보았다. 그곳에 손을 넣어 더듬어보면 짝 잃은 양말 하나쯤은 나올지도 모른다. 남편의 눈 속에는 무엇이 담겨 있을까. 이제 와서 그 눈을 봐야 무슨 소용일까. 헤집어 들여다봐도 나올 것이라곤 악몽의 보푸라기밖에 없을 것이었다.

어차피 가게 문을 제시간에 열기는 글렀다. 수현은 다시 누웠다. 한 손을 이마에 얹고 천장을 바라보았다. 누런 천장의 얼룩은 아메리카 대륙 같기도 하고 사막에 주저앉은 낙타처럼 보이기도 했다. 딸아이의 밥 먹는 소리가 들렸다. 제 아비 닮아서 하루 세끼를 꼬박꼬박 챙겨 먹는 딸아이를 오늘 같은 날은 한 대 쥐어박고 싶다. 남편의 무위도식이 어제오늘 일이 아니고, 수현의 강짜가 새삼스러운 것도 아니었다. 말 그대로 가끔씩 울화통이 터졌다. 그래도 이번에는 좀 달랐다. 어제 딸아이는 뜬금없이 아빠를 봤다고 했다.

어디서? 별생각 없이 물은 수현의 말에 지영은 계단이라고 대답했다.

계단? 그녀의 반문은, 계단이 누군가를 봤다는 말을 할 수 있는 장소인지 잠시 어리둥절했기 때문이었다. 그래, 니 아빠가 거기서 뭘 하데?

계단에 그냥 앉아 있었어. 어떤 집 앞 계단이야. 하지만 그건 꼭 집 앞이라고 하긴 어려워. 그 계단 앞에 집이 있긴 하지만 그 계단은 골목이나 마찬가지야. S대 그 동네가 높잖아. 거기 골목길들은 거의 계단으로 이어지거든.

넌 그 동네는 왜 갔니?

남편이 어디서 무엇을 하건 신경을 쓰지 않은 지 오래였다. 수현은 지영이 왜 그 동네까지 갔는지가 더 궁금했다. 곤두선 엄마의 목소리에 지영은 기어들어가는 소리로 대답했다. 그 학교가 내 목표거든.

그 말에 수현은 말던 김밥을 패대기치고 싶었다. 고작 거기야?

지금 내 수준으로 거기도 힘들어. 서울에 있는 대학은 거기

정도밖에 안 되는데.

이제 1학년인데 뭘 벌써 그러느냐고는 했지만 수현 역시 그 부분에 대해서는 자신이 없었다. 그나마 행복은 성적순도 아니고 좋은 대학 나왔다고 미래가 보장되는 것은 아니라는 게 위안이다. 그래도 그렇지. 목표는 높게 잡아야지. 그렇게 말하고 말았는데 밤에 사달이 났다. 작정한 일은 아니었다.

밤 12시에 창백한 몰골로 집에 들어서는 근석을 보자, 수현은 새삼스럽게 화가 치밀었다. 딴짓이라도 하고 다닌다면 뭐라고 따져도 보겠지만 남의 집 계단에 앉아 있다니. 수현의 머릿속에는 종일 '계단'이 뱀처럼 똬리를 틀고 있었다. 그러나 그녀는 '계단'이라는 단어는 입에 올리기 싫었다. 한바탕 해대고 나자 그 '계단'은 부서진 피아노 건반처럼 쏟아져 내렸다.

현관문 소리가 들렸다. 지영은 간다는 소리도 없이 집을 나섰다. 지영은 제 아빠 편이다. 간밤에 홀쭉이와 뚱보는 씩씩거리는 수현 앞에 나란히 서서 숨을 골랐다. 그 희극적인 모습에 수현은 방문을 닫았다.

지영은 초등학교 때부터 뚱보였다. 가끔 딸아이와 함께 시장에 갈 때마다 수현은 신경이 곤두섰다. 지영인 누굴 닮아서 저렇게 살이 찐대? 정작 지영은 남의 시선에 개의치 않는 것 같았다. 그것도 수현에게는 비정상으로 보였다. 사실 수현은 딸아이의 성적보다 비만이 더 걱정이었다. 지나치게 마른 남편과 너무 뚱뚱해서 사람들의 시선을 돌려세우는 딸아이를 데리고 어쩌다 한번 외출이라도 할라치면 하루가 그렇게 피곤할 수가 없다. 속으로는 별 꼴값을 다한다고 생각하지만 다행히 근석은 내외라도 하듯 앞장서 걷는 게 버릇이다. 육중한 몸을 흔들며 뒤따라오는 딸아이와 종이인형처럼 납작한 남편 사이에서 수현은 훌쩍 사라지고 싶은 충동을 느끼곤 했다.

지영은 인큐베이터에 들어가야 할 정도로 작은 아기였다. 유산의 고비를 몇 차례 넘기고 아이는 두 달이나 빨리 나왔다. 그것도 난산 끝에 제왕절개를 해야 했다. 그런 아이가 뚱보가 되다니, 수현은 그것이 제 탓인 것만 같았다. 지난 일들을 생각해 보면 어느 것 하나 쉽게 이뤄진 게 없었다.

근석은 친구의 남자였다. 무심하면서도 은근한 그에게 수현은 마음이 끌렸다. 특히 그의 목소리는 반듯하면서도 기품이 있었다. 우연한 기회에 단둘이 남게 된 그들은 일을 저질렀다. 근석의 입장에서는 술 때문에 저지른 실수였고 수현은 술을 빙자했다. 수현은 미안하다는 그의 말에 임신했다고 거짓말을 했다. 유치하고 빤한 거짓말이었는데 근석 역시 그와 어울리게 군대로 도망을 가버렸다. 물론 친구와는 절교했지만, 수현은 근석이 돌아올 것이라 믿었기에 그의 입대가 외려 반가웠다. 그의 성품에 대한 신뢰는 수현을 배신하지 않았다. 그러나 말로 생겼다 사라진 아이가 보복이라도 하듯 진짜로 들어선 아이는 그녀의 자궁을 신뢰하지 않았다. 아이를 받아 들고 수현은 대가를 치렀다고, 그래야 앞으로 잘 살 수 있다고 생각했다.

수현의 입에서는 어느새 마른 바람 소리가 났다. 꿈결인지 잠결에 떠올린 기억의 잔상인지, 그녀는 계단을 내려다보고 서 있는 계집아이를 보았다. 계단이 둥글게 휘어지고 아이는 휘청거린다. 잠에서 깨어나려고 도리질을 쳤지만 눈이 뜨이지 않았다. 몇 차례 숨을 몰아쉬다 수현은 간신히 눈을 떴다. 엄마…… 잠들었다 깨어나 집에 혼자 있는 것을 깨달은 아이처럼 그녀는 어둑한 방 안을 두리번거렸다.

니스가 칠해진 커다란 나무 대문에는 입을 벌린 사자 머리 한 쌍이 달려 있었다. 아이는 한 번도 그 검은 쇠고리를 잡아본 적이 없었다. 인터폰을 눌렀으나 문은 열리지 않았다. 아이는 까치발을 하고 한 번 더 인터폰을 눌렀다. 아이는 검은 사자 쇠고리를 들었다 놓았다. 문은 단단하게 잠겨 있었다. 아이는 사자 문고리를 몇 번 흔들었다. 그때 피아노 선생이 나왔다. 어디서 함부로 남의 집 문을 흔드는 거니? 엄마가 아무 말씀 안 하시든? 오늘부터 레슨 안 한다고 했는데. 돌아가렴.

수현은 피아노를 한 달하고 일주일 만에 그만두어야 했다. 잠깐 교회에 나갔던 엄마는 피아노 집에 아이를 보냈다. 교회 반주를 하는 목이 긴 여자가 피아노 선생이었다. 엄마는 그 선생에게 자랑처럼 말했다. 우리 수현이는 노래만 듣고도 건반을 쳐요. 한 손가락이긴 하지만. 한 번도 피아노를 배운 적이 없는데 말이죠. 엄마는 같은 교인이라 여자가 관대하리라 생각했다. 애초에 교회에 나간 속셈도 그 때문이었다. 아이는 엄마가 공짜 레슨을 원한다는 것을 알았고 그 집에 갈 때마다 가슴이 조마조마했다. 한번 레슨비 얘기를 꺼낸 선생은 매번 아이에게 엄마에게 말씀드렸냐고 물었다. 레슨비 투정을 부리는 아이에게 엄마는 못마땅한 얼굴로 알았다고만 했다.

부끄러움과 서러움이 복받쳐 아이는 계단을 내려왔다. 계단은 눈물에 젖어 일렁거렸고 아이는 발을 헛디뎠다. 다행히 큰 사고는 아니었다. 무릎 타박상에 발목을 삐었다. 어떻게 했길래 우리 아이가 계단에서 굴렀느냐는 엄마의 항의에 선생은 한 달 치 레슨비를 받지 않겠다고 했다. 엄마는 더 이상 교회에 다니지 않았다.

지영은 피아노에 별로 흥미를 갖지 않았다. 초등학교 때 잠깐 남들이 하는 만큼 배웠을 뿐이었다. 수현 역시 피아노는 잊고 살았다. 엄마의 말과는 달리, 피아노에 대한 미련이나 열정을 지닐 만큼의 소질을 지닌 것은 아니었다.

친정엄마와 통화를 한 지 꽤 되었다. 안구건조증 때문에 눈물샘을 지지는 수술을 해야 한다고 했는데 그 이후로 통화를 하지 못했다. 눈물이 부족한데 왜 눈물샘을 지지느냐고 수현은 따지듯 물었다. 수술이라는 말에 지레 예민했던 것이다. 엄마는 눈물이 새어나가지 못하도록 눈물샘을 막는 간단한 시술이라고 설명했다. 엄마 표현에 의하면 '평생 호랑이만 잡던 아버지'가 돌아가시자 엄마는 자주 아팠다. 그러면서도 식당을 꾸려갔다. 아무래도 수현은 엄마 팔자를 닮은 것 같았다. 그 탓을 하려는 듯 수현은 엄마와 통화를 할 때마다 언성을 높였다. 끊고 나서 후회를 하면서도 번번이 그랬다.

수현은 일어나 불을 켜고 전화기를 집어 들었다.

엄마는 대뜸 지영 아빠 안부부터 물었다. 벌써 수현은 짜증이 났다.

"그 사람이야, 물으면 뭘 해요? 만날 그 꼴이지. 눈은 어때요? 수술은 한 거예요?"

"일찍도 물어본다. 뭐, 수술이 아니라니까. 근데 여전히 그래."

"그러니까 이제 쉬라구요."

수현이 늘 하는 소리에 친정엄마는 움직일 수 없을 때까지 해야 한다고 매번 같은 대답을 한다.

"엄마 하나 못 모실까 봐 그래요!"

잠시 모녀는 침묵했다.

"그래도 그런 소리 하는 애는 너밖에 없구나."

그 말이 수현에게는 모욕적으로 들렸다. 자식들 중에 지영네가 가장 어려웠다. 조롱이 아니라는 것을 알면서도 수현은 기어코 화를 내고는 결국 먼저 전화를 끊었다.

엄마가 자랑스러워요. 수현은 딸아이에게서 그 말을 듣고 싶어 했다. 엄마도 그럴까. 수현에게 엄마는 평생을 무능한 남편에게 붙잡혀 노새처럼 일만 하고 사는 바보 같은 여자였다. 자랑스러운 엄마가 아니라 불쌍한 여자. 지영은 적어도 제 엄마를 불쌍하게 여기는 것 같지는 않았다. 제 아빠라면 모를까. 집

안에서 큰소리를 치는 사람은 근석이 아니라 수현이었다.

벌써 11시가 다 되었다. 수현은 마음이 급해져 얼른 옷을 챙겨 입었다. 세수를 하고 파우치 안에서 화장품 샘플을 꺼내 얼굴에 발랐다. 샘플이 가득 들어 있는 파우치는 터질 듯이 불룩하다. 그녀는 텔레비전이 절반 이상을 가린 뿌연 화장대 거울을 보며 옹색하게 립스틱을 바르고, 부스스한 머리는 핀으로 찔렀다. 화장품은 제대로 갖추지 못했어도 화장을 거른 적은 없었다. 그것도 영락없이 친정엄마를 닮았다.

식탁에는 남편과 딸아이가 남기고 간 아침의 흔적이 고스란히 남아 있다. 외국물을 먹은 행세를 하는 건지 근석은 개인 접시에 반찬을 덜어 먹는 새로운 습관을 배워 왔다. 미국 생활에서 배운 가장 중요한 교훈이라도 된다는 듯이 유난을 떨었다. 깨끗이 비운 그릇과 가지런히 수저가 놓인 남편의 자리. 그와 대조적으로 흘린 음식물 틈에 아무렇게나 뒹굴고 있는 수저는 딸아이의 흔적이다. 식탁 위를 드라마 주인공처럼 한 손에 다 쓸어내리고 싶은 충동을 누르고 수현은 남은 음식물을 쓰레기봉투에 넣어 동여매고 들고 나갔다. 현관문 앞에서 쓰레기봉투를 들고 힐끗 위를 올려다보았다. 현관 앞에 쓰레기봉투를 내놓지 말라는 주인여자의 잔소리를 들으면서도 수현은 매번 현관 밖에 내놓았다. 잔소리를 들을지언정 냄새나는 쓰레기를 집안에 끼고 살고 싶지는 않았다. 그 정도의 권리는 있었다.

바람이 불어 날은 덜 후텁지근했다. 곧 비가 내릴 모양인지 제법 센 바람에는 습기가 잔뜩 배어 있었다. 집에서 가게까지 그리 가까운 거리는 아니지만 수현은 걸어 다녔다. 운동도 절약도 좋지만 무엇보다 자신만의 시간이기 때문이다. 다른 날보다 늦게 나온 터라 마을버스를 탈까 하다 수현은 기다리는 게 싫어 걷기로 했다. 기다리면 오는 게 버스와 여자라고들 하지만 실없는 소리다. 버스는 기다리면 오지 않고 남자는 여자를 기다리지 않는다.

골목을 벗어나자 시궁창 냄새가 끼쳐왔다. 하천에 가까워질수록 하루살이 떼의 밀도가 높아졌다. 구청에서 정비를 한다고 했는데, 옹색한 화단과 벤치, 새로 페인트칠을 한 난간이 고작이었다. 수현은 난간 너머로 출렁이는 탁류를 내려다보았다. 드디어 장마철이 도래했다. 복개되지 않은 부분이 더 많은데도 주민들에게 복개천이라 불리는 이 하천은 평상시에도 물이 많은 편이다. 상습 침수 지역에 사는 주민들에게 장마철은 경계경보의 계절이다.

뉴스에서는 지난주부터 본격적인 장마가 시작될 것이라고 했다. 하늘은 내내 흐렸고 비는 간헐적으로 내렸다. 폭우가 쏟아지면 복개천 일대의 집들은 번번이 물에 잠기고 수해현장 방송 때마다 어김없이 등장했다. 흙탕물에 젖은 구차한 살림살이들은 온 국민들에게 이 동네가 몹시 가난하다는 인상을 심어주었다. 작년에 새벽 내내 세 식구가 물을 퍼내던 기억을 떠올리며 수현은 진저리를 쳤다. 주인여자는 그래도 연년이 물난리가 나지는 않는다고 했다.

뿌연 하늘 한 귀퉁이에 낮달이 힘없이 떠 있다. 희미하고 창백한 낮달을 볼 때마다 수현은 대학교 때 점쟁이에게서 들었던 말이 생각났다. 친구들과 1년에 한두 번 재미 삼아 점을 보곤 했는데, 그중 한 여자의 말이 지금까지 기억에 남아 있다. 달이 밤에 떠야지 낮에 뜨면 뭘 해! 헛똑똑이야. 점쟁이의 거침없는 말에 친구들과 박장대소를 하며 한참을 깔깔거렸지만, 여자의 일갈은 노상에서 바라보는 저 멍청한 달처럼 심심치 않게 떠올라 기분을 잡치게 만들곤 했다. 더 맘이 상한 것은 평생 제 손으로 일해서 먹고살 팔자라는 말이었다. 그 말은 입 밖에도 꺼내기 싫었다. 수현이, 너는 바로 취직이 되려나 보다, 친구 원숙이 말했지만 수현은 그 뜻이 아닌 걸 알았다. 그러나 수현은 주변의 예상을 깨고 보란 듯이 취업 대신 '취집'이라는 걸 했다. 친구들 중 결혼 1호였다. 수현은 부뚜막에 올라간 고양이라는 소리를 기꺼이 들었다.

운동 삼아 걸어 다니기는 하지만 운동을 하고 있는 것은 몸이 아니라 마음 같았다. 생각이 이어달리기를 하는 것처럼 끊임없이 꼬리에 꼬리를 물고 이어졌다. 그러다 보면 어느새 가게가 보인다. 수현은 횡단보도에서 〈이수현 김밥집〉 간판을 보며 신호를 기다렸다. 그녀의 표정에는 안도감과 조급증이 어려 있다. 수현은 부리나케 길을 건너, 늑장 부린 걸 후회하며 힘껏 셔터를 들어 올렸다.

"김밥집, 오늘은 늦었네."

해장국집 여자의 쉰 목소리에 수현은 눈살을 찌푸렸다.

24시간 영업이라고 버젓이 써놓고도 해장국집은 24시간은 커녕 제대로 문 여는 날이 드물었다. 그 덕을 보긴 하지만 수현은 그런 여자와는 친하고 싶지 않았다. 수현은 눈인사조차 건네지 않고 새치름한 표정을 지으며 가게로 들어섰다. 바로 앞치마를 두르고 쇼윈도 앞에 앉아 김밥을 말기 시작했다.

재작년에 다시 시작한 가게다. 나 같으면 기분 나빠서 새로운 상호로 하겠다는 원숙의 충고를 무시하고 다시 〈이수현 김밥집〉 간판을 내걸었다. 이름은 중요했다. 수현은 제 이름 덕에 세 식구가 먹고산다고 생각했다. 규모는 훨씬 작았지만 꼭 10년 만에 그녀는 다시 김밥집을 열었던 것이다.

IMF 여파로 중견 가전업체인 K전자가 S사로 합병되면서 근석은 과장 승진 1년 만에 직장을 그만두어야 했다. 구조조정으로 조직에서 내몰린 실직자들을 중심으로 창업 붐이 일어났다. 그중 김밥전문점도 각광받는 업종 중의 하나였다. 어려운 시절 값싸고 푸짐한 분식집들이 김밥전문점이란 이름을 달고 손님들을 끌어모았다. 근석에게 분식집은 어울리지 않았다. 그러나 친정에서 보고 자란 덕에 수현은 자연스럽게 요식업에 발을 들여놓았다. 가게는 그럭저럭 잘되는 편이었다. 평생 제 손으로 벌어먹어야 한다는 말이 생각났지만 그 정도라면 받아들일 수 있었다.

뜻밖에 근석은 활기를 되찾았다. 인생의 위기를 잘 넘긴 남편의 의욕이 지나쳤던 것일까. 오전을 거의 신문 보기로 소일하던 근석에게 미국 취업이민 광고는 콜럼버스가 신대륙을 발견한 것만큼이나 일대 사건이었다. 이민은 분식집만큼이나 근석에게 어울리지 않았다. 수현 역시 자신의 인생에서 이민이라는 단어를 생각해본 적이 없었다. 이민이란, 이 땅에서 쓰기에는 너무 많은 돈을 갖고 있거나 이 땅에서 도저히 살 수 없어 도망을 가야 하는, 그녀와는 영 다른 세계에 사는 사람들의 이야기였다. 남편의 단정한 목소리로 들리는 '이민'이라는 단어는 신선한 충격이었고 신뢰할 만했다. 어깨가 드러나는 원피스에 챙 달린 모자를 쓰고 화창한 LA 거리를 근석과 함께 거니는 꿈에 젖어 거울을 바라다보던 시절이 그리 까마득하지 않았다. 그 거울은 산산조각 났지만 수현은 그래도 침착하고 사리분별 있는 남편을 믿었다.

근석은 취업이민 수속을 밟는 과정에서 취업비자가 나오기 전에 이민 알선업체의 말만 믿고 방문비자로 먼저 미국에 갔다. 그때까지는 모든 게 순조롭게 진행되었고 미리 방문을 하게 해주어 더 신뢰를 주었다. 현지에 가보니 그를 고용하기로 했던 회사는 그 넓은 아메리카 어디에도 없는 유령회사였다. 업체 측에서 내준 취업보증서도 가짜였던 것이다. 집을 팔고 가게 대출금을 상환하고 남은 전 재산을 가지고 간 그는 그 돈을 고스란히 날렸다. 천만다행으로 우여곡절 끝에 현지의 취업

알선업체의 주선으로 닭 공장에 취직을 하고 취업비자도 받았다. 물론 만만찮은 비용이 들어갔다. 그러나 근석은 3년을 못 버티고 귀국했다. 미국발 글로벌 경제위기가 세계를 강타할 즈음이었다. 외환위기 10년 만에 다시 서민들의 삶은 휘청거렸고 지영네도 그들 중 하나였다.

어떻게 들어간 미국인데 그렇게 빈털터리가 돼서 돌아오니…… 초췌한 몰골로 간신히 돌아온 남편에게 수현은 차마 그 말을 입 밖으로는 하지 못했다. 브로커들에게 사기를 당했다고 울부짖던 목소리를 들었을 때는 정말 충격이 컸다. 수현이 처음 듣는 근석의 절규였다. 그의 목소리는 점점 변해갔다. 불법체류자로 식당을 전전하며 가끔 전화를 걸어 긴 한숨을 내쉬던 남편의 목소리는 불안했지만 따뜻했다. 그러나 거지꼴을 하고 카트도 없이 작은 가방 하나만 달랑 들고 다른 입국자들 틈새를 두리번거리던 근석의 퀭한 눈에서 수현은 그대로 도망쳐버리고 싶은 심정이었다. 사기를 당했더라도 일단 그 넓은 미국에 들어가 일자리를 잡았으니 남편이 어떻게 해서든지 버티어내기를 빌었다. 5년, 10년이 걸리더라도 어떻게든 식구들을 데려갈 것이라고 수현은 믿고 싶었다.

그동안 수현도 시행착오를 거치기는 마찬가지였다. 보험모집원도 해봤고 다단계 영업에 걸려들어 금전적인 손해를 보기도 했다. 마트에 나가 일을 하다가 석 달 만에 그만두었다. 아버지가 돌아가시고 혼자 남은 엄마의 식당에 합류할 계획이었다. 함께 살면서 같이하자고 하면 반색하리라는 예상은 보기 좋게 빗나갔다. 엄마는 반색은커녕 정색을 하며 거절했다. 수현은 엄마에게 시위하듯 전철역 앞에서 출근하는 사람들을 상대로 김밥 장사를 했다. 그것이 다시 김밥집을 열게 된 계기가 되기는 했다. 결과적으로는 엄마가 옳았지만 그것과 상관없이 서운한 마음은 남아 있었다. 수현이 친정엄마에게 짜증을 부리는 것은 그 일에 대한 뒤끝이기도 했다.

다시 김밥집 간판을 올리고 지하로 이사를 하면서 수현은 허무하고도 억울한 심정에 조금 울었다. 위태로운 시간이 지나갔다는 생각이 듦과 동시에 앞으로의 고단한 미래에 대해 확정판결을 받은 것 같았다. 그래도 원숙에게는 그깟 10년, 아무것도 아니더라고 말했다.

후두둑 툭툭. 빗방울이 떨어지더니 삽시간에 굵은 빗줄기가 쏟아내렸다. 천둥과 번개에 쫓기듯 손님들이 뛰어 들어왔다. 수현은 한눈에 인근 모텔에서 나온 커플이라고 알아봤다. 점심 첫 손님은 대개 모텔에서 온다. 제법 나잇살을 먹은 축이다. 비에 젖은 여자의 원피스는 검은 얼룩이 묻은 것처럼 군데군데 빗물이 들었다. 남자는 훤한 정수리부터 티슈로 닦아냈다. 수현은 그들에게 마른 행주 하나를 선심 쓰듯 내밀었다. 중년의 남녀는 쑥스럽게 웃고는 무얼 먹을까 하더니 라면을 주문했다. 여자에게 남자는 먹고 싶은 게 있으면 더 시키라고 한다. 조심스레 떡볶이가 되냐고 여자가 묻자 수현은 메뉴판을 가리키며 라볶이밖에 없다고 했다. 남자는 한참 망설이고 여자는 표정이 좋지 않다. 수현이 라볶이에서 라면을 빼고 5백 원을 빼주겠다고 하자 남자는 고개를 끄덕였다. 주방으로 향하는 수현의 등에 대고 남자는 말했다. 아주머니, 너무 맵지 않게 해주세요. 주문을 받는 데 한 10분은 걸렸다. 중년들이야말로 목하 열애 중이었다. 모텔을 들락거리는 축들은 젊은 사람보다 중년이 많았다. 수현에게 그들은 불쾌하거나 부러운 대상이 아니었다. 그저 딱하고 우스웠다.

알바생은 15분이나 늦었다. 첫날 빼고는 한 번도 시간을 지킨 적이 없었다. 수현은, 10년이라는 시간이 그녀에게 그랬던 것처럼 게으른 여자아이에게 미래에 대한 확정선고를 내려주고 싶었다. 넌 평생 남의 가게 알바나 하고 살 거야. 손거울이나 들여다보면서 말이지. 정신없이 점심시간이 지났다. 곧 지영과 근석이 올 시간이다.

귀국 후 반쯤 넋 나간 얼굴로 방에 처박혀 있던 근석은 어느 날부터 외출을 시작했다. 그는 예전의 모습을 되찾아가고 있었다. 만약 한 인간의 본래 모습이라는 것이 0부터 시작한다면 근석의 경우는 회복이 지나쳐서 마이너스 상태까지 이르렀다고 할 수 있을 것이다. 삐쩍 마른 몸과 침묵은 수행이라도 하는 사람 같았다. 그는 생의 어느 때보다 규칙적인 생활을 하고 있었다. 7시에 일어나 아침을 먹고 8시에 집을 나가 손님들이 빠져나간 2시경에 가게에 들러 식사를 해결한다. 그리고 다시 김밥 한 줄을 배낭에 넣고 나갔다 밤 12시에 귀가한다.

근석은 그것을 산책이라고 했다. 수현은 혹시 공부를 하러 도서관에 가는 걸까, 차마 말하기 부끄러운 일자리라도 얻은 걸까, 이런저런 기대를 했었다. 그러나 남편의 배낭엔 세면도구와 신문이나 잡지, 가끔은 우산이나 모자가 들어 있을 뿐이었다. 처음엔 대거리할 경황도 없었고, 그런 모습이 보기가 딱해 하고 싶은 대로 하도록 내버려두고 용돈도 집어 주고는 했다.

식당이 어느 정도 자리가 잡히고 보니 수현은 남편이 경멸스러웠다. 수현에게 그는 하루 세끼를 절대 놓치지 않으려고 사는 사람으로밖에 안 보였다. 남편을 무시하는 것 외에는 달리 그에 대한 실망을 다스릴 방도가 없었다. 수현은 그런 남편에게 차츰 익숙해져갔다. 그렇다고 아무렇지도 않게 살아지는 것은 아니었다. 밥 먹는 뒤통수도 보기 싫었고 수현의 속내는 늘 불안하고 찜찜했다. 그럴수록 그녀는 남편의 존재를 무시하려 애썼고 근석은 점점 더 말이 없어졌다. 평온을 가장하고 있지만 시간이 갈수록 남편의 태도는 그녀를 조롱하는 것 같았다. 시위를 하는 것으로밖에 안 보였다. 아무리 생각해도 화를 낼 사람은 근석이 아니었다.

빗줄기는 점점 거세졌다. 창밖을 내다보니 가게를 향해 뛰어오는 딸아이의 출렁거리는 몸집이 수현의 눈에 들어왔다. 우산이 터무니없이 작아 보였다. 빗물을 달고 뛰어 들어오는 지영의 몸에서 비릿한 냄새가 끼쳐왔다. 숨이 차 헐떡거리면서도 오자마자 김밥에 손을 댔다. 다 삼키기도 전에 또 김밥을 집는 식탐이 밉살스러워 수현은 아이의 통통한 손등을 쳤다.

"손이나 씻고 먹어, 여기 빗물 다 떨어지잖니? 이런, 이거 봐라."

지영이 입속의 음식물을 내보이며 웃자 옆에 있던 알바생이 눈살을 찌푸렸다.

남녀 한 쌍이 들어왔다. 남자의 한쪽 어깨는 흠뻑 젖었고 이십대 초반의 여자아이 얼굴에는 사랑받는 여자로서의 자부심이 가득해 보였다. 그래 봐야 앞날 까마득한 청춘이라고 수현은 생각했다. 그들 뒤에서는 근석이 우산을 접고 있었다. 그는 종이처럼 얇은 몸을 문에 끼워 넣듯 슬쩍 들어와 자리를 잡고 앉았다. 2시 정각이다. 수현은 때때로 근석의 면전에서 가게 문을 닫아걸고 싶었다. 밥을 달라고 애원하는 남편의 목소리를 들으면 속이 후련할 것 같았다.

"사장님 오셨어요?"

알바생이 반색을 하며 근석을 맞았다. 평소 같으면 수현의 입에서, 누가 사장님이야?란 말이 튀어나오겠지만 간밤의 일이 걸려서 수현은 조용히 근석 앞에 앉았다. 그러고 보니, 한 번도 가게에서 둘이 마주 앉은 적이 없었다.

"비가 계속 올 것 같은데 오늘은 그냥 집으로 가지 그래요?"

아무런 대꾸 없이 식사를 기다리는 남편의 몰골을 보니 수현은 그저 이이가 생각의 꼬리를 밟으며 낯선 동네를 뱅뱅 돌고 있는 것에 불과하다는 생각이 들었다.

"고마워요."

알바생이 음식을 가져오자 남편은 여자아이에게 살짝 웃어 보이기까지 했다. 알바생은 흐뭇한 얼굴로 빈 쟁반을 들고 갔다. 수현은 어이가 없어 속으로 빈정거렸다. 당신 웃을 줄도 아네. 원래 근석은 상냥한 사람이었다. 결혼 전에도 음식점에 가면 서빙하는 종업원에게 항상 고맙다고 말해주었다.

천천히 우물우물 음식을 씹어 삼키는 남편의 얼굴은 낙타 같았다. 초췌한 몰골에도 불구하고 근석은 지쳐 보이지 않았다. 세상에 대해 무어라 항의조차 할 기력도 배짱도 없는 중년의 무력한 사내가 아니라 오래전부터 준비한 여행을 하고 있는 사람처럼 보였다. 세상 구경을 다니다 가벼운 점심을 들기 위해 이곳에 들른 사람처럼 여유 있어 보이기까지 했다. 그는 수현의 생각을 빤히 안다는 듯이 더욱 경쾌하게 입과 턱을 움직여 음식물을 씹어 삼켰다.

"오늘은 김밥을 가져가지 않을 거요."

근석의 말에 수현은 실소를 했다.

"영광이네. 묻지도 않았는데 입을 열어주시니."

한데, 당신은 어떻게 아직도 그런 목소리를 갖고 있는 거지? 사실 수현은 그렇게 묻고 싶었다. 목소리를 다듬는 일은 살을 빼는 것보다 훨씬 어려웠다. 자주 평정을 잃고 높아지는 톤과 거침없이 튀어나오는 말본새에 수현은 종종 얼굴을 붉혔다. 그런데 근석의 목소리는 여전히 단정하고 품위가 있었다. 예전보다 더 중후해진 듯도 했다.

생각해보니 남편은 미국에서 울면서 전화하던 때를 제외하고 목소리의 평정을 잃은 적이 거의 없었다. 반쯤 넋이 나가 있던 때에도 그랬다. 그의 목소리는 작지만 명확하고, 저음이지만 부드럽다. 그는 목소리로 주의를 끄는 사람이었다. 수현은 그 사실을 잊고 살았다. 잊었다기보다 한결같은 그의 목소리가 우스꽝스럽다고 생각했다. 아직도 모르는군. 당신의 목소리는 전혀 상황에 맞지 않아. 수현은 남의 집 계단 앞에서 무얼 하고 있었느냐고 대놓고 묻고 싶었으나 참고 일어섰다.

수현은 문을 활짝 열고 비 구경을 했다. 지상의 모든 것들 위로 맹렬히 꽂히는 굵은 빗줄기 소리에 바깥세상은 보이지도 들리지도 않았다. 수현은 소름이 돋은 양팔을 제 손으로 감싸 비볐다.

밤늦도록 비는 그치지 않았다. 알바생은 1분도 넘기지 않고 퇴근하고 가게는 진즉부터 한산했다. 지영은 바에 앉아 만화책을 보며 다리를 흔들고 있었다. 설거지를 하던 수현은 주방에서 나와 고무장갑을 벗으며 딸아이에게 다가갔다. 흰 면양말 위로 보이는 통통한 맨다리에는 튼 살 자국이 선명했다. 수현은 아이의 두툼한 등짝을 고무장갑으로 때렸다.

"너 방학이라고 저녁에는 공부 안 하기로 했어? 너보고 엄마가 여기 일 도와달래?"

지영은 뚱한 얼굴로 엄마에게 대들었다.

"엄마는 아빠가 밖에서 뭐 하는지 궁금하지도 않아?"

"네가 어제 말해줬잖아. 남의 집 계단에 앉아 있다며!"

수현은 딸아이를 원망이라도 하듯 소리쳤다.

근석은 이미 집에 들어와 있었다. 방은 깨끗이 치워져 있고 서랍도 제자리에 끼워져 있었다. 망치질이라도 한 모양이었다. 수현은 잔뜩 몸을 움츠리고 잠든 남편의 모습을 내려다보고는 불을 꺼주었다.

딸아이의 방문을 열었다. 늦은 시각에 지영은 책상에 앉아 빵을 먹고 있었다.

"도대체 그 몸은 누굴 닮은 거니?"

수현은 아이의 손에 들린 빵을 빼앗았다. 그러자 지영은 입에 있던 빵을 뱉어 쓰레기통에 버렸다. 큰 잘못을 들킨 아이처럼 고개를 숙인 모습에 수현은 마음이 짠했다.

"그렇다고 먹던 걸 뱉니? 같이 먹자."

"아냐. 배고프지 않은데 그냥 먹은 거야. 엄마 먹어."

수현은 지영의 침대에 누웠다. 이리 와, 하고 불러 함께 부둥켜안고 눕고 싶지만 그러기엔 아이의 몸집이 너무 컸다. 수현은 빵을 씹으며 천장에 박힌 야광 별들을 바라보았다. 별들은 연두색 플라스틱에 지나지 않았다. 한쪽 벽에는 외국인 뚱보들이 정말 살맛 난다는 듯 활짝 웃고 있었다. 이왕이면 예쁘고 잘 생긴 사람들 사진을 붙이는 게 어떠냐고 하면 딸아이는 재밌잖아,라고 대꾸하곤 했다.

"미국에 가고 싶어?"

수현이 묻자 지영은 한참 뒤에 대답했다.

"미국에는 날씬한 사람보다 뚱뚱한 사람들이 더 많대."

"엄마는 미국이라면 지긋지긋하다."

지영이 쑥스러운 얼굴로 수현에게 물었다.

"엄마, 별 보여줄까?"

지영이 불을 끄자 조악한 별빛이 방을 채웠다. 환한 대낮에도 이 방에서는 희붐한 별빛이 보였다. 아이는 침대 옆 방바닥에 앉아 엄마의 머리카락을 만지작거렸다.

"아빠 혹시 사람 찾으러 다니는 거 아닐까?"

"우리 지영이가 아빠 생각을 많이 하는구나."

수현은 아이를 향해 모로 누웠다.

"아빠가 너한테 무슨 얘기를 하던?"

"아니 그건 아닌데, 아빠 사기 친 사람들 찾으러 다니는 건 아닐까 해서."

"난 또 무슨 소리라고. 차라리 그러고 다니면 다행이다."

그러나 그래서는 안 되는 일이었다. 수현은 생각에 잠겼다.

"엄마는 내가 창피해?"

느닷없는 지영의 물음에 수현은 되물었다.

"넌 엄마가 창피해?"

"아니. 아빠는? 엄마는 아빠가 창피해?"

수현이 아무 대꾸도 하지 않자 지영은 엄마의 손을 만지작거렸다. 아이의 손은 따뜻한 카스테라 같았다. 수현은 그 손을 잡고 아이처럼 물었다.

"낮달은 왜 뜨는 거니?"

지영이 웃으며 대꾸했다.

"엄마도 참, 낮달은 낮에 뜨는 게 아니라 낮에 보이는 거야. 달은 항상 뜨지. 밤에만 환하게 보이는 거구. 낮달은 낮에도 빛나는 거야. 그 빛이 흐릿하더라도."

새벽녘까지 내린 비 때문에 잠을 설치기는 근석도 마찬가지였다. 아침 일기예보에 의하면, 장마는 당분간 소강상태였다. 수현은 현관문을 살짝 열고 문틈 사이로 고개를 내밀었다. 비 거스렁이에 하늘은 맑고 깨끗했다. 파리한 하늘 틈새로 미미하나마 해의 기운이 보이는 듯했다.

"당신이 하늘을 보면 아나?"

근석은 어느새 식탁에 앉아 식사할 채비를 하고 있었다.

"오늘은 비 절대 안 온다."

남편의 단호한 말에 수현은 머쓱해, 기지개를 켜며 대꾸했다.

"도사님이 어련하시겠어."

곧 근석이 일용할 짐을 지고 집을 나갈 시간이 되었다.

"어디 가?"

수현이 묻자, 근석은 산책이라고 명확하게 대답했다.

"사기꾼 잡으러 다니는 건 아니고?"

그 말에 근석은 신발을 신다 말고 돌아섰다.

"당신이 원하는 것이 그거라면 오늘부터 그리 생각하지. 잡아 오는 것도 아니고 잡으러 다니는 거야 왜 못 하겠소?"

남편이 나가고 나자, 수현은 먹던 숟가락을 내려놓고 부랴부랴 집을 나섰다.

저만치 앞서가는 근석이 보였다. 경쾌해 보이기까지 하는 남편의 걸음걸이에서 쫓고 쫓기는 자의 피로는 보이지 않았다. 버스가 와도 그는 뛰지 않았다. 천천히 다른 사람들을 먼저 태우고 마지막으로 버스에 올라탄 근석은 버스 맨 끝 좌석 창가에 앉았다. 그는 창 쪽으로 고개를 돌렸다. 미미한 햇살이 그의 이마에 닿았다. 햇살 때문에 수현은 그가 어디를 바라보는지 정확히 알 수 없었다. 근석이 손짓을 했다. 오라는 것인지 잘 가라는 것인지, 잘 다녀오겠다는 것인지 수현은 알 수 없었다. 수현도 출발하는 버스를 향해 애매하게 손짓을 하면서 중얼거렸다. 난 운동 삼아 걸어 다닌다니까.

수현은 가게가 보이는 건널목에 서서 남편의 말을 되뇌어보았다. 아무래도 상관없었다. 당신이 어디서 시간을 보내든 무엇 때문에 길을 나서는 것이든 난 내 자리를 지킬 거니까. 당신은 이상한 낙타야. 낙타는 산책을 하지는 않아. 그래도 부지런히 다녀봐. 혹시 알아? 그러다 보면 사라진 혹이 자라날지도 모르지.

점점 퍼지는 햇빛에 아랑곳없이 서편 하늘에는 어제 본 낮달이 슬며시 떠 있었다.

손가락을 세워라

해 질 녘부터 와이는 입술을 쥐어뜯으며 거실을 서성거렸다. 어둠이 번지기 시작하자 와이는 불을 켜는 대신 베란다로 나갔다. 와이의 아파트는 외계의 빛들로 얼룩덜룩했다.

이따금 텔레비전에서 웃음소리가 터져 나왔다. 와이와 나의 대치 상태를 일깨워주는 조명탄 같았다. 나도 개그맨들과 함께 얼룩덜룩 웃었다.

나는 와이가 무슨 생각을 하고 있는지 짐작할 수 있었다. 그러나 나는 모른 척 텔레비전과 함께 시시덕거렸다. 방을 내놓았다고 지나가듯 흘린 내 말이 마음에 걸린 것이 분명했다. 처분을 기다리는 것은 나였지만 나로서는 외려 홀가분했다. 나는 와이의 답을 예상하고 있었다.

콜드 캐소드Cold Cathode. 나는 계속 입에서 맴돌던 조명 이름을 생각해냈다. 조도는 일반 네온보다 훨씬 높지만 그 느낌은 이름만큼이나 차갑다. 가열 과정이 필요 없는 차가운 전극이 고압 전류를 방사한다. 그 이름을 들었을 때 나는 분명 와이를 떠올렸다. 와이와 붙어 다니기 시작했던 즈음의 일이다. 당시 나를 이끄는 매혹적인 이미지들은 와이와 연결되었다. 까마득한 일도 아닌데 잊고 있었다니 실소가 나왔다. 와이와 지나치게 밀착된 시간을 보낸 탓이었다.

와이를 들어 푸른 불빛으로 채워진 건물 외벽에 그으면 획, 푸른 불꽃이 일어날 것만 같다. 건물 좌우 양쪽으로는 산자락이 보인다. 얼핏 보면 어둠에 물든 산자락은 푸른 상자에 붙은 검은 날개 같다. 만약 내 앞에 날개 달린 상자가 놓여 있다면 나는 상자를 열기 전에 날개를 떼어낼 것이다. 또 만약 와이의 겨드랑이에 날개가 자라난다면 아마 나는 그 입에 손가락 대신에 돌을 처넣을 것이다.

나는 무거운 배를 안고 낑낑거리는 와이를 상상하며 슬쩍 웃었다. 꼼짝도 못 하겠지. 엄지와 검지를 꼿꼿이 세우고 와이를 겨냥했다. 도통 움직이지 않던 와이가 돌아섰다. 꼼짝 마. 내 말을 무시하고 와이는 말했다. 외롭다. 장고(長考) 끝에 와이가 내린 결론은 고독이었다. 그러나 와이는 외롭다기보다는 지겨워 보였다. 외롭거나 지겹거나 나에 대한 모욕인 것만은 분명했다. 문득 와이를 끌어당겨 바닥에 내동댕이치고 싶다. 생각뿐이었다. 혼자 점거하고 있는 소파를 포기하고 싶지는 않았다. 나란히 앉아 텔레비전과 시시덕거리고 있는 것도 끔찍한 풍경일 것이다. 팔을 쭉 뻗어보았다. 가제트가 아닌 이상 와이에게 닿을 리가 없다. 대신 나는 양손의 엄지와 검지를 맞붙여 와이를 줌인해보았다.

도무지 와이는 내 손으로 들어오지 않는다. 아무래도 내 손가락이 할 수 있는 가장 적절한 짓거리는 와이의 입에 손가락을 집어넣는 일인 것 같다. 내 손가락들은 와이를 가두기에는 너무 작다. 낭만적인 생각이다. 손가락 탓이 아니다. 와이와 나의 거리가 너무 가깝기 때문이라고 나는 정치적으로 생각했다.

손가락에 대한 와이의 태도는 모호한 데가 있다. 아마도 내 손가락이 종종 발기하기 때문일 것이다. 그러나 내 손가락이 와이에게 의미가 있을 때에는 오로지 그때뿐이다. 기분이 좋으면 와이는 내 손가락을 덥석 깨물곤 했다. 나는 그때마다 좋아 죽겠다는 표정을 짓곤 했지만 사실 아픔 때문에 팔딱거리는 것뿐이었다. 와이 역시 좋아죽겠다는 표정을 지으며 내 손가락이 분탕질을 치는 동안 벌어진 입으로 침을 흘리곤 했다. 나는 깨물지 말고 빨아달라고 말하고 싶었지만 '빨다'라는 동사에 대한 와이의 혐오감 때문에 바짝 다가앉아 그녀의 입천장을 간질이는 것으로 만족해야 했다.

가끔 내 손가락이 와이의 목구멍 속으로 넘어가려 할 경우도 있었다. 그러면 와이는 헛구역질을 하며 내 손가락을 잡아 빼려고 버둥거렸다. 어쩐 일인지 나는 와이가 내 손목을 잡고 미꾸라지처럼 팔딱거릴 때마다 온몸이 발기하는 듯한 기분을 느끼곤 했다. 와이의 입속으로 주먹을 쑥 집어넣고 싶은 순간이다. 다행히 그 순간은 터무니없이 짧았고, 와이가 죽을 수도 있다는 생각을 하면서 나는 얼른 손을 빼내었다. 와이는 한참 동안 시뻘건 얼굴로 캑캑거리고는 자기의 침에 의해 불어터진 내 손가락을 흘겨보며 말하곤 했다. 더러워. 나는 전혀 그 말에 기분이 상하거나 억울하지는 않았다. 대신 나는 바보같이 웃으며 불어터진 손가락의 냄새를 맡고는 다시 내 입으로 가져가 빨았다. 더러워 죽겠다니까! 와이는 더럽다는 말로도 부족하다며 나를 마구 때리곤 했는데 나는 그것이 수치심 때문이라고 생각했기에 전혀 아프지 않았다. 나 역시 수치심 때문에 너의 침이 묻은 손가락을 내 입에 처넣은 것뿐이니까. 와이도 그것을 알고 있었으나 수치심 따위는 절대 공유하기를 원하지 않았다. 그거야말로 진짜 수치심이라고 생각하는 눈치였다.

"지금 얼굴이 얼마나 괴물 같은지 알아?"

텔레비전 화면에 따라 얼룩덜룩 변하는 와이의 얼굴은 외계인 같았다.

"네 얼굴은 어떻고?"

와이는 베란다 문틀에 쪼그리고 앉아 양손으로 얼굴을 벅벅 문질렀다. 양 볼을 감싼 손에 밀려 눈과 입꼬리가 밑으로 처졌다. 뭉크의 절규하는 몽타주 같았다.

"불을 켤까?"

"보지도 않는 텔레비전이나 꺼."

"이거 좋아하는 프로잖아."

내 말에 모욕감이라도 든 듯이 와이는 쏘아붙였다.

"내가 저따위 유치찬란한 짓거리를 좋아한다고? 네가 좋아했지. 난 그냥 네 옆에서 웃어준 것뿐이야."

나는 끙, 하고 소파에서 몸을 일으켜 텔레비전을 향하여 리모트 컨트롤을 발사했다. 아이돌 여자 가수가 영문도 모른 채 한 방에 사라졌다. 곧이어 냉장고 모터가 탱크처럼 우리의 지루한 전장(戰場) 속을 진군했다.

나는 아무렇지도 않은 척 하품을 하고 기지개를 켰다. 이제 집으로 돌아가야 할까. 그러나 나는 엉덩이를 일으키는 대신 반쯤 남은 맥주잔을 들었다. 김이 빠진 맥주 맛은 영 밍밍했다. 맥주를 사 올까. 집에 갈까 말까. 언제부터 내가 와이를 만나면서 이런 고민을 하게 되었을까.

"왜 그러는 거야…… 아까까지는 기분 괜찮았잖아?"

나는 결국 와이에게 속을 뒤집어 보였다.

"하루 종일 시시덕거리고 있으면 기분이 괜찮은 거니? 아이 같은 소리 좀 하지 마. 그것도 다 참는 방법 중의 하나일 뿐이야. 간신히 참고 있는 거야."

뭘? 나는 그렇게 물으려다 그만두었다. 나 역시 참고 있으니까.

"선배, 우린 한 달 동안 연락하지 않았어. 그 얘기를 해봐야 하는 거 아냐?"

와이는 아무 대꾸 없이 벌떡 일어섰다. 와이의 얼굴은 터널 입구처럼 캄캄했다. 집으로 돌아가더라도 나는 그곳을 통과해야 덜 억울할 것 같았다.

"우리 문제가 뭐라고 생각하니?"

언제부턴가 우리는 각자의 상념에 빠져 시간을 뜯어내기 시작했다. 와이는 바싹 마른 입술을, 나는 발꿈치에 박인 굳은살을 뜯어냈다. 우리의 앞자락에는 몸에서 떨어져 나온 각질들이 수북하게 쌓였다. 그러다 눈이 마주치면 와이는 질색하며 말했다. 그 손으로 날 만질 거니? 나 역시 너덜거리는 와이의 입술에 입맞춤은커녕 손도 대고 싶지 않았다. 우리는 이 쓸모없는 시간들을 날려줄 바람을 기다렸을 것이다.

결정적인 기회가 왔다. 와이가 그토록 고대하던 이사를 하게 된 것이다. 와이는 아파트를 차지하기 위하여 전남편과 오랫동안 싸웠다. 나는 치사하게 꼭 그렇게 해야 되느냐고 했지만 와이는 앞으로 자기 인생의 물적 토대라고 하면서 반드시 해내야 한다고 했다. 그의 상황이 달랐으면 자신은 절대 직장을 관두지 않았을 거라고 말했다. 나는 그 말에 동의할 수 없었다. 와이는 직장을 관두기 위해서 결혼한 사람 같았으니까. 하지만 옆에서 모든 과정을 지켜본 나는 기쁨을 나눌 자격이 충분했다. 함께 새로운 생활을 하는 것이야말로 권태 모드에 돌입한 우리의 상황을 돌파할 기회라고 생각했다.

"특별한 문제는 없다고 생각해. 같이 살면."

와이는 내 말을 매정하게 잘랐다.

"대부분의 오래된 연인들이 달리 어찌 해볼 도리가 없어 결혼을 하게 되지. 나도 그랬으니까. 하지만 다행스럽게도 그건 제도권에 있는 사람들에게나 해당되는 거야. 우린 벗어나 있잖아?"

딱히 떠오르는 말이 없었다. 나는 전의를 상실했다.

내가 기대했던 것과 달리, 그러나 예상했던 대로 와이는 '이사'라는 큰 행사에 나를 끼워주지 않았다. 인간이 잠 못 드는 것은 예상 밖의 결과 때문이 아니다. 기대와 예상이 다르다는 것을 깨달을 때다. 나는 두 눈을 멀뚱멀뚱 뜨고 밤마다 저울질을 했다. 각자가 뜯어낸 시간의 각질을 달아보았다. 저울은 움직이지 않았다. 나는 한쪽을 꾹 눌렀다. 와이가 매달린 천칭이 쑥 올라갔다. 관계란 그런 것이다. 내가 무거우면 너는 이토록 가볍다.

이사를 한 지 한 달이 지나 있었다. 우리가 이토록 오랜 시간 동안 연락이 되지 않은 적은 단 한 번도 없었다. 이사 전날, 도와주겠다는 것도 앙큼하게 거절한 와이의 얼굴에서 나는 일방적인, 내가 끼어들 수 없는 배타적인 기운을 느꼈다. 컴퓨터 하나를 옮길 때도 나를 불러대던 와이였다. 일종의 선전포고나 다름없었다.

나 역시 기회를 놓치지 않았다. 옷걸이 대용으로 쓰던 이젤 앞에 다시 앉았다. 소홀했던 친구들을 만나 창업 아이템 구상을 하기도 했다. 그러나 사업 계획은 좀처럼 잡히지 않았고 와이에 대한 애증은 뚜렷해졌다. 결국 나는 와이의 번호를 눌렀다. 그러잖아도 막 전화하려고 했는데. 와이는 더할 나위 없이 얄밉게 말했다. 그러나 나는 전화를 끊자마자 옷장 속을 뒤졌다. 무얼 입지? 나는 친구에게서 얻은 키스 헤링의 하트 문양 티셔츠를 집어 들고 활짝 웃었다. 들뜬 마음을 가라앉히고 꼬박 밤새워 그림을 완성했다. 익명의 무수한 손들 속에서 우리의 '손'이 섬처럼 떠올랐다.

나는 B시를 향해 달려갔다. 내 가슴 한복판에서는 핑크색 하트가 출렁거렸고 그 아래에는 YOU! 라는 문구가 찍혀 있었다. 그 순간 나는 완벽한 소녀였다. 작은 꽃기린 화분을 들고 서 있는 나의 볼은 붉게 상기되어 있었다. 문이 열리자 나는 수줍게 말했다. 잘 지냈어? 그리고 당당하게 「손」을 와이에게 내밀었던 것이다. 와이는 내 셔츠를 보고 웃음을 터뜨렸다.

와이는 내 그림에 대해서는 한마디도 하지 않았다. 작가로서 민망하게도, 어디에 걸어줄까 물었을 때 와이는 벽에 못질은 하지 않을 거라고 대답했다. 세워놓을 자리가 마땅치 않다며 와이는 난감해하기까지 했다. 나는 홧김에 냉장고 옆 빈 공간에 끼워 넣었다. 좀 지나쳤다고 생각했는지 와이는 식탁 의자 위에 그림을 세워놓았다. 일단 여기 놓을게. 됐지?

외계의 불빛이 순식간에 사라졌다. 나는 적군을 맞닥뜨린 패잔병처럼 엉거주춤 몸을 일으켰다. 그사이 와이는 소파를 차지했다. 한 팔을 길게 뻗어 볼을 대고 다른 팔은 맥없이 늘어뜨린 채 모로 누워 있다. 나는 와이의 발치께에 엉덩이를 대고 앉았다. 차가운 발이 엉덩이에 닿자 내 손은 절로 와이의 발을 만졌다.

"거봐, 맨발로 그렇게 오래 서 있으니까 발이 얼음이잖아."

나는 와이의 발을 쥐고 주물렀다. 한동안 그러고 있으니 와이가 눈길조차 주지 않는 내 '손'들이 떠올랐다. 울컥, 나는 와이의 발에서 손을 떼고 탁탁탁, 손을 털었다. 이제 내 등만 보라지. 나는 와이의 얼굴 앞에 등을 내보이고 바닥에 앉았다.

「손」은 와이에게 보내는 나의 메시지였다. 너를 향한 몰두인 동시에 나에 대한 몰입을 의미하는 작업이었다. 걱정 마세요. 혼자서도 잘해요. 뭐 이런 거였다. 칭찬을 바란 것은 아니었지만 그래도 오랜만에 붓질을 한 나를 생각한다면 그럴 수는 없었다.

"아무래도 저 건물 때문에 우울증이 생기겠어. 불빛이 너무 일방적이야."

와이가 힘없이 말했다. 이런 식으로 와이는 내 감정조차 그냥 놔두지 않는다. 와이는 엉엉 짜는 동안에도 테이블 밑에서 허벅지를 긁어대기도 한다. 정치적인 사람들은 테이블 밑은 보이지 않는다고 믿거나 믿는 척한다.

"그럼 이쪽에서 불을 켜면 되잖아."

나는 뒤돌아보지 않고 퉁명스럽게 말했다.

"자다가 흠칫 놀라 깨어보면 집 안에 거대한 땅거미가 들어앉아 있어. 아이처럼 벌떡 일어나 앉아 주위를 두리번거리지. 그러다 가까스로 생각을 해. 저녁은 무얼 먹을까, 너를 부를까, 외출을 할까. 그러다 보면 어느 틈에 저 휘황한 불빛들이 나를 통과해서 거실 깊숙이 들어와 있어. 점점 내 공간은 저 불빛들로 채워져. 그걸 바라보면 아주 기분이 더러워. 난 완전히 소외당했구나. 난 갇혔어…… 꼼짝도 하기 싫어 그것만 노려보고 있어. 그거라도 해야 될 것 같은 거야. 그래야 내가 없어지지 않을 것 같아. 너, 내 말 이해하니?"

그러니까 낮잠을 자지 말라고. 그렇게 면박을 주고 싶었지만 와이는 내 등에 처량하게 무언가를 그리고 있었다. 물음표. 느낌표. 동그라미…… 한 시간이나 밖을 내다보며 궁리해낸 말이라고 하기엔 몹시 간지러웠다. 그러나 나는 간지러운 등을 긁는 대신 와이를 향해 돌아앉았다. 와이의 얼굴은 머리카락에 온통 휘감겨 있었다. 습관은 배알도 없다. 나는 자연스럽게 와이의 얼굴에서 머리카락을 떼어내고 있었다. 내 손은 혓바닥처럼 부드러워졌고 내 목소리는 젤리처럼 말랑말랑해졌다.

"그러니까 어두워지면 불을 켜. 봐, 저건 그냥 주변을 배려하지 않은 조악한 건물에 지나지 않아. 저런 걸 콜드 캐소드, 차가운 전극이라고 하지. 요즘 저런 건물들 많잖아. 주상복합아파트 옥상들도 다 저걸로 멋을 내지."

와이는 내 머리를 쓰다듬으며 엄마처럼 말했다.

"오호라, 대단하네. 그런 걸 어떻게 알았을까?"

와이는 슬그머니 엄마놀이를 하려 들었다. 때때로 와이는 이제 네가 엄마를 할 차례라는 듯, 내 가슴에 얼굴을 파묻고는 중얼거리곤 했다. 엄마 냄새 난다. 그건 질색할 노릇이다. 나는 와이의 머리칼을 귀로 넘겨주며 귓불을 만지작거렸다.

"이 정도야 기본이지. 이름이 섹시하지 않아?"

"낮에는 오픈 기념행사 때문에 난리야. 동네가 번잡해. 반장이라는 여자가 왔더라. 혼자 사니 어쩌니 그런 건 왜 묻니?"

"반장 겸 통장일 거야. 요즘 위장전입 많다며."

"넌 모르는 게 없네. 암튼 맘에 안 들어. 며칠 지나면 조용해지겠지?"

"저층이라 맞은편 건물하고 정면으로 마주 보고 있긴 하다. 게다가 저 건물이 정면으로 산을 가렸네. 그래도 여긴 다른 동네보다 녹지가 많잖아."

나는 와이의 이마에 입맞춤했다. 이마는 갓 구워낸 빵처럼 따뜻하고 촉촉했지만 머리에서는 술빵 냄새가 났다.

"세상은 꿈쩍도 하지 않는데 나만 쓸데없는 적의를 갖고 있는지도 몰라."

와이는 머리를 들어 쇼핑몰을 가리켰다.

"봐, 저 파란 상자 안에 뭐가 있는지 궁금하지 않아?"

우리는 함께 그곳을 바라보았다. 무슨 꿍꿍이인지 와이답지 않았다.

"저건 흔해빠진 할인점에 지나지 않아. 뭐가 있겠어? 온갖 상품들이 다 있겠지. 혹시 뭐 사고 싶은 거 있어?"

"우리, 같이 가볼래? 선풍기 어때? 집들이 선물로 하면 되잖아."

"화분이 마음에 안 들어? 왜 이렇게 사람이."

나는 물질적, 환금적, 현실적 따위의 관형사를 떠올리다, 선풍기적이야,라고 말했다. 와이를 만나면서 생긴 말놀이 증세였다. 와이는 내가 쓰는 단어를 잘난 척하며 지적하기를 좋아했다.

"여름은 다 갔는데."

"가전제품은 원래 계절이 끝날 때 사는 거야."

"정말 주부적인데?"

내 말에 와이는 크게 웃었다. 기분이 나아진 것은 분명했다. 그러나 내 기분은 별로였다. 내 선물의 포인트는 화분이 아니라 「손」이었다.

와이는 일어나 앉아 머리를 가지런히 묶었다. 뭐, 더 마실까? 와이는 지갑을 챙겨 들고 일어섰다. 내가 가겠다는 것을 와이는 만류했다.

"넌 손님이잖아."

와이는 눈을 찡끗하며 아파트를 나섰다.

손님? 닫힌 문에 옷자락이 끼인 양 나는 그 말에 멈칫했다.

손님인 나는 무례하게도 허락도 없이 와이의 방으로 들어갔다. 침대에 걸터앉아 손으로 매트리스를 쓸어보고 광고 속의 주인공처럼 통통 엉덩이를 튕겨보았다. 결혼할 때 장만한 것일 텐데 아직 쿠션은 쓸 만하다. 혹시, 그래서 움츠러드는 것일까. 다른 건 몰라도 파트너가 바뀌면 침대는 바꿔야 도리 아닐까. 누구의 도리? 와이? 아니면 나?

방문을 닫으면서도 나는 멈칫했다. 방문이 열려 있었는지 닫혀 있었는지 잠깐 생각했다. 잘 기억이 나지 않아 반쯤 문을 열어놓았다. 이런 생각을 하는 것으로 보아 내가 손님인 것은 확실했다. 그러자 주인이 오기 전에 집 안을 둘러봐야겠다는 생각이 들었다. 와이의 서재로 재빨리 이동했다. 책상 서랍을 열어보고…… 서랍은 잘 정돈되어 있었다. 크고 작은 상자들 속에 물품들이 분류되어 들어 있다. 사람이 참, 상자적이야. 의자를 돌리다가 책장에서 와이의 『이야기의 탄생』을 꺼내 들었다. 이 책에 의하면 이야기는 뱀의 유혹에서 탄생되었다. 뱀은 신의 오줌이었다.

어느 날 볼일을 보던 신은 땅 위를 흐르는 제 오줌줄기를 보고 뱀을 만들어낸다. 뱀은 자신의 주인인 신에게 가까이 가고자 하였으나 신은, 너는 나의 배설물이라며 뱀을 내친다. 뱀은 신에게 사랑받는 인간을 질투하고 신과 인간의 신뢰를 끊어놓을 계략을 꾸며 이브에게 접근한다. 뱀의 유혹에 넘어간 이브는 붉은 열매를 따 먹고 아담을 끌어들이기 위하여 거짓말을 궁리해내기 시작한다. 공범자가 된 그들은 죽음의 두려움을 떨쳐내기 위하여 밤마다 사랑을 나눈다. 아이들이 태어난다. 수치심과 두려움을 지니고 태어난 아이들은 자신의 근원인 붉은 열매를 찾아 모험을 떠난다.

와이다운 생각이었다. 처음 읽는 것처럼 나는 고개를 끄떡였다. 그러다 보니 약이 올랐다. 식탁 의자에 있던 「손」을 옮겨 책장 앞에 세워놓았다. 그 자리도 아니었다. 나는 내 「손」을 들고 와이의 집을 한참 헤매다 결국은 식탁 의자에 도로 가져다 놓았다.

와이의 집에는 내 「손」 하나 놓을 마땅한 곳이 없었다. 납득하기 어려운 현실이라도 맞닥뜨린 기분이 들었다. 와이가 없는 틈에 벽에 쾅쾅 못질이라도 할까. 그런 무도한 생각을 하자 조금 기분이 나아졌다.

베란다로 나가 밖을 내다보았다. 어둠에 잠긴 놀이터는 비어 있었고 경비실 옆에서는 누군가 줄넘기를 하고 있었다. 와이가 보여 방충망을 열었다. 이름 부르기 놀이를 할 작정이었다. 누군가의 이름을 목청껏 부르는 것은 행복한 일이다. 만약 내가 군대에 가고 싶다면 이 때문일 것이다. 내게 군대란 잔뜩 겁먹은 얼굴의 사내애들이 애인의 이름을 부르며 뛰어내리는 곳이다. 텔레비전을 사랑하는 사람으로서, 전파의 낭만적인 교육을 받아온 탓이다.

나는 최대한 목청을 돋울 작정이었다. 그러나 나는 입도 벙긋하지 못했다. 놀이터로 들어선 와이는 곧 담쟁이덩굴 아래로 숨어버렸다. 숨바꼭질이 아니라 이름 부르기라니까. 나는 와이를 삼킨 검은 덩굴 지붕을 무력하게 내려다보았다. 그 사이, 작은 나방 한 마리가 너풀너풀 날아들었다. 방충망을 닫고 나는 나방과 함께 거실의 손님 자리로 돌아왔다.

"오래 걸렸네."

와이는 비닐봉투를 든 채 내 「손」을 가리켰다.

"재 좀, 치워봐."

나는 「손」을 들고 와이 옆에 서서 코를 큼큼거렸다. 담배 냄새는 나지 않는다. 혼자 있고 싶었단 말이지. 그러나 나는 모른 척했다.

"뭘 이렇게 잔뜩 사 왔어?"

와이의 대답 대신 비닐 봉지가 풀썩 주저앉았다. 소주와 매운탕 팩, 파 따위의 음식물이 튕겨져 나왔다. 요리를 하기에는 너무 늦은 시각인데. 나는 「손」을 들고 다시 집에 갈까 말까 생각했다.

"벌써 가을 냄새가 나더라. 좀 천천히 걸었어. 속이 딱딱해진 것 같아서 대구매운탕 사 왔거든. 인스턴트지만 따뜻한 국물에 소주 한잔하자. 그건 왜 들고 있어? 저기 텔레비전 앞에 놓든지 해!"

나는 와이의 기세에 눌려 시키는 대로 했다. 활기인지 화기인지 기운의 정체를 알 수 없었다.

와이는 부산을 떨며 상을 차렸다. 나는 나방처럼 와이 옆을 맴돌았다. 형광등에서 나방의 날개 소리가 났다.

"저게 언제, 어떻게 들어왔니?"

와이가 형광등을 올려다보며 내게 따지듯이 물었다.

"엘리베이터 같이 타고 왔지?"

나는 시치미를 뗴었다.

"죽여줄래? 난 나방, 나비 이런 애들 딱 질색이야."

"형광등이 재네들 무덤이야. 운 좋게 밖으로 나오면 내가 갈 때 데리고 나갈게. 걱정 마."

나는 히죽 웃으며 와이의 엉덩이를 톡톡 쳤다. 와이가 웃었다.

나는 어제와 같은 밤이 반복될까 봐 걱정이었다. 간밤에 술에 취한 와이는 글을 못 쓰겠다고 징징거렸다. 도대체 어른 동화라는 말이 뭔 웃기는 소리냐고 했다. 그러고는 내 앞자락에 얼굴을 묻고 잠들었다. 침이 흥건한 티셔츠에서 와이를 떼어내고 나는 와이의 입에 제 손가락을 물려주었다. 그리고 나는 벽에 기대어 앉아 수많은 '손'들을 바라보며 혼자 술을 마셨다.

"딱 두 병만 마시자."

우리는 서로에게 거듭 약속했다. 분위기를 살리려 음악을 깔았다. 감미로운 R&B로 케이시 앤드 조조의 「All My Life」를 선곡했다. 그러나 와이는 가스펠 같아서 싫다고 했다. 와이가 좋아하는 랜디 크로퍼드의 「Almaz」로 바꾸었다. 춤을 출 노래는 아니지만 나는 와이에게 손을 내밀었다. 우리는 서로의 허리를 부여잡고 춤을 추기 시작했다. She's young and tender but will life bend her.

"상냥함과 부드러움을 버리고 기꺼이 그녀는 거칠고 포악해지는 거야."

쉿! 나는 쓸데없이 떠들어대는 와이를 바짝 끌어안았다. 와이는 내 가슴에 코를 묻었다. 내가 키가 커서 다행이다. 와이의 머리에 코를 대어보았다. 짓이겨진 풀잎 냄새가 났다. 잠깐 사이에 이런 냄새를 묻혀 오다니. 나는 어찌해볼 도리가 없는 와이의 복잡한 냄새를 어루만졌다. 와이는 내게서 무슨 냄새를 맡을까. 엄마 냄새. 때마침 나방이 지지지직 몸을 떨었다. 쿡쿡, 웃음이 비어져 나오는 와이의 등을 쓸어내렸다. 예전의 느낌과 달랐다. 호리병처럼 유연했던 허리선은 그간 우리가 줄기차게 비워온 소주병처럼 일자가 되었다. 노래가 끝났다. 언제부턴가 우리의 장면은 멜로나 에로가 아닌 코믹, 폭력 버전이 되어갔다. 우리는 서로를 밀어내고 약속이라도 한 듯이 크게 웃었다. 나방은 형광등 주변을 맴돌며 계속 몸을 떨어댔다.

"재 좀 어떻게 해봐."

와이는 돌연 신경질을 부렸다.

"먼지 나서 지금은 안 돼."

나는 식은 대구탕에 빠져 있던 숟가락을 건져 올리며 말했다. 훅, 비린내가 끼쳐왔다. 그래도 나는 숟가락을 덥석 입에 물었다. 오늘은 꼭 와이를 만지고 말 것이라고 다짐했다.

와이는 가슴 한복판에 내 손을 끌어안고 잠들곤 했다. 손을 빼기 위해서는 와이로부터 등을 돌려야 했다. 나의 딜레마인 셈이다. 혹은 나의 손에 대한 와이의 정치적 태도인지도 모른다. 그럼에도 불구하고 나는 말하고 싶다. 만지고 싶어. 만지게 해줘. 나는 그 말이 튀어나올까 봐 술을 마신다. 연인들은 모두 그럴 것이다. 술을 마시는 것도 다 너를 만지기 위해서다. 그것을 참는 시간이자 마침내 너를 만지는 방법일 것이다.

"솔직히 말해봐. 너, 남자가 되고 싶어 죽겠지?"

와이는 나를 놀려대기 시작했다.

"말해봐. 지금 네 얼굴이 붉어진 이유를. 너의 수치심의 정체는 뭐니?"

"상처 주는 게 취미야?"

"오호라, 상처란 말이지? 창피한 거는 아니고?"

"그게 선배가 나와 공유하고 싶지 않은 수치심이야?"

"수치심을 공유하는 게 쉬운 일인지 아니? 그건 정말 수치스러운 일이야."

짜증이 치밀어 올랐다. 와이는 내게 수치심을 강요하고 있었다. 문득 그것이 방을 공유하는 것에 대한 염치를 말하는 것인지도 모른다는 생각이 들었다. 나는 약속을 지키지 않는 것에 대해 따져 묻는 대신 한숨을 길게 내쉬었다. 침묵이 흘렀다.

"난 선배랑 평화롭게 살고 싶어. 미래를 꿈꾸면서."

내 목소리가 기어들어가자, 와이의 목소리는 커졌다.

"미래라고 했니? 미래란 꿈꿀 때만 존재하는 거야. 지금 우린 얼마든지 함께 꿈꿀 수 있잖아. 이대로 지내자. 함께 살아야 같은 꿈을 꿀 수 있다고? 천만에! 그때부터 우리는 등 돌리고 딴 궁리를 하게 될 거야. 날 보고도 모르겠니?"

"도대체 난 선배한테 뭐야?"

바보 같은 질문에 와이는 정색을 하며 말했다.

"넌 내 편이지. 우리 관계는 내가 지닌 유일한 정치적 입장이야."

"제스처겠지."

"네 똥폼은 어떻고? 가끔 만인 앞에서 너를 손가락으로 가리키고 싶다니까."

와이는 피식 웃으며 술잔을 들었다.

"너 그 옷 말이다, 생각이 있는 애라면 그런 짝퉁은 입지 않을 거야."

"친구가 줬어. 걔가 디자이너잖아."

"카피나 하는 주제에 무슨 디자이너냐?"

"이건 카피라 할 수 없지. 일종의 패러디야."

"차라리 바스키아가 낫겠다. 하긴 바스키아 작품은 베끼기가 어렵겠구나."

와이는 앤디 워홀과 그 친구들을 싫어했다. 밸러리 솔래너스 때문이었다. 앤디 워홀과 장 미셸 바스키아, 키스 해링은 도미

노처럼 죽음을 맞았다. 솔래너스는 앤디 워홀이 죽은 뒤에 눈을 감았다. 그녀는 전사이자 창녀였다. 전사였기 때문에 몸을 팔 수 있었을 것이다. 그것도 모를 일이다. 우린 그저 그녀를 세간의 눈과 입을 통해 알고 있을 뿐이니까. 그래도 그녀의 생의 정점이 고작 앤디 워홀이었다니, 안타까운 일이다. 와이는, 솔래너스의 가장 큰 실수는 그녀가 '영혼의 살인자'라고 부른 앤디 워홀을 끝장내지 못한 것이 아니라 정치적 덕목을 갖추지 못한 거라고 했다. 정치적이라는 수사야말로 여성에게 필요한 덕목이라고 와이는 말했다. 나는 전적으로 동의하지는 않았다. 정신없이 잘난 척하고 달리다가 어느 날 문득 치정 사건의 주인공이 돼서 신문의 1면을 장식할 수도 있으니 말이다.

"그러니까 너는 우리가 서로에게서 잡을 수 있는 게 '고작' 손이라는 거니?"

와이는 술잔을 들고 내 그림을 턱으로 가리켰다.

"손에 손잡고 잘 지내보자, 이거야?"

"그게 잘못됐어?"

"나쁠 거야 없다만, 저 손들 중에는 일하는 손은 없네. 난 네가 철이 들었으면 좋겠어. 누구한테 의지할 생각하지 말고. 그거야말로 윤리적인 거야."

"경제적이겠지."

"제발, 그 말장난 좀 그만할래? 이제 재미없거든!"

와이의 눈에는 '정작' 그것들을 그린 손은 보이지 않는 모양이었다. 꼰대처럼 구는 와이의 흰 손을 나는 취한 눈으로 노려보았다. 아무래도 오늘은 내가 엎어질 차례인 모양이다.

결국 나는 와이에게 끌려 손님이 가서는 안 될 침대에 눕혀졌다. 진짜, 무거워! 와이는 씩씩거리며 내 위에 엎어졌다. 나는 와이를 옆으로 밀고 옷을 벗기려 했다. 낄낄낄. 전혀 음탕하지도 깜찍하지도 않은 와이의 웃음소리에 신경이 곤두섰다. 그래도 나는 목적 달성을 위해 꾹 참았다. 와이는 내 손을 쳐내고 스스로 옷을 벗기 시작했다.

우리는 옷 벗기 놀이를 하는 중이다. 누가 더 빠르게 벗나. 조금 덜 취한 와이가 나보다 빨랐다. 와이는 포효를 하며 내 목에 헤드록을 걸었다. 어림도 없지. 내게 배운 기술에 불과했다. 나는 금방 와이의 팔에서 빠져나왔다. 이제 내 차례. 나는 와이의 목을 단단하게 휘감았다. 긴 머리칼과 함께 팔에 감긴 와이의 얼굴은 한껏 당겨진 채 들려 있었다. 와이의 표정은 전혀 장난스럽지 않았다.

"항복해?"

와이는 빠져나오려고 안간힘만 쓸 뿐, 어떤 대답도 하지 않았다. 예전에는 캑캑거리며 행복해, 라고 답하곤 했다. 오늘의 하이라이트는 내 손에서 빠져나오기 위하여 버둥거리는 와이의 팽팽한 얼굴이다. 팔의 힘이 저절로 풀렸다.

"항복은 묻는 게 아니거든. 요구하는 거지."

와이는 말짱했다. 나는 홱, 등을 돌려 눈을 감았다. 와이가 나를 따라 돌아누웠다. 와이의 손이 겨드랑이를 파고들더니, 이내 와이의 코가 등에 닿았다. 코끝이 척추를 간질였다. 나는 다시 와이를 향해 돌아누웠다. 손가락이 발기했다.

이제 나 혼자만의 시간이다. 윤기 나는 검은 음모들을 쓸어본다. 성기를 마주 보는 모든 연인들은 알고 있는 것일까. 그것을 만나지 않고서는 아무것도 아닌, 또 그러하고도 아무것도 아닌 반복되는 낯섦과 당혹감을 우리는 모두 알고 있는 것일까. 나는 낯선 그곳을 한참 들여다보다 볼을 대어본다. 도톰하고 부드럽고 작은, 수줍음이라고는 찾아볼 수 없게 함부로 벌어져 있는 파렴치한 입. 수줍음이야말로 욕망의 얼굴이지. 그렇게 말하는 와이의 뻔뻔한 입을 나는 수줍은 입으로 틀어막는다. 어쩌면 내가 가장 싫어하는 것은 이 입들인지도 모른다. 입이 열리고 그 입속에 입을 또 만난다. 언젠가 이 입들이 내 입을 삼켜버릴지도 몰라. 발기한 혀를 뽑아 나는, 그 낯설고도 성가신 입속에 집어넣는다. 수치심이 고양이처럼 갸르릉 울고 비로소 나는 또 하나의 존재를 느낀다. 내가 혼자가 아님을. 그 많은 입들이 우리들의 것임을, 나는 말하고 싶다. 그러나 내 입은 입들로 가득 차 있으므로 말하지 못한다. 아니다. 그게 아니다. 네게 들킬까 봐 부끄러운 것이다.

와이의 몸이 움찔거리자 나는 그 얼굴을 보고 싶었다. 생각에 잠긴 듯, 와이는 한쪽 팔을 이마에 얹고 천장을 바라보고 있었다. 나와 눈이 마주치자 와이는 킥킥 웃었다. 피로가 몰려왔다. 이게 웃긴단 말이지. 참고 있었던 것이 고작 웃음이란 말이지. 그러나 나는 멈추지 않았다. 나의 커서는 공허하게 와이의 몸을 헤매고 있었다.

"그만하지?"

와이의 말에 나는 주먹을 꼭 쥔 채 엎드렸다.

목이 말라 눈을 떴다. 다시 잠을 청하려고 했지만 잠이 오지 않았다. 아무리 뒤척여도 와이는 방해받지 않았다. 나는 방을 나와 내 「손」과 마주 앉았다.

검은 손은 고양이처럼 등을 곧추세우고 나를 노려보았다. 어떤 손은 벌거벗고 웅크린 사람의 나신 같고 또 어떤 것은 뭉툭 잘린 나팔꽃처럼 함부로 벌어져 있다. 그 옆에는 가운뎃손가락이 우뚝 솟아 있고 구석에서는 물에 흔들리는 수초처럼 가녀린 손가락들이 떨고 있다. 마주 잡은 두 개의 손 위로 무수한 손가락질이 화살표처럼 난무했다. 서로를 가리키고 또 홀로 아우성치는 손가락들.

"가려고?"

방문 사이로 빼죽 얼굴을 내밀고 와이가 말했다.

나는 냉장고 문을 열다 말고 주섬주섬 내 소지품들을 챙겨 들었다. 잘 가. 와이는 크게 하품을 하며 현관문을 닫았다. 딸깍. 나는 닫힌 문 앞에서 오래 서 있었다. 손이 잘린 기분이었다. 봉합을 하고 싶지는 않았다. 아주 오래 손과 단절하고 지내고 싶어졌다.

깊은 밤하늘 곳곳에 콜드 캐소드가 빛을 발하고 있었다. 나는 차가운 전극에라도 닿은 듯 진저리를 치며 밤하늘을 일별했다. 속이 답답해 쪼그리고 앉아 목구멍 속으로 손가락을 넣었다. 쿨렁쿨렁, 시큼한 잔해가 쏟아져 나왔다. 나는 시큼한 말들이 달라붙은 손을 담벼락에 문댔다. 편의점까지 한참을 걸었다. 입안이 쩍쩍 갈라졌다. 생수 한 병을 들고 서 있는 유리창에 비친 몰골이 말이 아니었다. 수염도 없는 턱을 쓸어보았다. 까끌까끌한 것 같기도 했다. 내일은 머리를 잘라야겠다. 나는 물을 들이켜고 중얼거렸다. 아, 시원해. 편의점 형광등에도 한 마리의 나방이 헤매고 있었다. 나는 나방을 향해 손을 세우고 방아쇠를 당겼다. BANG!

봄눈

어머니는 새가 된 모양이다.

형의 말이 서늘하게 뇌리에 스쳤다. 창의 습기가 관자놀이까지 번져왔다. 나는 창에 밀착된 뺨을 떼어내고 커튼 자락으로 창을 문질렀다. 검은 창에 보이는 것이라곤 흐릿한 내 얼굴뿐이다. 창에 바짝 얼굴을 대고 좁은 구멍을 들여다보듯 창밖을 보았다. 눈발이 희끗희끗 날리고 있다. 아버지 제삿날 즈음이면 눈이 내린다. 지난해 3월에도 꽃보다 눈이 먼저 봄을 알려주었다. 이제 어머니 제사까지 겹쳤으니 3월은 우리 형제의 만남의 계절인 셈이다.

나는 사실, 버스가 출발하면 어머니 생각을 차근차근 해볼 작정이었다. 그러다 잠들었으면 좋겠다고 생각했다. 생각에 빠져 지내는 사람이 누군가에 대하여, 혹은 특정한 일에 대하여 생각을 지속하는 것이 얼마나 어려운 일인지 나는 알고 있다. 생각에 빠져 지내는 사람은 생각하지 않는다. 생각을 유예하는 데 길들여져 있을 뿐이다. 말하자면 나는 어머니에 대한 생각을 계속 미뤄둠으로써 그 생각에 사로잡혀 있는 시늉을 하는 것이다. 그것이야말로 내가 어머니에 대해 할 수 있는 생각의 전부였다. 어머니가 세상을 떠난 이후, 나는 그런 식으로 어머니에 대한 생각을 하곤 했다. 생각도 거짓말을 한다. 분명 내가 사로잡혀 있는 것은 어머니가 아닌 어머니의 집일 텐데도 나는 어머니를 생각한다고 생각한다.

나는 어머니의 임종을 보지 못했다. 형은 어머니의 낮잠을 깨우지 못했다. 어머니와 낮잠은 전혀 어울리지 않는다. 오후 3시, 모처럼 오수에 든 어머니는 서로의 어깨에 기대어 잠든 히프노스와 타나토스처럼 생과 사의 경계를 사뿐히 넘었다. 그러나 실제로 어머니가 집을 빠져나가는 데는 시간이 꽤 걸렸다. 집은 해일에 휩쓸려온 것 같은 쓰레기로 가득했고 어머니가 잠든 방까지 이르는 길은 산도(産道)처럼 좁았다. 어머니는 말년을 쓰레기 같은 자식들과 자식 같은 쓰레기들 사이에서 지냈다. 형이 들으면 억울해할지도 모르겠지만 어머니는 낮잠에 휩쓸려가는 대신 쓰레기에 깔려 생을 마감했을 수도 있었다.

지나친 난방에도 승객들은 불평은커녕 뒤척이는 소리도 내지 않는다. 모두 깊은 잠에 빠진 듯하다. 하긴 승객이라고는 다섯 명 남짓이다. 기사도 잠이 들어 난방을 끄는 것을 잊어버린 게 아닐까. 어쩌면 생각이라는 텅 빈 머리를 가진 놈이 내 얼굴을 뒤집어쓰고 낯선 버스에 실려 꿈길을 달려가고 있는지도 모른다. 터무니없는 생각에 나는 엉거주춤 몸을 일으켜보았다. 내 자리에서는 기사의 뒤통수조차 보이지 않는다. 차라리 말을 할까. 기사와의 거리와 차체의 소음을 생각하면 말이 아니라 고함을 질러야 할 것이다. 밤차를 처음 타보는 사람처럼 나는 어두침침한 버스에서 좌불안석이었다.

나는 다시 창에 얼굴을 묻고 눈을 감았다. 어머니를 생각하리라 굳게 마음먹는다. 어머니, 어머니, 어머니 생각이 하얀 깃털처럼…… 천천히…… 어머니가 깃털처럼…… 수면 속으로 내려간다. 어머니, 바다를 뒤지는 어머니. 아무리 뒤져도 어머니가 찾는 건 없다. 어머니, 새는 제 발자국을 보여주지 않아요. 간다니 간다니 내가 돌아간다니, 그곳으로 내 어찌 간다니. 그 노래는 제발 하지 말아요. 꽃들이 북쪽으로 피어오르면 꽃바람 타고 가요. 발자국을 먹어치우는 바다 따위는 버려두고, 꽃놀이 소문처럼 파렴치하게 국경을 넘어버려요. 애야, 너는 약속을 지키지 않았고 어마이는 기다리다 잠이 들어버렸단다. 꽃은 해마다 피잖아요. 그런 건 약속이 아니에요.

나는 어머니를, 아니 어머니 생각을 놓칠까 봐 조바심이 난다. 요의와 얕은 잠 사이의 달콤함을 놓치지 않기 위하여 필사적으로 창에 들러붙는다. 달리는 버스에 박차를 가하듯 창에 연거푸 머리를 찧는다. 아무리 전속력으로 달려도 결국 버스는 설 것이다. 버스는 서기 위하여 달리고 아들들은 달아나기 위하여 돌아온다. 닳고 닳은 거짓말처럼 형은 늘 어디선가 돌아왔다. 버스가 멈춰 서지 않는 꿈을 꾸고 싶다.

시동이 꺼진 버스의 형광 불빛 아래서 나는 실수라도 한 사람처럼 주섬주섬 벗어놓은 옷과 배낭을 챙겨 들었다. 승객들이 말없이 하차했다. 내가 맨 마지막이다. 여전히 기사의 얼굴은 볼 수 없었다. 그러고 보니 종일 어떤 얼굴도 본 적이 없다. 나는 늘 이곳에 깊은 밤에 도착했다. 불을 환히 밝힌 터미널을 뒤로하고 어둠 속으로 걸어갔다. 눈은 먼지처럼 허공을 떠다녔다. 나는 주머니에 쑤셔 넣은 비니를 꺼내 눌러썼다.

흰 눈이 풀풀 떠다니는 밤의 허공에 천안함 용사 추모 플래카드가 펄럭인다. 그러고 보니 서울에서부터 내내 나를 따라다닌 것은 저 플래카드였다. 학교 정문에도 관공서에도 거리에도 걸려 있는 검은 휘장이야말로 오늘 내가 종일 마주친 얼굴이다. 침몰선의 병사가 마지막으로 떠오른 그날도 눈이 내렸다. 바다에 펄펄 내리는 눈을 바라보는 것 외에는 아무것도 할 게 없었다. 그러나 해마다 병사들을 기리기 위하여 누군가는 추모시를 써야 할 것이고, 누군가는 글짓기 상을 받을 것이며 나는 고향으로 가는 버스에서 어머니를 생각할 것이다.

대교에 올라 마을로 내려가는 엘리베이터를 탔다. 후드를 쓴 한 쌍의 남녀와 함께였다. 귓속말을 나누는 그들을 보니, 방을 안내하는 숙박업소의 종업원이 된 것 같다. 나는 마을과 바다가 보이는 쪽으로 돌아섰다. 뿌연 유리 너머로 보이는 어둠 속의 마을은 비현실적이다. 그리 높지 않은 엘리베이터에서 내려다본 작은 해변과 마을 한 귀퉁이는 전시실의 모형처럼 보인다. 검은 휘장 같은 바다와 그 앞에 납작하게 엎드린 지붕들 위로 대교의 어스름한 조명이 드리워져 있다. 마치 마을은 죽은 것들의 침묵만이 남아 있는, 관람객들이 다 빠져나간 어둠 속 전시실 같았다.

*

엘리베이터를 타고 마을에 내렸다.

어쩌면 나는 이 문장을 위하여 고향에 돌아온 것인지도 모르겠다. 내가 사로잡혀 있는 것은 어머니도, 어머니의 낡은 집도, 커피를 내리면서 훌쩍거리는 형도 아닐 것이다. 떠도는 문장 하나를 겨우 붙잡아, 마을로 가는 심야버스에 냉큼 몸을 실은 것뿐이다.

형이 마을 입구에서 서성거리고 있었다. 손에는 장우산이 들려 있다.

"도착하면 전화하라고 하지 않았니?"

형은 내게 아바이 노릇을 하려고 들었다.

"깨우고 싶지 않았어."

나는 외지인처럼 해변으로 발걸음을 옮겼다. 후드 커플은 어둠 속의 해변을 걷기 시작했고 형은 호객을 하는 상가 사람처럼 내 주변을 어슬렁거렸다.

깊은 밤, 해변에는 마을의 역사가 요약된 패널들과 솟대에 걸린 목어들만이 바다를 향하고 있었다. 나는 그 앞의 벤치 밑동을 발로 건드리며 담배를 피웠다. 저 패널과 솟대만 보면 조건반사처럼 담배를 물게 된다. 마치 반닫이 속에 처박혀 있던 어머니의 낡은 치마저고리를 잘 다려 걸어놓은 것 같다.

"엘리베이터가 있어서 어르신들도 댕기기가 편하다."

뜬금없는 형의 말에 웃음이 나오려 했다.

"꼭 무슨 세트장에 들어오는 것 같은데? 엘리베이터와 마을과 바다라……"

내 말에, 형은 접근성이니 배려 따위의 말을 늘어놓았다.

도대체 형은 어디로부터 돌아온 것일까. 형은 혹, 이곳을 한 번도 떠난 적이 없는 것은 아닐까? 그 정도의 착각이 들 정도로 형은 다른 사람이 되어 있었다. 저 멍청한 사내는 형이 아닐지도…… 어머니가 돌아가시기 전까지 우리가 제대로 서로의 얼굴을 마주한 적이 있었던가? 어쩌면 저도 나와 같은 생각을 할지도 모른다. 그제야, 어처구니없게도 형이라는 확신이 들었다.

"전망도 좋고 마을이 깨끗해 보이지 않니? 생활하기도 편하고."

이 야밤에 전망이라니. 형의 말투는 재향군인회나 조합원 간부 같았다.

"밤의 전망을 묻는 거라면 할 말이 없는데. 하긴 어딜 가나 전망이더군. 전망은 이웃이 없는 곳에 있게 마련이지."

엘리베이터의 빌미는 전망이다. 하지만 나에게 이 마을의 전망은 박제된 민속촌의 풍경에 불과하다. 해변의 패널과 솟대가 그러하듯 승강기 역시 마을을 생활로부터 고립시키는 조형물에 지나지 않는다. 하지만 내 말은 외지인의 목소리로 들릴 것이며, 형은 다 먹고살기 위한 것이라고 말할 것이다.

"가게로 가자. 2층 올렸다. 거기도 나름 전망이 있지."

형이 우산을 펴 들며 다가오자, 나는 조금 물러섰다. 형은 내 머리의 비니를 보고는 우산을 접었다. 바다를 뒤로하고 나는 형을 따라 철시 중인 상가로 향했다. 형이 지나가는 사람들과 인사를 나눌 때마다, 나는 엉거주춤 뒤돌아 바다 쪽을 바라보았다. 사람들이 불편해서만은 아니다. 마을에 올 때마다 막다른 골목에 다다른 것 같은 기분이 든다. 뒤를 돌아보면 언제나 바다가, 있다. 그렇다고 마을 앞에 놓인 바다를 출구라고 생각해본 적은 없었다. 또 나를 좌절하게 만드는 거대한 무엇도 아니었다. 그저, 있다,라고 말할 수밖에 없다. 말 그대로 배후처럼, 밟을 수 없는 그림자처럼, 발목이 묻혀 있는 그림자처럼, 바다가 있다.

사실 이 마을에서 바다야말로 막다른 길인 셈이다. 마을 사람들이 바다를 넘어 그들이 떠나온 곳을 찾아가는 것은 불가능했다. 사라진 사람들의 이야기는 소문으로도 떠돌지 않았다.

"집은 두고 왜 가게로 가는 거야?"

"거기서 안 지낸 지 한참 됐다."

그 말에 내가 걸음을 멈추자 형이 변명을 하듯 덧붙였다.

"세월이 어찌나 빠른지 알지? 고물장수가 싹 치우겠다고 했는데, 쓸 만한 것들만 가져가고 내뺐다. 선불도 줬는데."

"그동안 계속 쓰레기를 방치했다는 말이야?"

어머니가 돌아가시기 전, 마을에 왔을 때 나는 우리 집을 못 알아보았다. 어른 하나가 지나갈 통로만 내고 나란히 붙어 선 집들은 외관이나 구조가 엇비슷했다. 워낙 오래전에 지어져서 골목 여기저기 헐고 개축한 집들이 많았다. 나는 골목을 되짚어 나와 다시 우리 집으로 추정되는 집 앞에 섰다. 집이 아니라 고물 집하장처럼 보였다. 한 걸음을 들여놓기가 어려울 정도로 온갖 잡동사니와 살림 들이 작은 마당을 채우고 있었다. 잠시 후 나타난 형은 대문을 가로막은 문짝 하나를 치우고는 주머니에서 재활용품 스티커를 꺼내 포마이카 교자상에 붙였다. 이게 다 어마이가 주워온 물건들이다. 없는 게 없다. 마당만 그런 게 아니라 방에도 천장까지 꽉 찼어. 당신 한 몸 들어가 누울 공간만 빼고 집에 보이는 공간은 죄다 물건들로 꽉 차 있다니까. 그리고 형은 중얼거렸다. 어마이는 새가 된 모양이다. 둥지를 만들기 위해서 매일 입에 나뭇가지며 잎이며 물고 오는 어미 새 말이다. 치매가 아니냐는 내 말에 형은, 치매는 아니라고 하면서도 치매로 가는 초기단계라고 의사처럼 애매하게 말했었다.

"이왕 늦은 거, 집을 어떻게 할지 생각해보고 뭐든 하는 게 낫지 않겠니?"

가게는 형이 차지했으니 이 집은 내가 가져야겠어,라는 말이 입에서 달싹거렸다.

"빈 곳을 채우려는 게 인간의 본능이라면, 어머니처럼 쓰레기 더미에서 지내보는 것도 나쁘지 않을 것 같아."

"그럼 네가 치우고 맘 붙이고 살아봐."

형의 말투는 조금도 흔들림이 없는데 내 얼굴은 마음이라도 들킨 것처럼 붉어졌다.

"지금이라도 당장 시작할 수 있어."

내 말에 형은 주저 없이 주머니에서 열쇠 꾸러미를 꺼냈다.

"하도 사람들이 쓰레기를 던져놔서 자물쇠를 걸어놨다."

열쇠에 우산까지 건네주며 형은 돌아섰다.

"도대체 제사상은 어디다 차릴 건데!"

내 고함에 형이 걸음을 멈추었다.

실은 나도 놀랐다. 줄곧 어머니 생각을 하면서도 나는 정작 제사상 생각은 하지 못하고 있었다. 방파제에서 지낼 요량이었나? 이번에는 내가 돌아설 차례였다. 나는 성큼성큼 바다를 향하여 골목을 되돌아나갔다. 방파제 둑길을 걸어 길 끝에 이르렀다.

"아직도 방파제가 무섭니?"

뜬금없는 형의 말에도 나는 뒤돌아보지 않았다.

내 기억에는 없는 일인데, 한동안 어머니는 방파제에서 같은 시기에 과부가 된 여자들과 함께 제사를 모셨다. 제사라기보다 풍어제 같은 분위기였다고 한다. 술에 취한 어른들은 나를 들어 올려 바다에 던지는 시늉을 하기도 했단다. 나는 그럴 때마다 싫다고 발버둥을 치며 울었다고.

눈발은 점점 굵어지고 조밀해졌다. 형은 아이처럼 테트라포드 위로 훌쩍 뛰어 내렸다. 눈이 쌓인 테트라포드 위를 거침없이 돌아다니는 형이 나는 부럽고 무서웠다. 특히 사지가 잘린 몸뚱이 같은 거석들을 무서워했다. 형 때문이기도 했다. 저 돌덩어리들은 바다에 빠져 죽은 사람들의 몸뚱이들이 모여서 만들어진 거란다. 형의 말에 나는 질겁했고, 한동안 가위눌림에 시달렸다.

뒷목에 닿는 눈송이가 성가셔 나는 우산을 펴 들었다.

"폭설이 온다더니, 이제 시작인가 부다. 아마 밤에 쏟아질 거야. 어마이 집에 지금 가봐야 뭐 못 한다. 그래도 잠깐이라도 들여다볼래?"

우리는 한동안 말없이 바다만 바라보았다.

"니 말처럼 어마이를 산에 모실 걸 그랬나 보다."

지난봄, 어머니는 바다 위에 봄눈처럼 내려앉았다. 새들이 먹잇감인 줄 알고 배에 몰려들었다. 그때도 형은 한 손으로 새들을 쫓으며 산에 모셨어야 했다고 후회했다. 형은 날렵하게 뛰어내렸던 것과는 달리 내게 손을 내밀었다. 나는 형을 끌어올리며 말했다.

"날 밝으면 가."

형은 고개를 끄덕이는 것도 모자라 등까지 토닥였다.

우리는 다시 마을로 향했다. 한 우산 속에 우리는 몸을 어슷하게 기울인 채 불편하게 걸어갔다. 마을의 인적은 끊겼고, 나는 슬며시 뒤를 돌아보았다. 희끄무레한 빛이 스며든 검은 바다는 흑백의 초음파 화면 같았다.

*

연탄난로 위의 양은주전자는 앓는 소리를 내며 수증기를 피워 올렸다. 벽에는 아침 볕이 작은 액자처럼 걸려 있다. 나는 볕이 사라질 때까지 누워 있기로 했다. 침낭 속에서 손만 빼내 일없이 벽을 손끝으로 눌러보았다. 폭신한 스티로폼의 온기가 손끝에 전해졌다. 누운 채로 방 안을 훑어보았다. 시멘트 블록으로 쌓은 벽에 합판과 스티로폼을 덧대고, 그 위에는 일정 간격으로 폭이 좁은 목재 기둥을 세웠다. 목재들 사이에는 아래층 가게에서 끌어온 전선줄이 애자를 따라 이어져 있고, 천장 가운데 매달려야 할 알전구는 줄을 늘어뜨린 채 벽에 붙어 있다. 한겨울에는 꽤나 추웠을 것이다. 제대로 올린 2층이 아니다. 허가가 나지 않았거나 돈이 없었을 것이다. 왠지 안도감이 들었다. 마음만 먹으면 형은 언제고 이곳을 떠날 수 있을 것이다. 형은 원래 그런 사람이다.

나는 침낭을 빠져나와 밖으로 나왔다. 지붕들이 사라졌다. 2층에서 내려다본 백색의 마을은 그 어느 때보다 선명했다. 바다는 등 푸른 생선 떼를 풀어놓은 것처럼 꿈틀거렸다. 나는 뭔가 기억해내야 할 것을 놓친 사람처럼 멍하게 서 있었다. 제설 작업을 하는 사람들의 모습이 보였지만 내게는 세상이 멈춘 것 같은 순간이었다. 사람들은 모두 바다를 향하여 넉가래를 밀고 있었고, 마을은 판때기의 마찰음과 빗질 소리로 가득했다. 누군가 손을 흔들었다. 형이었다. 나는 그제야 현실로 돌아왔고, 주머니에서 손을 빼기가 싫어 고개만 까닥였다.

가게로 내려가는 계단의 눈은 말끔히 치워져 있었다. 뒷문을 통해 가게로 들어갔다. 아직 문을 열지 않은 카페는 영사기를 틀어놓은 작은 교실 같았다. 환풍기 날개 사이로 밀려온 빛이 텅 빈 테이블들을 가로질러 바까지 닿아 있었다. 나는 바에서서 공연히 그라인더를 만지작거렸다. 꽤나 뭘 하고 있는 것 같은 기분이 들겠군. 그 생각과 동시에 나는 남의 것을 탐내는 기분이 들었다. 나는 바에 마련된 손님 자리에 앉았다. 아무도 없는데도 마치 누가 앞에 서 있는 것처럼 무의식적으로 고개가 들렸다. 나는 바닥에 손가락을 튕기다가 턱을 괴었다. 한결 편안한 자세였다. 짝이 맞지 않는 테이블과 의자들을 들여놓은 형의 취향에 대하여, 혹은 '이제는 돌아와' 바리스타 흉내를 내고 있는 형의 과거에 대하여 생각해볼 참이었다. 우리는 나눠야 할 말이 많을 것이다. 그러나 간밤에 나눈 대화라곤 전기장판의 효용과 부작용에 관한 것뿐이었다.

어머니의 장례를 마치고 형과 나는 이 바를 사이에 두고 어머니의 낮잠과 죽음에 관하여 이야기를 나눴었다. 어마인 달달한 카푸치노를 좋아했어. 잠 안 온다고 내가 못 먹게 했지. 커피를 내리면서 형은 울먹거렸고, 나는 자다가 돌아가셨으니 복 받은 노인네라고 말했다. 죽음에도 본능이 있는 거지. 아들들이라고 있어 봐야 아무 쓸데가 없으니, 어떻게 끝을 보는 것이 현명한지 절로 알게 된 거지. 내 말에 형은 어쩔 수 없는 놈이라는 얼굴로 나를 내려다보았다. 너는 꼭 남 얘기하듯 한다. 간나 새끼. 임종도 못 한 주제에 형에게 언성을 높일 수는 없었다. 나는 형을 달래주었다. 아주 다행스러운 일이지. 어머니의 낮잠은 치명적으로 달콤했던 거야. 형이 만든 카푸치노처럼.

형과 나는 어머니의 장례 이후 제법 얼굴을 보았다. 기껏해야 1년에 한두 번 마을에 왔는데, 어떤 해는 엇갈려 한 번도 얼굴을 보지 못하기도 했다. 마치 그동안 형제를 소원하게 만든 주범이 어머니이기라도 한 것처럼, 형과 나는 어머니가 세상에서 사라지자 연락을 주고받기 시작했다. 형과 나는 서로를 부끄러워했다. 어머니와 함께 있으면 우리는 공연히 수줍음을 타는 소년들처럼 눈을 마주치지 않았다. 나는 아무 데도 속하지 않는 사람이다. 형도 다른 처지가 아니었을 것이다. 그러나 어머니 말에 의하면 형은 언제나 무엇인가 하고 있는 사람이었다. 어쩌면 어머니는 형에게도 내 이야기를 그렇게 했을지 모른다.

내게 마을은, 아니 고향에 대한 심정은 달리는 버스에서 차창 밖으로 밀려나는 풍경을 바라보는 것과 다름없다. 무언가를 두고 온 기분 따위는 들지 않는다. 실향에 대한 감정도 어머니가 가끔 읊조리는 노랫가락이 생각나는 정도에 불과하다. 그래도 갈 곳이 있다는 것은 다행한 일이다. 그래야 떠나올 수 있으니까. 마음대로 다른 곳을 바라보고, 함부로, 혹은 용기를 내어 떠나올 수 있는 그곳. 그게 고향이라면 실향은 돌아가지 못한다는 사실보다 떠나올 그곳이 없기 때문에 서러운 것일 게다.

아바이들의 흔적이 사라지기를 원하는 신세대들처럼 우리도 내심 어마이가 일손을 놓기를 기다리고 있었는지도 모른다. 어머니는 형의 꾐에 넘어가 식당을 내주었을 것이다. 형은 기다렸다는 듯이 어머니가 작파한 식당의 내부를 뜯어내고 인테리어를 손수 했다. 형은 어려서부터 미술이나 만들기 방면에 솜씨가 좋았다. 어려운 형편에도 불구하고 어머니는 형의 재능을 힘에 부칠 정도로 지원했다. 형은 어떤 성과도 내지 못했을 뿐만 아니라, 어디서도 정착하지 못하고 밖으로만 돌았다. 원하던 대학에 가지 못한 형은 군대로 갔고, 제대 후 영국에 갔다. 꽤 오랫동안 세계 저편에 있었다. 생각해보면 그것이 사실인지 아닌지, 그것조차 모르겠다. 아무래도 상관없다. 형은 이것저

것 손대다 훌쩍 사라졌다가 돌연 나타나기를 반복했다. 어쩌면 형은 수완은 좋은데 운이 나쁜, 평범한 사내였는지도 모른다. 그것도 아니라면 나처럼 아무도 읽지 않는 이야기를 쓰고 있는지도……

어머니는 형을 무척 사랑했다. 내 머리맡에서 어머니와 형이 도란도란 이야기를 나누고 있을 때면 저절로 눈이 뜨였다. 아바이 얼굴도 못 본 놈. 어머니의 딱한 소리가 들리면 나는 이상하게도 계속 잠든 척을 해야 했고 다음 날이면 알 수 없는 심통이 나곤 했다. 유복자인 내가 잘하는 짓이라곤 낙서질뿐이었다. 그러나 사실 그것은 형의 재주와 다르지 않은 것이기도 했다. 왜 어머니는 나의 재능은 인정하지 않았던 것일까. 나는 어머니가 어렵고 미웠다. 그 모든 이유가 내가 유복자이기 때문이라고 생각했고 지금도 달리 생각하지 않는다. 아버지 얼굴을 보지 못했다는 것이 어머니를 어려워하는 이유가 될 수는 없을 것이다. 그러나 나는 그렇게 생각하게 되었다. 그 인과관계는 유복자라는 말이 지니는 뉘앙스와 들어맞았다.

유복자. 내가 이 말을 알게 된 것은 열 살 즈음이었다. 초등학교 때 선생님은 나와 면담을 하시고는 고개를 끄덕거리며 혼잣말을 했다. 유복자구나. 내가 잔뜩 주눅이 들어 고개를 들자, 선생님은 훌륭한 사람이 된다는 뜻이라며 내 머리를 쓰다듬었다. 그날부터 나는 그 말을 혼자만의 비밀처럼 속에 담았다. 형에게 외면을 당하거나 친구들과 좋지 않은 일이 있을 때마다 나는 그 말을 떠올렸다. 난 유복자야. 훌륭한 사람이 된다는 뜻이래. 어머니와 형을 비롯해 모두에게 그렇게 말해주고 싶었지만 그렇게 하고 나면 그 말의 의미가 사라질 것만 같았다. 그러다 그 말의 참뜻을 알게 된 것은 처음으로 단짝 친구가 생긴 6학년 때였다. 나는 녀석에게 비밀을 알려주듯 말했다. 난 유복자야. 친구는 그 말을 듣고 한참 말이 없었다. 그러더니 내 어깨를 치며 말했다. 아버지가 없는 건, 나쁜 일이 아닌 거 같아. 그러고는 내 귀에 대고 재빨리 말했다. 난 아버지가 뒈졌으면 좋겠어. 그 친구는 그런 말을 할 녀석이 아니었다. 녀석은 내게 친밀감을 표시한 것이다. 그러나 나는 그 이후로 그 친구를 멀리했다. 녀석이 잘못한 건 없었는데도 나는 그 친구가 싫어졌다. 마치 녀석이 변소 벽에 내 이름을 써놓고 거기에 더러운 장난질을 한 것 같은 기분이 들었다.

며칠이 지나 녀석은 나를 찾아왔다. 시큰둥한 내 태도에 눈치를 살피던 녀석은, 우리 어마이가 그러는데, 라고 이야기를 시작했다. 니 아바이 말이다…… 귀가 쫑긋했지만 나는 내색하지 않았다. 녀석은 나보다 참을성이 없었다. 살아 있다더라. 놀란 내색을 하지 않았으나, 집으로 가는 내내 심장이 쿵쿵 울렸다. 그러나 막상 어머니를 보자 입이 열리지 않았다. 어머니는 아버지 이야기를 거의 꺼내지 않았다. 한참 궁리 끝에 물은 내게 어머니는 쓸데없는 말을 한다는 표정을 지으며 말했다. 뱃사람이 배 타다 죽었지. 그러고는 끝이었다.

사춘기가 시작된 무렵이었다. 나는 마음을 잡지 못하고 점점 우울한 아이가 되어갔다. 철 지난 바닷가에 살고 있는 기분이랄까. 그렇다고 엇나가는 행동을 하는 소년은 아니었다. 혼자 마을을 싸돌아다니다가 마음이 동하면 벽에 낙서를 하는 정도였다.

당시 내가 아버지나 어머니 그리고 친구 녀석에게 품고 있었던 마음은 일종의 앙심이었다. 그 앙심은 아무리 생각해도 훌륭하기는커녕, 매정하기 짝이 없는 얄미운 말, 유복자에서 비롯되었을 것이다. 그 말을 바보같이 품고 있었던 자신이 창피해서 견딜 수 없었다. 형이 휴가 나온 날, 나는 오랜만에 우리 집 담벼락에 낙서를 했다. 아바이는 살아 있다. 다음 날 나는 어머니께 매를 맞았고 형은 짧은 휴가 동안 담벼락의 낙서를 지우고 새 칠을 해야 했다. 낙서 때문에 맞는다는 생각이 들지 않았음에도 나는 그때 이후로는 낙서를 하지 않았다.

어머니들끼리 언성을 높이긴 했지만, 생각해보면 별일이 아니었다. 어쩌면 살아 있을지도 모른다고 어른이 무심코 한 말이 내 마음을 돌이키려는 녀석의 입에서 살아 있다더라고 바뀐 것뿐이었다. 그즈음 어머니는 아버지 사진을 액자에 넣어 만들었다. 사진 속의 얼굴은 이발소의 그림만큼보다도 기억나지 않지만, 나는 그때 이후로 사진을 보면 저 사람이 내 아버지구나, 라고 어김없이 생각했다. 제사상을 제대로 차려놓고도 어머니는 절을 시키지는 않았다. 처음에는 제사라는 게 그런 줄 알았고 나중에는 별스러운 어머니가 싫었다. 언제부턴가는 대부분의 실향민들이 제사와 관련해서는 제각각 나름대로의 절차와 방식을 갖고 있다는 것을 알게 됐다.

*

드라마를 통해 알려진 마을은 한 예능 프로그램이 다녀간 이후로 관광지로 변모했다. 최근 몇 년 사이, 주말이면 갯배는 관광객들을 빼꼭히 실어 나르고 식당가는 북적인다. 폭설이 내린 뒤, 외지인들은 거의 없었다. 형은 아예 가게 문을 열지 않았다. 오후가 되어 날이 개자 마을 곳곳은 진탕으로 변해갔다. 처마에서는 물이 똑똑 떨어져 내렸다. 우리는 어머니 집으로 향했다.

"저 날개 덕에 커피가 더 잘 팔리나?"

물그림자로 얼룩진 외벽의 날개를 가리키며 내가 말했다.

"다행이지. 마을이 보존되는 방향으로 결정이 나서."

딴소리를 하는 형의 말투는 어설픈 관변단체 사람의 것처럼 들렸다.

마을의 담벼락과 시설물들은 목하 단장 중이었다. 형의 커피 전문점도 그중의 하나였다. 형은 가게 외벽을 카키색으로 칠하고 하얀 날개를 그려 넣어 포토존으로 만들었다. 그런 날개들은 전국 곳곳에 흔하다. 서로 원조 식당이라고 간판을 내거는 것과 다르지 않다. 담벼락에 그려 넣은 날개야말로 공공미술의 현주소를 말해주는 조악한 상징물일 것이다. 유행처럼 번지는 '마을가꾸기'에 대한 부정적인 생각은 어릴 적 느낀 소외감에서 비롯된 것 같다.

예나 지금이나 마을 단장은 지붕을 고치고 외벽을 칠하는 일로 시작된다. 새로 칠한 벽들의 유혹은 강렬했다. 어머니는 내게 아무 데나 낙서하지 말라고 신신당부를 했지만, 막 초등학생이 된 나는 걸을 때마다 가방 속에서 묵직하게 울리는 새 크레파스의 진동을 거부할 수 없었다. 기어코 나는 마을회관의 뒷벽에 하늘을 나는 배를 그렸다. 비행기를 그리려다 실패해서 배가 되었지만, 나는 그 그림이 맘에 들었던 것 같다. 어머니께 혼나는 일 따위는 벌어지지 않았고 하늘을 나는 배는 뒷벽 한 귀퉁이에 제법 오랫동안 남아 있었다.

내가 마음을 다치게 된 일은 생각지도 못한 데서 일어났다. 마을회관 벽에 그림을 그린다는 얘기가 나왔고 곧 미술을 잘한다는 학생들이 그 일에 동원되었다. 형도 그중의 한 명이었고, 나는 1학년이라 참가 대상에 들어가지 않았다. 그들이 내 그림을 보았는지 혹은 그 그림에 대해 어떤 얘기를 했는지는 모른다. 나는 다만 형을 포함한 그들과 멀찌감치 떨어져 서 있었다. 아무 말을 하지 못하는 좌절과 함께 내 것이 무참히 사라지는 광경을 보았다. 그때부터 내 취미가 그림이 아닌 낙서 쪽으로 바뀐 것 같기도 하다. 물론 내 그림은 다른 사람들에게는 흔한 애들 낙서에 지나지 않았을 것이다. 어머니는 낙서를 하고 싶으면 모래사장에 하라고 야단을 치곤 했다. 하지만 모래 위에 하는 낙서는 진짜가 아니었다. 낙서는 지울 수 없는 것이어야 했다. 마을의 집들은 모두 낙서하기 좋은 벽들을 지니고 있었고 나는 슬쩍 한 줄을 긋는 순간의 떨림에 사로잡히곤 했다.

통로 앞으로 헐린 집터가 보였다. 몇 해 전까지만 해도 이 골목의 집들은 옛 모습 그대로 남아 있는 편이었다. 최근에는 보존을 위한 개축이 추세지만, 전체적으로는 거주 목적의 집들은 줄어들고 있다. 낮게 웅크린 작은 집과 미로 들은 순서 없이 헐리고 끊어졌다. 창자처럼 굽이굽이 좁은 골목길은 통로이자 공동화단이면서, 외지인이 혼자서 다니다가 길을 잃기도 하는, 주민들만 아는 미로이기도 했다. 밤늦게 술이라도 한잔 걸치면 남의 집에 들어가는 일도 있었다.

"이제는 누가 먼저 바다에 도착하는지 내기를 하며 달리는 아이들은 없어."

형의 목소리는 침울했다. 우리는 모두 일가를 이루지 못했다.

"아이들 자체가 없겠지."

아이들은 비좁은 골목길을 달리다가 모종이 심긴 생선박스를 망가뜨려 혼쭐이 나기도 했다.

"뛰어다니다가 참 많이 혼났는데 말이다."

나는 주로 낙서 때문에 혼이 났는데, 형은 기억하지 못하는 것 같았다. 기억을 지배하는 것은 시간이 아니라 공간일 것이다. 그곳이 없으면 그날은 존재하지 않는다. 형의 그곳은 어디일까.

"저긴 액세서리 가게가 들어온다."

"좀 있으면 펜션이나 모텔 들이 들어오겠지."

집에 도착해서 대문에 걸린 체인을 걷어낼 때까지 형은 말을 쉬지 않았다. 쇠줄에서 놓여나자마자 낡은 철문은 앓는 소리를 내며 기우뚱 내려앉았다.

"차라리 눈이 와서 다행이다. 먼지가 덜할 거야."

젖은 개털 냄새가 났지만, 마당의 상황은 생각했던 것보다 나았다. 자리를 차지했던 폐가구들은 보이지 않고 플라스틱 바가지 같은 잡동사니들만 남아 있었다. 폐목들에 가려 있던 감나무는 물방울이 맺혀 윤기가 흘렀고, 눈이 녹아 물이 고인 자리에는 별이 반짝였다. 사실, 어머니가 집에 들여놓은 것들은 쓰레기라기보다는 버려진 물건들이었다. 어머니는 그것들을 닦아서 나름의 규칙대로 집안 곳곳에 쟁여놓았던 것이다.

형과 나는 본격적인 청소를 시작했다. 형은 모아놓은 것들을 태우자고 했다. 불은 잘 붙지 않고 연기만 자욱했다.

"별 대단한 일도 아닌데 1년씩이나 미뤄뒀어?"

내 목소리는 한결 누그러져 있었다. 학교에 나가게 됐다는 말이라도 해줄까, 목이 간질거렸다.

"돌아가시자마자 집을 싹 비우는 것도 마음에 걸렸어. 엄두도 나지 않았고. 어쩌면 어마인 희망을 품고 사셨는지도 모른다."

"그걸 희망이라고 할 수 있나……"

"내 무슨 말을 하는 건지 알고 말하니?"

"난 유복자야……"

전혀 예상치 못한 말이라도 들은 듯이 형은 한참 동안 나를 바라보았다. 형이야말로 내 말이 무슨 뜻인지 알기나 하고…… 나야말로 아버지를 증명하는 존재라고. 나는 형의 눈길을 벗어나 부채질을 계속했다. 까만 재와 연기에 눈을 뜰 수가 없었다.

"난 못 하겠어. 형이 해봐."

나는 형에게 앉아 있던 자리를 내주고 일어섰다. 형은 불꽃이 남아 있는 골판지로 담뱃불을 붙이고는 입을 열었다. 석양의 햇살이 어린 형의 얼굴은 중늙은이 같았다.

"어마이랑 같이 확인도 했다. 그건 그냥 사체였지. 아주 끔찍했다. 눈 코 입이 성한 게 없었지. 아바이가 맞다고 몇 번씩 말하는 어마이가 나는 참 신기했다."

실종된 지 석 달 만에 아버지의 시신이 발견되었다. 어머니의 만류를 물리치고 형은 시신을 확인하러 어머니를 따라갔다. 어머니는 시신을 보고 구역질을 하면서 아버지가 맞다고 했다. 나는 형의 말 중에서 구역질이라는 단어에 솔깃했다. 나는 그 구토가 이미 어머니의 배 속에 품어진 내가 보내는 신호였을 것이라고 생각했다.

"그때 사망한 게 아니라 해도 벌써 돌아가셨겠지. 어마이보다 열 살도 더 많은데."

아버지는 함경도 북청 출신이다. 정전 후 10년 넘게 혼자 지내다 어머니와 연을 맺었다. 북에 두고 온 가족 때문이었다.

"내 입에서는 아니라는 말이 튀어나올 것 같았는데 어찌 된 일인지 어마이가 연거푸 틀림없다고 하니까 아무 말도 못 하겠더라. 얼굴이 다 파먹히고 퉁퉁 불은 몸뚱이가 누군지 어떻게 아느냐 말이다. 어마이는 그러구선 내 손을 꼭 잡고 집으로 가면서, 니 아바이는 돌아가셋다, 라고 다짐을 하듯 말했지."

"그게 다야?"

"그게 다다. 지금 생각해보면 어마이는 아바이가 아니라고 확신을 했던 것 같다."

"그래 봐야 실종이지. 사라진 사람이야."

그리고 그 확신은 생존여부가 아니라, 어떤 식으로든 당신의 삶을 전복시킨 남편의 배신에 대한 것인지도……

"아바이가 실종되고 어마인 경찰서를 들락거렸어. 군인들도 온 적이 있었고, 소문이 많았다. 얼굴이 반쪽이던 어마인 그때부터 좀 나아졌지. 무서운 시절이었으니까."

소문은 아버지가 허가 없이 배를 띄웠다고 했고 경계를 넘었다고도 했다. 난파된 배는 흔적도 없이 사라졌다. 아무도 정확한 사실을 알지 못했다. 함께 탄 두 사람의 시신은 금방 발견되었지만 아버지의 시신은 석 달이 다 되도록 찾지 못했다. 아버지의 시신이 발견되자, 마을은 과부가 한 명 더 늘어났다는 것 빼고는 다시 평온을 찾았다.

"방에서 헌 옷들 좀 가져와라."

검댕이 묻은 손으로 눈을 비비며 형이 말했다.

나는 헌 옷가지들을 가지러 어머니 방에 들어갔다. 장례를 치르면서도 어머니의 방을 건성으로 들여다보았을 뿐이었다. 냉기가 감도는 방은 당신이 빠져나간 자리를 그대로 지니고 있었다. 나는 당신이 누웠던 옹색한 자리에 앉아 새삼스럽게 방을 둘러보았다. 속이 드러난 1인용 소파와 칠이 벗겨진 반닫이, 옷가지들을 싸놓은 보따리들이 가득한 어머니의 방은 아늑했다.

나는 옷 보따리 하나를 풀어보았다. 색이 누렇게 바랜 무명 저고리와 좀이 슨 검정 치마, 하얀 고무신, 그리고 내 기억에도 남아 있는 인조 털목도리가 들어 있었다. 그리고 그 옷들 사이에는 벽에 걸려 있던 아버지의 흑백사진과 어머니의 컬러사진이 마주 포개져 있었다. 아무리 봐도 나와는 닮지 않은 아버지의 얼굴을 나는 거울처럼 들여다보았다. 좁은 턱과 가는 눈은 형의 얼굴 그대로였다. 불만이 있어 보이는 일자형 입술은 나의 것과 조금 닮은 듯도 했다.

내가 세상에 나왔을 때 어머니는 아무런 잘못이 없는데도 두려움에 휩싸였을 것이다. 그가 어딘가에 닿았을 거라는 믿음은 어머니에게 어떤 것이었을까? 유복자가 아니고서는 나는 존재할 수 없는 아이였을까? 유복자라는 말은 아비의 부재가 아니라 아비의 존재를 증명하는 것이다. 나는 애초부터 당신의 부재와 존재를 동시에 증거하기 위하여 태어난 불가능한 존재인 셈이다.

나는 아버지의 사진 뒤에 끼워진 흑백사진 두 장을 보았다. 둘 다 반명함판보다 작은 크기였다. 하나는 아주 젊었을 적에 찍은 아버지 상반신 사진이고, 또 다른 하나는 돌배기 아이를 안고 있는 어머니와 함께 찍은 가족사진이다. 자세히 보니, 두 사진 속의 아버지 모습은 같았다. 아버지의 흑백 영정사진도 이 사진을 확대 복사한 것으로 보였다. 가슴께가 얼음이 닿은 것처럼 먹먹했다. 그것은 제사 때면 확인하게 되는 아버지의 얼굴 때문도, 내가 없는 세 식구의 오붓한 모습 때문도 아니었다. 마음을 저리게 한 것은 터무니없이 작은 사진의 크기였다. 그 가족사진은 너무도 작고 낡아, 마치 필사적으로 가족임을 증명하려는 것 같았다. 세월이 지나면 점점 더 작아져 마침내는 영 사라지게 될 것만 같았다. 나는 엄지손가락 한 마디로 가려지는 가족사진을 한참 들여다보았다.

방에서 가지고 나온 보따리를 들고 형에게 사진을 내밀었을 때 형은 고개를 저었다.

"이건 어마이와 내가 아니고, 아버지 북에 있는 가족일 거다. 나는 저런 사진이 없어. 잘 봐라, 하도 작아서 알아보기가 어렵지만 어마이랑 얼굴이 영 딴판이지?"

형이 라이터를 켜 사진에 가까이 댔다. 나는 사진에 불이 닿을까 봐 조마조마했다.

아버지가 북에 가족을 두고 왔다는 건 알고 있었지만 내겐 딱히 와 닿지 않는 사연이었다. 우리는 그 사진을 번갈아가며 들여다보았다.

"나는 아닐 테고……"

내 말에 형은 웃음을 터뜨리며 말했다.

"당연히 너는 아니지."

형의 말에 내 얼굴은 절로 붉어졌다.

"어마이가 '그 앙까이'라는 소리를 가끔 했다. 아내 말이다. 아무리 애를 낳고 죽도록 열심히 일하고 살아도, 어마이 당신은 영원히 아버지한테 앙까이가 될 수 없다고 생각했을지도 모르지. 뭘 자꾸 들여다보고 있니? 이리 달라. 태워버리게."

그 사진은 보면 볼수록 마음이 끌렸다. 내 것이 아닌데도 어릴 적 내 사진을 보는 기분이 들었다. 어이없게도 무턱대고, 이게 나야?라고 자꾸 묻고 싶었다. 나는 내가 없는 가족사진을 주머니에 넣었다. 형은 그런 나를 의아하게 쳐다보았다.

형과 나는 어머니 방에서 밤을 지냈다. 어머니와 아버지의 사진을 나란히 반닫이에 세워놓았다. 골목골목을 내질러 달리는 북청 사내의 얼굴이, 그 아저씨만 보면 웃음을 깨물고 돌아서는 소녀의 모습이 떠올랐다. 나는 그의 이야기를 단숨에……썼다.

그는 정어리 공장 노동자였다. 북청에서 일자리를 찾아 내려온 사람이었다. 공장 막사에서 지내다가 주말이면 처자식을 만나러 열차를 타고 갔다. 전쟁이 터지자 그는 의용군에 징집되었다. 그는 병영을 탈출하여 피난민들 틈에 섞였다. 그들이 잠시 짐을 내려놓은 곳은 마을과 호수 사이에 떠 있는 외딴 섬, 휴전선에서 가장 가까운 백사장에 몸을 풀었다. 토굴 같은 움막을 짓고 모래알 같은 밥을 지었다. 이따금 해일이 아이들을 휩쓸어갔다. 어른들은 허리까지 땅을 파고 창과 출입문만 지상 밖으로 내놓았다. 그곳은 가장 가난한 마을이 되었다. 마을에 어린아이들의 울음소리가 들리기 시작했다. 그도 어린 아내를 얻고 아들을 낳았다. 세월이 파도처럼 밀려왔다 빠져나가는 동안, 그는 뱃사람이 되어 있었다. 뱃머리가 무심코 북쪽을 향할 때가 있었다. 가슴이 철렁한 순간마다, 북의 앙까이가 생각났다. 어린 아내가 채우는 오징어 몸통만큼 살림살이가 통통해졌다. 아내 몸속 깊이 들어간 어느 날, 그는 단 한 번만이라도 앙까이에게 다녀왔으면 소원이 없겠다고 고백했다. 아내는 북의 여자를 앙까이라고 부르는 남편이 미웠다. 자기도 그의 앙까이였지만 남편은 한 번도 그렇게 부르지 않았다.

*

"참 대단하지 않니? 어떻게 사람이 살지 않는 백사장에 터전을 잡았는가 말이다."

이른 아침, 잔설이 뒤섞인 백사장에는 새들의 발자국들이 어지러이 찍혀 있었다. 구름이 잔뜩 낀 하늘에서 해를 보기는 어려울 것 같았다.

"희한하지? 새들은 해변에 보이지 않는데, 언제 새들이 다녀간 걸까."

바짓단에 젖은 모래를 잔뜩 묻힌 형은 아이처럼 들떠 있었다.

"가평에 일자리가 났어."

내 말을 형은 못 알아들었다. 가평은 서울과 마을의 중간 지점이다. 형이 어디에서 지내라고 말해줄지 궁금했지만 나는 더 말하지 않았다.

방파제 멀리 한 병사가 보였다. 점차 상체가 드러나는 병사의 모습은 마치 바다에서 걸어 나오는 것처럼 보였다. 첫 휴가라도 나온 것일까? 오래전에도 나는 그런 병사를 본 적이 있었다.

나는 그날도 해변을 배회하고 있었다. 따분한 눈으로 주위를 둘러보다 방파제에서 시선을 멈추었다. 군인 하나가 막 그곳에서 걸어 나오고 있었다. 어스름한 저녁이라 그 병사는 마치 바다에서 걸어 나오는 것처럼 보였다. 형이었다. 쌀쌀한 바닷바람에 눈이 매워 우리는 눈물을 글썽거렸다. 저 바다를 넘어서 살아 돌아온 사람은 없지? 내 말에 형은 빙글빙글 웃었다. 형 같은 군인들은 말이다, 바다를 넘어가도 언제나 살아 돌아온다. 첫 휴가를 나온 이등병이 씩씩하게 말했다. 그날이 내가 담벼락에 아버지는 살아 있다고 쓴 날이다.

형의 시선이 병사를 따라갔다. 병사가 골목으로 사라질 때까지 우리는 아무 말도 하지 않았다. 나는 침몰선을 생각했고 형은 어머니를 생각했다.

"어마이의 절망은 엉뚱한 데서 왔는지도 몰라."

"휴가 나왔나 보네. 좋겠다."

나는 딴청을 부렸다.

"저 군바리를 보니까 생각이 난다…… 어마이는 몇 날 며칠을 천안함 뉴스만 지켜봤다. 화가 난 것처럼 굴기도 했고 몹시 낙담한 사람처럼 보이기도 했지. 그러다 탄식을 하곤 했어. 다 틀렸다. 다 틀렸어…… 생각해보면 그게 어머니 마지막 말이다. 어머니는 저런 걸 보고 싶어 했는지도 모르지. 누군가 바다에서 성큼성큼 걸어 나오는 광경 말이야. 진실 따위는 상관없이, 그저 누구라도 살아서 저 바다를 걸어 나오는 기적 말이야."

파도의 포말이 새들의 발자국을 훑고 지나갔다. 나는 물그림자가 드리워진 흐릿한 발자국들을 내려다보았다. 어머니는 새가 되었을까.

어느 봄날, 어머니와 함께 바다에 내리는 눈을 보았다. 바다는 잔잔했고, 백사장을 설원으로 만들 만큼 폭설이었다. 등부표를 중심으로 한 떼의 새들이 모여 있었다. 멀리서 보면 새들인지 눈송이인지 분간이 가지 않았다. 그날 나는 어머니와 함께 방파제까지 걸었다. 어릴 적 내가 그랬던 것처럼 어머니는 내 손을 꼭 쥐고 있었다. 솟대에 걸린 목어처럼 바다만 바라보며 서 있던 어머니는 손을 들어 어딘가를 가리켰다. 나는 어머니의 손가락 끝을 바라보았다. 저기…… 어머니의 불분명한 말만큼이나 가리킨 곳 역시 어디인지 나는 알 수 없었다. 한참 말을 잇지 않던 어머니가 입을 열었다. 저기, 새들이 모여 있네. 그것뿐이었다.

해설

너머에 이르는 불가능한 걸음

김태선
(문학평론가)

1

"질서는 고의적인 살인이다."[1] 롤랑 바르트는 「소설의 글쓰기」에서, 우리가 소설에서 발견할 수 있는 모든 근대예술에 고유한 장치, 즉 파괴하는 동시에 회복시키는 움직임을 보이는 장치를 전한 바 있다. 이 장치의 움직임이 겨냥하는 대상은 '지속', 곧 '실존'이라는 이름의, 말로 표현할 수 없는 '연관'이다. 그런데 소설을 비롯한 근대예술이 실존의 연관을 부수고 다시 회복시키는 움직임을 수행하는 까닭은, 그저 새로움을 추구하기 때문만은 아니다. 시적인 연속의 질서이든 소설적인 기호들

1) Roland Barthes, *Le Degré zéro de l'écriture*, Édition du Seuil, 1972, p. 33.

의 질서이든, 또는 공포의 질서이든 그럴듯한 것들의 질서이든, 이미 실존하는 것들의 연관은 그것이 삶을 가능하게 만드는 조건들로 기능하는 것이었음에도 결국에는 삶을 옥죄며 불가능한 것으로 만들기 때문이다. 질서는 분명 한 체제의 안정을 위해 부여되는 것이지만, 이는 그 안에서 살아가는 이들에게 다른 삶의 가능성을 박탈하는 위험 또한 안고 있다. 주어진 질서를 넘어서고자 하는 움직임은 자신에게 고유한 삶을 살고자 하는 의지, 혹은 절박함에 의해 추동된다.

문제는 실존의 연관을 넘어서려는 움직임이 주어진 질서를 와해시키는 가운데 이루어진다는 점에 있다. 이는 곧 삶의 안정성을 무너뜨리는 위험 역시 그와 함께함을 의미한다. 이 지점에서 오늘날 소설이 처한 위기는 그저 출판 시장의 불황이나 영상매체 등의 출현에 기인하는 것만이 아님을 알 수 있다. 이 사회가 우리에게 다른 삶을 꿈꿀 수 있게 허용하지 않음으로써 소설의 이념을 불가능한 것으로 구조화했다는 점 역시 오늘날 소설의 위기를 초래한 이유이다. 이는 "우리 세계가 가르치고 있고 가르치려 하는 것의 실현된 형태는 자유로운 세계 또는 자유라는 구성적 가치를 지닌 세계이기 때문"[2]으로, 이 세계는 이보다 더 나은 세계는 없다는 복음을 우리에게 전파한다. 오늘날 신자유주의라 이름 붙은 삶의 체제가 세계 곳곳에 빠르고 넓게 퍼진

2) 알랭 바디우, 『행복의 형이상학』, 박성훈 옮김, 민음사, 2016, p. 22.

까닭은 바로 이 같은 복음의 위력 때문이리라.

공교롭게도 신자유주의의 복음은 내일의 경제적 풍요를 약속하며 사람들에게 공적인 영역뿐만 아니라 개인의 사적이고 내밀한 영역에 이르기까지 무한한 경쟁을 요구함으로써 삶의 시간을 지배한다. 이 시대의 개인은 한정된 자원 안에서 살아남기 위해 그 요구에 동참할 수밖에 없는 운명에 놓이게 된다. 이는 신자유주의라는 이름에 포함된 '자유'가 갖는 기묘한 역설이다. 누구나 "자유냐 목숨이냐!"라는 양자택일을 강요받는 가운데, 결국 후자를 취할 수밖에 없기에 자유로부터 배제되는 상황에 놓이게 된다. 자유를 택할 경우엔 둘 다 잃고 말기 때문이다. 그러나 목숨을 선택한다고 해서 상황이 나아지는 것 같지는 않다.

박혜상의 첫 소설집 『새들이 서 있다』(문학과지성사, 2009)에 수록된 「일렬로 행진해」에서는 자본에 의해 착취당할 수밖에 없는 자리로 옮길 것을 지금보다 더 요구받는 인물이 등장한다. 두번째 소설집 『그가 내린 곳』에 수록된 「그 사람의 죽음과 무관한 알리바이」에 나타난 상황은 더욱 참혹하다. 살아남기 위해 저항하지만 끝내는 패배하여 생의 끝으로 밀려나는 인물들이 등장한다. 게다가 "해고자군요. 경찰의 말에 나는 발끈하지도 토를 달지도 않았다. 그 사람은 죽어서까지 해고자였다"(p. 160)라는 대목에서 드러나듯, '우리들을 솎아낸 손'이 만들어낸 배제의 움직임은 인물들에게 방기된 존재라는 지울 수 없는 낙인을 찍는다.

그러나 박혜상의 소설은 이들의 이야기를 전함으로써 삶의 체제를 고발하는 것에 머무르지 않는다. 오늘날 우리가 속한 삶의 체제는 실존의 연관을 이루는 근원이 아니며, 그 자체를 이르는 이름도, 그 연관의 모든 것을 설명하는 기호도 아니다. 신자유주의는 실존의 연관이 빚어낸 하나의 효과일 뿐이다. 물론 자본주의가 만들어놓은 삶의 체제는 간단히 무시할 만한 성질의 것은 아니리라. 박혜상의 소설은 현실의 영역을 살피기를 게을리하지 않는다. 그러면서도 보다 근원적인 지점을 탐색하는 방향으로 나아간다. 그이의 시선이 향하는 곳은 보이는 것 너머에 자리한, 바르트가 '말로 표현할 수 없는'이라는 형용사를 부여했던 바로 그곳이다. 이를 위해 박혜상에게 중요한 과업은 실존의 연관을 식별해낼 인식의 고안이리라. 그러나 형언할 수 없는 것을 인식이라는 분절된 질서로 포획하는 일은 어쩌면 불가능한 모험처럼 보인다. 때문에 작가는 소설의 인물들을 방황하도록 하면서, 세계를 떠돌게 하면서 그들이 마주하게 될 우연한 만남에 내기를 건다. 필연적인 질서가 만들어놓은 견고한 테두리에 틈을 내기 위해서는 그 자리에 우연의 요소를 도입하는 것이 유일한 방법이리라.

2

『그가 내린 곳』에 수록된 작품들의 도입부는 대개 인물들이 어딘가로 도달하거나 이동하는 장면으로 나타난다. 가령 「그가 내린 곳」에서는 "윤은 순환관상도로를 걸어서 올라갔다"(p. 107)라는 문장으로 부산 태종대에 인물이 도착하는 장면을 그린다. 「사랑의 생활」에서는 "케이가 일곱번째 연애를 끝내고 집으로"(p. 77) 돌아오는 모습을, 「봄눈」에서는 이야기의 화자가 어머니의 집으로 가는 버스에서의 장면을 볼 수 있다. 「양치기 숲」은 화자가 셰퍼즈 부시에 도착해 그곳의 풍경을 살펴보며 시작한다. 도입부가 아니더라도 박혜상 소설의 인물들은 어딘가를 찾아 떠난다. 「그 사람의 죽음과 무관한 알리바이」에서의 '그'는 평택호 유원지를 찾곤 한다. 「낮달과 낙타」의 근석은 '산책'이라는 이름으로 매일 어딘가를 떠돈다. 「Y의 바깥」에서는 마을을 떠난 Y와 마을로 돌아온 영호가 서사의 한 축을 이룬다.

『그가 내린 곳』의 인물들이 찾은 곳은 낯선 땅이 아니다. 그곳은 그들이 언젠가 한번은 발을 디뎠던 장소로, '다시' 찾은 곳이다. 물론 그러한 장소들 중 어떤 곳은 누군가의 고향이거나, 혹은 집인 경우도 있다. 그러나 그러한 장소가 소설의 인물들에게는 거주지이거나 정착할 땅으로 여겨지는 것 같지는 않다. 오히려 그들이 찾은 장소는 인물들에게 '떠남'을 예비하는 일시적인 자리로 나타난다. 그들은 한곳에 정주하지 못한 채 끊임없이 떠도는 운명을 타고난 것일까. 그러나 이를 그저 운명이라 받아들이는 데 그친다면 사태의 본질을 감추는 것에 불과하리라. 무엇보다도 인물들로 하여금 한곳에 발을 붙여 살아갈 수 없게 만드는 실존의 연관에 가닿으려는 노력이 필요할 것이다. 이를 위해서는 인물이 도착한 곳에서 받아들이는 정감(情感)의 모습을 살펴보는 것이 한 방법이 될 수 있겠다. 가령 「양치기 숲」에 도착한 인물이 둘러보는 셰퍼즈 부시의 풍경은 어둡고 황량하다.

> 잿빛 하늘은 낮게 내려와 있고 도열한 석조 주택들의 문들은 굳게 닫혀 있다. 차도르를 두른 아랍계 여자가 지나간다. 명멸하는 불빛이라도 쐰 것처럼 나는 팔락이는 여자의 옷자락을 멍하게 바라보고 있다. 길은 좀처럼 여자의 모습을 삼키지 않는다. 여자는 저렇게 이국의 주택가를 한 줌의 옷자락을 팔랑이며 영원히 걸을 것만 같다. 그러나 정작 허공에 떠 있는 것은 저 여자가 아니라 나일 것이다. 시차 때문인지 어딘가에 도착해 있다는 실감이 나지 않는다. (p. 43)

셰퍼즈 부시는 '나'의 기억에 자리한 그것과 크게 다르지 않은 '허름한 변두리 동네'라고 한다. 그곳에서 '나'는 굳게 닫힌 문과 아랍계 여자가 두른 차도르, 그리고 그 여자의 모습을 삼키지 않는 길 등이 전하는 고립의 정감을 마주하게 된다. 이 고립의 정감을 소통의 단절이라 할 수도 있을 터이고, 혹은 유폐된 삶이 이르게 되는 어떤 '끝'으로 의미화할 수도 있겠다. 그 때문일까, '나'는 '카오리의 집'에서 바라본 '사방이 막힌 뒤뜰'에서 "영화에서 보았음 직한 급조된 사형장"(p. 45)을 떠올린다. 그러한 곳에서 '나'는 "어딘가에 도착해 있다는 실감"을 느끼지 못한다. 이는 그저 시차를 탓할 문제만은 아니다.

'나'에게 실감이 부재하는 까닭은, '셰퍼즈 부시'라는 곳이 어떠한 확실성도 전해주지 않기 때문이리라. "아마 저기 공원 너머가 네가 한국 친구들과 살던 곳일 거야"라며 카오리가 가리킨 곳을 보면서도 '나'는 "그쪽인지는 확신할 수 없다"라거나 "감을 잡을 수 없다"라는 말을 할 뿐이다(p. 44). 이렇게 자신이 도달한 곳의 풍경을 바라보면서 실감을 느끼지 못하는 모습은 「그가 내린 곳」의 윤에게서도 찾아볼 수 있다. 윤은 태종대에 도착한 후 등대로 가는 도중 '문 닫힌 상점들의 풍경'을 마주한다. 그는 "문득 오늘이 월요일이라는 사실"(p. 107)을 떠올리며 공공장소의 휴무일이 대체로 월요일인 까닭에 상점들이 문을 닫았으리라 여기지만, 이러한 생각은 확신으로 이어지지 못한다. 윤은 메모를 하기 위해 꺼낸 휴대전화의 배터리가 방전되었음을 발견하는데, "그러자 '이곳 월요일'의 경험적 사실을 전혀 신뢰할 수"(p. 108) 없게 된 것이다. 게다가 윤의 주변에는 오늘이 '월요일'임을 확인시켜줄 누군가도 보이지 않는다.

이처럼 「양치기 숲」과 「그가 내린 곳」에서 인물들이 도달한 곳은, 그들에게 어떤 사실의 감각을 일깨우게 하는 장소이기보다는, 실감을 앗아가며 비현실의 느낌을 불러일으키는 공간으로 표상된다. 이는 그들이 자신을 그곳에 속한 사람으로 여기지 않기 때문이다. 자신의 존재를 인정해줄 무언가가 그들이 도착한 장소에는 부재한다. 「그가 내린 곳」의 윤이 최의 아내를 보며 "처음으로 누군가에게 속한 여자를 본 것 같았다"(p. 119)는 말로 쓸쓸함을 느끼는 대목이 이를 방증한다. 윤은 소설이 삶의 전부라 생각하는 인물로 "인생이란 결국 누군가의 삶을 사는 것"으로 여기는데 "'나'의 삶을 살아주는 누군가는 세상 어디에도"(p. 124) 없다고 생각함으로써 이 세계 안에서 자신이 부재하고 있음을 느낀다.

이처럼 『그가 내린 곳』에 등장하는 인물들은 자신이 실존하는 인간임을 증명해줄, 혹은 인정해줄 그 무엇을 찾지 못한 채 비현실의 정감 속에서 부유하고 있다. 그들은 사회로부터 사회적 삶의 가능성을 박탈당한 채 바깥으로 밀려난 방기된 존재들인 셈이다. 가령 「낮달과 낙타」의 근석이 '산책'을 떠나게 된 건 미국 취업이민 사기를 당한 후의 일이다. 「그 사람의 죽음과 무관한 알리바이」에서의 '그'는 과거 노조원이었다는 이유로 다시 취업할 수 없는 상황에 놓이게 되는데, 그러한 상황에서 반복적으로 찾게 된 곳이 평택호의 유원지이다. 평택호에 이르는 길에서 '그'가 마주친 풍경은 「양치기 숲」의 '나'가 세퍼즈 부시에서 본 것과 유사하게도 "습하고 숨이 막혔다. 도시 전체가 폐쇄된 것 같았다"(p. 141).

그렇다. 그들은 바깥으로 밀려난 자들이다. 「양치기 숲」의 '나' 역시 1990년대 말 셰퍼즈 부시라는 이국의 땅을 찾았던 까닭은 '안'으로 들어가기 위한 '스펙'을 쌓기 위해서였다. 그러나 공교롭게도 그곳이 "담장이 되지 못한 여분의 벽돌들"(p. 45)과 같은 이들이 모인 또 하나의 바깥임을 '나'가 깨닫게 되는 데에는 그다지 오랜 시간이 걸리지 않는다. "우린 일자리가 없다네. 양치기들이 숲에 있는 이유라네"(p. 53)라는 완의 노래처럼 삶의 질서는 이들에게 '안'을 허용하지 않고 바깥에서 떠돌게 한다. 「그가 내린 곳」의 윤이 부산을 찾은 까닭은 그의 소설이 외면받기 때문이기도 하리라. "창작기금 지원 단체에 한 해도 빠지지 않고 신청서를 송부"(p. 120)하며 '안'으로 들어가기 위해 노력했음에도, 결국 윤은 '무명작가'에 머무를 수밖에 없었다. 그리하여 그는 함께 살던 시인에게 아르헨티나로 가게 되었다고 거짓말을 하고는 부산으로 떠났던 것이다. 윤은 부산을 두고 "이곳에 온 이유가 뭘까 생각해보았지만 별다른 게 없었다"(p. 107)는 말로 그 지역이 자신에게 특별한 의미가 없다고 여기지만, 어쩌면 그곳이 그이에게 어떤 끝의 지점을 표상하기에 이끌렸던 것인지도 모른다.

이처럼 박혜상의 소설에 등장하는, 떠도는 인물들이 찾은 장소는 세계의 바깥, 혹은 끝의 자리에 이르게 된 이들이 모이는 공간으로 표상된다. 「봄눈」의 '나'가 찾아온 고향 역시 그이에게는 "마을에 올 때마다 막다른 골목에 다다른 것 같은 기분"을 전해준다. 이는 마을 앞에 펼쳐진 바다 때문이리라. 바다는 '나'에게 '출구'로 표상되지 않는다. 그런데 특이한 대목은, 그곳이 자신을 좌절하게 만드는 '거대한 무엇'으로 표상되는 건 아니라는 점이다.

> 뒤를 돌아보면 언제나 바다가, 있다. [……] 그저, 있다, 라고 말할 수밖에 없다. 말 그대로 배후처럼, 밟을 수 없는 그림자처럼, 발목이 묻혀 있는 그림자처럼, 바다가 있다. (p. 225)

「봄눈」의 '나'에게 바다는 어떤 '끝'을 이르는 장소의 이름으로 다가온다. 바다라는 이름으로 표상되는 '끝'의 자리는 실존의 배후임과 동시에 그 그림자이다. 배후와 그림자라는 점에서, 이는 존재하는 모든 것들의 곁에 항상 도사리고 있는 무언가의 이름이리라. 그 한계는 '나'를 좌절케 하는 거대한 무엇을 이르지 않는다. 그러나 이는 '발목이 묻혀' 있다고 표상되는 것처럼 그와 함께하는 이로 하여금 '너머'로 나아갈 수 없게 만드는, 불가능한 한계를 이르는 이름이기도 하다. 바다라는 이름으로 표상되는 '끝'은 "그저, 있다, 라고 말할 수밖에 없다"(p. 225). 박혜상 소설의 시선이 겨냥하는 실존의 연관은 이렇게 표현된다. '그저, 있다.'

3

'그저, 있다'라는 표현은 존재의 최고 이유를 이른다. 그러나 동시에 그 이외의 어떠한 의미도 담지 않음을, 다른 무엇으로 말할 수 없음을 이르기도 한다. 이는 '이것'이라거나 '저것'이라 규정할 수 없는, 동시에 '없는 것'이라고도 이를 수 없는 '무(無)'와의 만남에 이르는 독특한 경험을 전하기 때문이다. 이를테면 이는 에마뉘엘 레비나스가 '존재자 없는 존재'라 전한 그러한 지점을 일컫는다. 이는 모든 존재자들을 존재하도록 하는 것이면서 그 자체는 눈으로 볼 수 없는 자리의 이름이다. 「봄눈」의 '나'는 마을에 자리한 바다가 전해주는 독특한 정감을 통해 '그저, 있다'라 할 수 있는 것과의 만남에 이르는데, 이는 그이만이 겪게 된, 타인과는 나눌 수 없는 고유한 경험이리라. 이는 언어화할 수 없는 비인간적인 것과의 만남에서 비롯한 정감에 의해 변용된 신체가 겪는 독특한 경험이기 때문이다. 그럼에도 『그가 내린 곳』에 등장하는 인물들은 그와 같은 만남을 저마다의 방식으로 경험한다. 가령 「사랑의 생활」에서 '나'가 케이의 집을 처음 찾아갈 때 마주하게 된 풍경의 정감이 그러하다.

과연 공지대로, 길이 끊겼나 싶어 뒤를 돌았을 때 나는 걸음을 멈추었다. 내가 본 것은 물빛이 아니라 불빛이었다. 관목 가지들 사이를 메운 환한 불빛을 본 찰나, 나는 어디선가 불이 난 줄 알았다. 그토록 붉은 노을은 처음이었다. 녹황색 담벼락의 모퉁이를 돌자, 탁 트인 넓은 축대와 계단 길이 나타났다. 진한 감빛의 노을 위에 누군가 쏟아 부은 것처럼, 빨강이 번져가고 있었다. (pp. 80~81)

케이가 "낭패한 심정으로 되돌아갈까 하다, 몸을 살짝 틀면 언뜻 물빛을 보게 될 것입니다"라는 말로 전했던 것과는 전혀 다른 풍경의 정감이다. 이는 '나'가 다시는 경험하지 못할 독특한 정감을 받아들이는 순간을 이르는 것이기도 하다. '나'가 마주하게 된 우연한 풍경은 그이로 하여금 "공부를 계속할 것인가, 과외비를 가져오지 않는 녀석에게는 어떻게 말해야 할까 따위의 잡념은 물론이고, 거기까지 온 목적"(p. 81)을 포함한 모든 것을 잠시 잊게 만든다. 우연한 마주침에 의해 '나'는 현실이 부과했던 모든 고민으로부터 벗어나게 된다. 케이의 집에 찾아가면서 만나게 된 풍경의 정감으로 인해 '나'는 현실 세계에서의 바깥, 혹은 '끝'이라 할 수 있는 곳을 마주치는 경험을 한 셈이다. 그러나 이는 그저 한때 감각의 형태로 마주하게 된 것일 뿐, 그와는 다른 무엇의 의미로 타인과 공유할 수 있는 종류의 것은 아니다.

누군가에게 이 같은 경험은 하나의 상징이 불러일으키는 정감을 통해 이루어진다. 「Y의 바깥」에서 시인은 'Y'라는 기호, 혹은 상징이 발산하는 정감과 마주치며 '끝' 혹은 '바깥'과의 만남을 경험한다. Y는 시인에게 있어 자신을 떠난 소설가, 즉 부재하는 이를 가리키는 이름이었다. 그러나 서사가 진행되면서 시인이 비탈나무 마을에서의 마주침들을 겪으며 Y는 소설가에게만 국한되지 않은 독특한 무언가로 변한다. 가령 시인은 곧 사라질 마을에 관한 이야기를 쓰면서 "나무가 사라지면 둥지도 사라진다. 나는 어차피 사라지게 될 둥지들을 버리기로 했다. 나무만 남았다. [……] 나는 우선 눈에 보이는 나무의 잎과 가지들을 쳐냈다. 그랬더니 나무는 Y의 형상이 되었다"라는 생각을 전개한다. 비탈나무 마을을 추상하고, 다시 나무가 지닌 것들을 추상한 끝에 남은 건 Y의 형상이다. "빈 곳을 보면 채우고 싶어진다"는 시인은 Y의 빈 곳을 메워 '▼'로 만드는데, 이는 시인에게 외설적인 정서를 불러일으킨다(p. 22). 이후 시인은 빙글빙글 돌다 멈춘 영호의 비보이 동작에서 Y의 형상을 발견하고, 용역 직원에게서 자신을 지켜주기 위해 영민이 찾은 새총에서도 Y의 형상을 발견한다.

이처럼 시인에게 Y는 더 이상 단일한 의미를 지닌 기표에 머무르지 않는다. Y는 존재하는 것들의 나타남과 사라짐 가운데에서 변치 않고 남으며, 만물의 생멸과 운동을 주재하는 기호가 된다. 「Y의 바깥」의 Y는, 「봄눈」의 '나'가 마주했던 바다에서 보았던 것, 즉 '존재자 없는 존재'와도 같은 것이리라. '나'에게 그 자리가 '끝', 혹은 '바깥'을 이르는 것이었다면, 「Y의 바깥」의 시인에게는 '바깥을 꿈꾸는 형상'으로 다가온다. 이는 분명 모든 존재하는 자들에게 드리워진 한계를 이르는 자리이기도 하다.

시인처럼 누군가에게 한계 지점은 '지금 여기'를 넘어 '다른 곳' 혹은 '다른 것'과의 만남에 이를 수 있는 가능성으로 여겨질 것이다. 그러나 누군가에게는 그러한 한계 지점과의 만남이 앞으로 더 나아갈 수 없는, 끝내 넘어설 수 없는 절망으로 나타나기도 한다. 가령 「그 사람의 죽음과 무관한 알리바이」에서 "갈 만한 곳이라곤 평택호가 제일 만만했다"는 것처럼 평택호는 '안'으로 들어오는 걸 허용받지 못한 이가 다가갈 수 있는 몇 안 되는 장소이다. '그'가 평택호에서 맞닥뜨린 정경은, 생긴 지 오래되었음에도 새 단장을 한 듯한 모습인데, 그럼에도 그곳은 "여느 유원지와 다르지 않은 풍경이었다. 평균적인 유원의 장소였다. 마치 이것이 평균적인 삶이라고"(p. 141) '그'에게 강요하는 것 같은 정감을 전한다. '끝'에 이르러 다다른 곳임에도, '그'의 존재는 그곳에서 환영받고 있지 못한 것이다. '그'를 바깥으로 밀어냈던 세계는 끊임없이 개인에게 새로워질 것을, 더 나은 '스펙'을 쌓기를 요구한다.

그러나 평택호에서 '그'가 만난 남자의 "저 호수는 죽은 바다인 셈이죠"(p. 144)라는 말처럼 그곳은 그저 '끝'을 이르는 장소일 뿐이다. 그곳에서 '평균적인 삶'을 강요하는 듯한 정감을 전해 받는 까닭은, 바깥으로 밀려나 있음에도 '그'가 여전히 맺고 있는 사회와의 관계가 주는 영향 때문이리라. 마찬가지로 「Y의 바깥」에서 시인이 'Y'를 '바깥을 꿈꾸는 형상'으로 받아들이는 것은 그이가 비탈나무 마을 사람들과의 관계를, 그리고 글쓰기에 대한 의지를 통해 추동된 정감에 의한 것이기도 하다. 그곳은, 혹은 그것은 '그저, 있다'고 말할 수밖에 없는 지점일 뿐이다. 이에 어떠한 말로 의미를 부여함으로써, 그것의 참된 모습을 전할 수는 없을 것 같다. 다만, 인물들이 이 세계와 맺는 연관에 따라 '있음'이라는 한계 지점이 지닌 의미는 저마다 다르게 나타나리라는 점만은 분명하게 확인할 수 있겠다. 그렇다. 「봄눈」의 '나'에게 '바다'로, 「Y의 바깥」의 시인에게는 'Y'로, 혹은 「그 사람의 죽음과 무관한 알리바이」의 '그'에게 '평택호'로 표상되었던 한계 지점과 어떠한 관계를 맺을 것인가 하는 점이 문제이다.

4

'끝'이라는 이름, '한계'라는 이름은 연속적인 존재에게 테두리를 씌워 그들을 불연속적인 존재로 만드는 움직임이 이루어지는 자리를 이르는 것이기도 하다. '나타남'이라는, 혹은 '생성'이라는 사건이 발생함으로써 개체가 출현하게 된다. 하나의 개체가 나타나기 위해선 필연적으로 자신을 세계로부터 나누는 단절이 필요하다. 그러나 그와 같은 단절은 공교롭게도 '나'와 '당신' 사이에 거대한 심연을 만드는 작용을 함께하는 것이기도 하다. 인간 존재에게 소통이 힘든 까닭은, 심지어 불가능한 것으로까지 여겨지는 까닭은 이 같은 한계, 불연속적인 존재가 지닌 유한성 때문이다.

"대화는 드물다. 그것이 쉽거나 행복하다고 생각해서는 안 된다."[3] 『그가 내린 곳』에서 우리는 '너'에게 가닿으려 함에도 건너뛸 수 없는 심연으로 인해 소통에 이르지 못하는 인물들을 어렵지 않게 찾을 수 있다. 가령 「손가락을 세워라」의 '나'와 와이는 "지나치게 밀착된 시간을 보낸"(p. 194) 사이임에도, 그들의 대화는 중심에 이르지 못하고 바깥을 맴돌 뿐이다. 그러나 이들은 서로에게 거리를 두는 태도를 '정치적'이라고 포장함으로써 자신들이 처한 상황을 외면한다. 이들이 서로에게 이르지 못하는 까닭은 수치심을 공유하는 걸 원하지 않기 때문이다. '나'가 와이에게 함께 살고 싶다는 뜻을 전하지만, 돌아오는 건 "연인들이 달리 어찌해볼 도리가 없어 결혼을 하게 되지. 나도 그랬으니까. 하지만 다행스럽게도 그건 제도권에 있는 사람들에게나 해당되는 거야. 우린 벗어나 있잖아?"(p. 199)라는 답일 뿐이다. 그들이 서로의 수치심을 나눌 수 없는 까닭은 스스로를 제도에서 '벗어난 존재'로 여기기 때문이리라. 「낮달과 낙타」에서의 수현과 근석, 「그 사람의 죽음과 무관한 알리바이」에서의 '나'와 '그' 역시도 자신들이 '바깥'으로 밀려나게 된 뒤에 소통

3) 모리스 블랑쇼, 『도래할 책』, 심세광 옮김, 그린비, 2011, p. 300.

부재의 상황에 놓이게 된다.

바깥에 있다는 것, 이는 어떠한 공동체에도 속하지 못한 자가 되었음을, 방기된 자가 되어 부재하는 이로 존재함을 이른다. 그리하여 그들은 서로에게, 그리고 자기 자신에게서 고립된 존재가 되기에 이른다. 이는 「그가 내린 곳」에서의 윤이 타인들과 소통하지 못하는 이유이기도 하다. 그러나 그런 까닭에 그들은 오히려 자신과 마찬가지로 고독한 타인에게 더욱 이끌리는 건 아닐까. 「사랑의 생활」에서는 '네번째 연애'를 끝내고 '혼자서도 잘하는 사람들' 모임에 들락거린 케이를 향해 '나'는 '혼자서도 잘하는 사람들'이 어째서 혼자 있지 못하고 모이는 것인지를 묻는다. 돌아온 답은 이렇다. "사람들은 고독도 전시하려고 하더군"(p. 98).

케이의 답은 자신의 존재를 누군가에게 인정받고자 하는 세속적인 욕망의 투영이기도 하지만, 동시에 고독이라는 인간 존재의 유한성으로 인해 필연적으로 바깥을 향해 노출되기를 멈출 수 없음을 이르는 대목이기도 하다. 바깥을 향해 노출되어서 있음, 이는 서구어 '실존existence'이 지닌 의미이기도 하다. 실존, 그것은 고독한 존재로 세계에 내던져진 인간을 이르는 동시에, 타자를 향해 자신을 노출함으로써 존재하는 것임을 뜻한다. 또한 한 주체에게 타자가 자신의 존재를 노출함을 이르는데, 이로써 서로를 부르며 끌어당기는 일이 멈추지 않고 이루어지고 있음을 뜻하는 것이기도 하다.

그러나 현실의 삶에 드리워진 '보이지 않는 손'은 고독한 이들로 하여금 서로에게 이끌리는 정감에 눈을 감도록 만들기도 한다. 마치 「그 사람의 죽음과 무관한 알리바이」에서 '나'가 떠올렸던 꿩에게 선글라스를 씌웠던 농장처럼. "꿩들은 하늘을 보지 못하면 날지 못한다고 한다. 제 정체성을 모른 채 사육되다가 죽음에 이르는 것이다"(p. 156). 그렇게 사람들은 눈이 가려진 채 "우리는 자꾸 우리의 바깥이"(p. 145) 되어간다. 그리하여 그들은 서로를 피하게 되는데, 그때 그 뒤로 "술래잡기처럼 죽음이"(p. 147) 이어진다. 그렇게 "죽음이 그들의 안부를 물었다"(p. 148). 그런데 이 지점에서 역설적이게도, 바깥으로 밀려나 떠돌던 방기된 존재인 '그'는 부고가 올 때마다 비로소 자신이 어딘가에 속해 있음을 느낀다고 고백한다.

이는 자신을 "어디에도 없는 사람"(p. 126)으로 표상하는 「그가 내린 곳」의 윤에게도 마찬가지이다. "그와는 연고가 없는 부고였지만 낯선 주검들은 그것들을 지켜보는 사람들에게 이제는 입 닥치고 제자리로 돌아갈 것을 명하는 것만 같았다"(p. 127)라는 대목에서처럼, 타인의 죽음은 그에 노출된 이에게, 그이와 어떠한 연고가 없더라도 연대감을 불러일으킨다. "학교 정문에도 관공서에도 거리에도 걸려 있는 검은 휘장이야말로 오늘 내가 종일 마주친 얼굴이다"(p. 222)라며 「봄눈」에서의 '나'를 서울에서부터 고향 마을에 이르기까지 내내 따라다닌 '천안함 용사'의 추모 플래카드처럼, 누군가의 죽음은 존재하는 이로 하여금 자신이 타자에게, 그리고 타자가 자신에게 노출되어 있음을, 서로를 끌어당기고 있음을 숨길 수 없게 만드는 절대적인 사건이기 때문이다.

5

그러나 자신과는 아무런 연고도 없는 이에게서 어떤 연대의 감정을 겪었다 하더라도, 그이가 발을 딛고 있는 실존의 연관이 명확해지는 것은 아니며, 그이에게 지금까지와는 다른 삶이 편안하게 찾아오는 것도 아니다. 자신에게 부재하는 것으로 여겨지는 참된 삶에 이르기 위해서는 바디우가 주장하는 것처럼 "그 자신의 내부에서 자기에게 있는지 미처 몰랐던 무언가를 실행할 능력을 발견"[4] 함으로써, 이 세계의 필연적인 질서 안에서 예외의 지점을 만들어내야 한다. 이 대목에서 『그가 내린 곳』의 이야기들의 축을 이루는 인물들 중 다수가 작가라는 사실은 예사롭지 않다. 「봄눈」의 '나'와 「그가 내린 곳」의 '윤', 그리고 「Y의 바깥」에 등장하는 Y가 소설가라는 공통점을 지녔는데, 이들은 모두 한 인물을 이르는 다른 이름들이기도 하다(여기에 「그 사람의 죽음과 무관한 알리바이」의 '그'가 평택호에서 만난 남자를 포함해도 좋겠다). 뿐만 아니라 「Y의 바깥」의 시인, 「손가

4) 알랭 바디우, 같은 책, p. 90.

락을 세워라」의 Y, 그리고 「사랑의 생활」의 '나' 역시 글을 쓰는 인물로 등장한다.

"우리는 생각하는 사람들입니다"(p. 145). 글을 쓴다는 건 이들이 '생각하는 사람'임을 이른다. 그러나 박혜상의 소설에서 '생각'한다는 건 「봄눈」의 '나'가 전하는 것처럼 생각을 유예하고 실행을 지연시키는 일을 가리킨다. 동시에 「그 사람의 죽음과 무관한 알리바이」에서는 일하지 못하고 쓰지 못하는 '우리'의 모습을 이르는 것이기도 하다. 그 때문일까, 『그가 내린 곳』의 글을 쓰는 이들은 대부분 작품을 완성하는 데에 실패한 작가로 등장하며, 글쓰기에 어려움을 겪고 있다. 이들의 글쓰기는 작품에 이르는 일이 불가능함을 마주하는 가운데 겪는 무력함으로 나타난다. 그러나 박혜상의 소설에서는 이러한 무력함이 그들이 자리한 현실에 틈을 내어 '지금 여기'와는 다른 삶의 가능성을 불러들이는 힘이 되는 놀라운 반전이 예고되어 있다. 이는 생각을 유예하고 실행을 지연시키는 일이 현실 사회가 인물들에게 부과한 질서에 틈을 냄으로써 나타나는, '다른 곳' '다른 것', 그리고 '다른 이'를 향한 움직임이다.

가령 「사랑의 생활」에 나타났던 '나'의 삶은 그저 현실에 적응하지 못해 그로부터 도피한 이의 모습을 그려낸 것이 아니다. 자신에게 주어진 삶을 인정하고 그에 순응하는 삶의 모습도 아니다. "스펙을 쌓기 위해 투자하는 것을 포기하고 가급적이면 경제활동을 하지"(p. 87) 않음으로써 그이는 유용성의 질서에서 벗어난 무위의 삶을 사는 것이다. 이는 사회의 '보이지 않는 손'이 삶을 결정(結晶)시켜 이루려는 시간의 지배에 맞서는 일이다. 결정을 유예하고 지연케 하여, 필연적인 것으로 굳어가는 삶의 연관에 틈을 내려는 것이다. 이러한 움직임은 그 틈을 통해 도래할 미지의 시간을, 바깥과의 우연한 만남을 긍정한다. 이는 또한 그 미지의 것과 함께할 위험 역시 긍정하는 일종의 내기와도 같은 삶이다.

이처럼 『그가 내린 곳』에서 인물들의 글쓰기는 현실의 관점으로는 저주처럼 보였던, 한곳에 정주하지 않은 채 떠도는 움직임이다. 이는 떠도는 가운데 마주하게 되는 우연한 만남을 통해 '허구의 실존', 즉 이 세계에 부재하는 것으로 여겨지는 실존의 연관에 가닿을 수 있으리라는 기대로 인한 것이다. 그러나 실존의 연관에 닿는 일은, 넘을 수 없는 저 너머에 이르려는 불가능한 욕망이기도 하다. 그곳은 '끝'의 자리, 즉 유한한 존재의 한계를 넘어서야만 이를 수 있는 지점이기 때문이다. 인간이라는 불연속적인 존재는 제 존재를 유지한 채 그와 같은 존재의 연속성에 이를 수 없다. 그 너머의 자리에 '참된 삶'이 있다면, 랭보의 노래처럼 "참된 삶은 부재한다"고 해야 하리라. 그러한 부재를 마주한 이들은 자신의 존재를 '세계 안에 있지 않다'고 여길 수밖에 없을 터이다. 그럼에도 우리는 세계 안에 있다. 그리하여 작가는 글쓰기를, 너머에 이르러 존재의 연속성에 참여하려는 불가능한 발걸음을 멈출 수 없다.

『그가 내린 곳』의 인물들이 글쓰기라는 이름의 불가능한 욕망에 이끌리는 까닭은 너머라는 이름의 한계를 통해서만 '나'와 '당신' 사이에 놓인 심연을 뛰어넘을 수 있기 때문이다. 우리가 타자와 만나는 곳은 다른 곳이 아니라, '나'와 '당신'을 가르는 그 한계의 지점이다. 이는 아무런 연고도 없는 타인의 죽음이라는 한계, 그리고 인간의 근원적인 고독에 노출됨으로써 연대의 감정을 느끼게 된다는 사실이 증명한다. 글쓰기는 이처럼 자신을 모든 연관으로부터 벗어난 방기된 존재로 여기는 이들이 탈자태(脫自態, extase)로써, 즉 자신을 자기 바깥으로 노출함으로써, 배제된 익명의 타인들에게 다가가 그들을 부르는 움직임이다. 이렇게 실존의 연관이 빚어낸 고립을 풀어냄으로써, 글쓰기는 불가능한 움직임을 가능한 것으로 이루어낸다. 그러한 만남에 이르기 위해 박혜상 소설의 인물들은 떠도는 일을 멈추지 않는다.

글쓰기는, 그리고 떠도는 일은 '당신'과의 만남에, 소통에 이르려는 움직임이다. 그러나 그와 같은 만남은 떠도는 가운데 이루어지는 것이기에, 만남에 이르는 즉시 헤어지는 일을 피할 길은 없다. 말이 발화된 즉시 사라짐에 이르는 것처럼, 글쓰기는 쓰이는 순간 자신을 지워나가는 무위의 움직임이다. 그러나 글쓰기가 부재에 이르는 그 지점이, 실존이 부재에 이르는 그곳이 『그가 내린 곳』의 시선이 가닿고자 하는 '너머'이다. 그곳은 부재하는, 부재에 이르는 자리이기에 언제나 도래할 것으로 '지금 여기'에 도사리고 있는 것이기도 하다. 박혜상의 소설이 현실의 어두운 감각을 전하는 가운데에서도 반짝이는 빛을 잃지 않는 까닭은, 그이의 글쓰기가 「그가 내린 곳」의 윤이 "다음 역에서 내리기로"(p. 132) 한 것처럼 '다음'이라는 이름의, 너머로 나아가는, 도래하는 미지의 세계를 긍정하기 때문이리라. 물론 윤이 내린 평택에 103년 만에 4월 한파가 찾아온 것처럼, 박혜상의 글쓰기는 지금 여기에서 현실의 한파를 온몸으로 받아내는 가운데 앞으로 나아가며 그 도래할 움직임을 맞이할 것이다.

작가의 말

소설을 쓰기 시작했을 때 첫 문장을 여는 것이 어려웠다. 그래도 한번 열린 문장들은 막힘없이 술술 써졌다. 한·일 월드컵이 열리던 해, 지척의 광장에서 울려오는 함성 소리에 아랑곳없이 혼자 사무실에 남아 소설을 썼던 시절이었다.

문단에 이름을 올리고 나서는 접하는 모든 것이 소설감으로 보였다. 흔히들 말하는 '그분이 오신 날'이 종종 찾아와, 그런 날은 밤새워 소설 한 편을 뚝딱 써내곤 했다. 원고 청탁이 없어도 제법 성실하게 소설을 썼다. 그 시절에는 소설가를 하나의 무대를 만들어 올리는 연출가라고 생각했다.

첫 소설집을 냈을 때, 소설이 너무 쉽게 잘 읽히는 거 아닌가,라는 쓸데없는 걱정을 하기도 했다. 읽은 사람도 별로 없었지만, 어렵다고 말하는 사람들이 더 많았다. 내 소설이 어렵다니, 참 이해가 안 되는군. 지인들을 만나면 나는 그런 말을 하곤 했다. 그러면 그들은 내 소설이 쉽지는 않다고 했다.

드문드문 소설을 발표하고 언제부턴가 나는 소설을 완성하지 못했다. 어떤 것은 내 스스로 '중지'라는 판결을 내렸고, 어떤 것은 첫 단락을 넘기지 못했으며, 또 다른 것은 분량은 넘치는데 하나로 꿰지 못했다. 소설을 쓰면서 한 번도 겪어보지 못한 사태에 나는 몹시 당황했다. 여러 이유들을 생각해보았다. 생각이 너무 많은 게 탈이야. 눈치를 보고 있는 거지. 이제야 소설이 뭔지 알게 된 거야 등등 자타가 내리는 흔한 위로 같은 결론을 곱씹는 동안 세월은 어김없이 지나갔다.

두번째 소설집이 나왔다. 겨우, 간신히, 다행히,라는 수식을 붙여야 마땅할 소설집 후기를 쓰고 있는 지금, 이건 첫 소설집보다 더 어려울 것 같은데……라고 분에 넘치는 걱정을 한다. 누구든 책을 내는 건 어렵지 않다고 말하지만, 정작 작가가 책을 내기는 쉽지 않은 게 현실이다. 현실이라는 말에 손이 멈춘다. 어쩌면 삭제 키를 눌러 다시 써야 할지도 모르겠다.

여전히 나는 그곳에 머물러 있는 것일까.

이 소설집에 대한 변명이, 우리는 어떻게든 연루되어 있다는 이야기를 하고 싶었다는 것으로 가능할지 모르겠다. 고백하건대, 이 소설이 잘 읽히지 않는다면 그나마 덜 부끄러울 것 같다.

소설집을 내주신 문지의 모든 분들께 진심으로 감사의 마음을 전한다. 중지한 원고를 꺼내보아야겠다.

2017년 2월

박혜상

수록 작품 발표 지면

Y의 바깥 『문학과사회』 2009년 겨울호

양치기 숲 『한국문학』 2010년 겨울호

사랑의 생활 『쓰다 참, 사랑』(난다, 2013)

그가 내린 곳 『작가들』 2010년 여름호

그 사람의 죽음과 무관한 알리바이 『21세기 문학』 2011년 여름호

낮달과 낙타 『문예연구』 2010년 여름호

손가락을 세워라 〈웹진 문장〉 2010년 10월호

봄눈 『문학사상』 2013년 4월호